# O rochedo de Tânios

Amin Maalouf
# O rochedo de Tânios

TRADUÇÃO
Julia da Rosa Simões

VESTÍGIO

Copyright © 1993 Éditions Grasset & Fasquelle
Copyright desta edição © 2025 Editora Vestígio

Título original: *Le rocher de Tanios*

Todos os direitos reservados pela Editora Vestígio. Nenhuma parte desta publicação poderá ser reproduzida, seja por meios mecânicos, eletrônicos, seja via cópia xerográfica, sem a autorização prévia da Editora.

DIREÇÃO EDITORIAL
*Arnaud Vin*

EDIÇÃO E PREPARAÇÃO DE TEXTO
*Eduardo Soares*

REVISÃO
*Anna Izabella Miranda*

CAPA
*Diogo Droschi*
(Sobre imagem de iStock Photo)

DIAGRAMAÇÃO
*Waldênia Alvarenga*

**Dados Internacionais de Catalogação na Publicação (CIP)**
**Câmara Brasileira do Livro, SP, Brasil**

---

Maalouf, Amin
    O rochedo de Tânios / Amin Maalouf ; tradução Julia da Rosa Simões. -- 1. ed. -- São Paulo : Vestígio, 2025.

    Título original: Le rocher de Tanios.
    ISBN 978-65-6002-069-6

    1. Ficção libanesa I. Título.

24-242875                                                           CDD-L892.73

---

Índices para catálogo sistemático:
1. Ficção : Literatura libanesa L892.73
Eliete Marques da Silva - Bibliotecária - CRB-8/9380

A **VESTÍGIO** É UMA EDITORA DO **GRUPO AUTÊNTICA**

**São Paulo**
Av. Paulista, 2.073 . Conjunto Nacional
Horsa I . Salas 404-406 . Bela Vista
01311-940 São Paulo . SP
Tel.: (55 11) 3034 4468

**Belo Horizonte**
Rua Carlos Turner, 420
Silveira . 31140-520
Belo Horizonte . MG
Tel.: (55 31) 3465 4500

www.editoravestigio.com.br
SAC: atendimentoleitor@grupoautentica.com.br

*À memória do homem de asas quebradas*

| | | |
|---|---|---|
| PRIMEIRA PASSAGEM | A tentação de Lâmia | 15 |
| SEGUNDA PASSAGEM | O verão dos gafanhotos | 39 |
| TERCEIRA PASSAGEM | O destino nos lábios do louco | 61 |
| QUARTA PASSAGEM | A escola do pastor inglês | 83 |
| QUINTA PASSAGEM | Cabeça-branca | 109 |
| SEXTA PASSAGEM | Uma estranha mediação | 127 |
| SÉTIMA PASSAGEM | Laranjas na escada | 153 |
| OITAVA PASSAGEM | De joelhos pela glória | 181 |
| ÚLTIMA PASSAGEM | Culpado de piedade | 213 |
| NOTA | | 237 |

> Este é um povo para o qual se formaram esses Alleghanys e esses Líbanos de sonho! [...]
> Que bons braços, que bela hora irão devolver-me essa região de onde vêm meus sonos e meus menores movimentos?
>
> Arthur Rimbaud
> *Iluminações.*[1]

---

[1] Arthur Rimbaud, *Um tempo no inferno e Iluminações*. Tradução de Júlio Castañon Guimarães. São Paulo: Todavia, 2021. [N.T.]

Na aldeia onde nasci, os rochedos têm nome. Há o Navio, a Cabeça de Urso, a Emboscada, o Muro, e ainda os Gêmeos, também chamados de os Seios da Ghoula. E especialmente a Pedra dos Soldados; era lá que antigamente se ficava à espreita quando a tropa perseguia os insubmissos; nenhum lugar é mais venerado, mais carregado de lendas. No entanto, quando me acontece de rever em sonho a paisagem da minha infância, é outro rochedo que me aparece. Ele parece um trono majestoso, escavado e como que desgastado no lugar correspondente ao assento, com um encosto alto e reto que desce de cada lado como um apoio para os braços – é o único, creio eu, a ter um nome de homem, o Rochedo de Tânios.

Contemplei esse trono de pedra por muito tempo sem ousar me aproximar. Não era o medo do perigo; na aldeia, os rochedos eram nosso terreno de brincadeiras preferido, e, mesmo criança, eu costumava desafiar os mais velhos nas escaladas mais perigosas; não tínhamos outro equipamento além de nossas mãos e pernas nuas, mas nossa pele sabia se grudar à pele da pedra e nenhum colosso podia resistir.

Não, não era o medo de cair que me detinha. Era uma crença, e um juramento. Exigido por meu avô, alguns meses antes de sua morte. "Todos os rochedos, mas aquele jamais!" Os outros meninos se mantinham à distância, como eu, com o mesmo temor supersticioso. Eles também deviam ter prometido, com a mão sobre a penugem do bigode. E ouvido a mesma explicação: "Ele era chamado de Tânios-kishk. Sentou-se naquele rochedo. E nunca mais foi visto".

Esse personagem, herói de tantas historietas locais, era mencionado com frequência em minha presença, e seu nome sempre me intrigava. Tânios, eu compreendia, era uma das muitas variantes locais de Antônio, como Antoun, Antonios, Mtânios, Tanos ou Tannous... Mas por que o ridículo apelido "kishk"? Isso meu avô não quis me revelar. Ele disse apenas o que achava poder dizer a uma criança: "Tânios era filho de Lâmia. Você certamente já ouviu falar dela. Foi num passado muito remoto, eu ainda não havia nascido, nem mesmo meu pai. Naquela época, o paxá do Egito estava em guerra com os otomanos, e nossos ancestrais sofreram. Sobretudo depois do assassinato do patriarca. Ele foi morto bem aqui, na entrada da aldeia, com a espingarda do cônsul da Inglaterra...". Era assim que meu avô falava quando não queria me responder, ele dizia fragmentos de frases como se indicasse um caminho, depois outro, depois um terceiro, sem, contudo, seguir nenhum. Tive que esperar anos para descobrir a verdadeira história.

Mas eu segurava a ponta certa do fio, porque conhecia o nome de Lâmia. Todos nós o conhecíamos, na região, devido a um ditado que, por sorte, atravessou dois séculos para chegar até nós: "Lâmia, Lâmia, como poderias esconder tua beleza?".

Assim, até os dias de hoje, quando os jovens reunidos na praça da aldeia veem passar alguma mulher envolta em um xale, sempre há um para murmurar: "Lâmia, Lâmia...". O que costuma ser um elogio autêntico, mas que às vezes pode conter a mais cruel zombaria.

A maioria desses jovens não sabe grande coisa sobre Lâmia, nem sobre o drama preservado por esse ditado. Eles se limitam a repetir o que ouviram da boca de seus pais ou avós e, às vezes, como eles, acompanham suas palavras de um gesto com a mão em direção à parte alta da aldeia, hoje desabitada, onde ainda se veem as imponentes ruínas de um castelo.

Por causa desse gesto, tantas vezes repetido na minha presença, por muito tempo imaginei Lâmia como uma espécie de princesa que, atrás daqueles muros altos, escondia sua beleza dos olhares dos aldeões. Pobre Lâmia, se eu tivesse podido vê-la atarefada nas cozinhas, ou percorrendo descalça os vestíbulos, com uma moringa nas mãos, um lenço na cabeça, eu dificilmente a confundiria com a senhora do castelo.

Ela tampouco foi uma criada. Hoje sei um pouco mais sobre ela. Graças, em primeiro lugar, aos anciãos da aldeia, homens e mulheres, que interroguei incansavelmente. Isso foi há mais de vinte anos, hoje todos já morreram, com exceção de um. Seu nome é Gebrayel, ele é primo do meu avô e hoje está com noventa e seis anos. Se o menciono, não é apenas porque ele teve o privilégio de sobreviver, mas sobretudo porque o testemunho desse antigo mestre-escola, apaixonado pela história local, foi o mais valioso de todos; insubstituível, na verdade. Eu ficava horas olhando para ele, que tinha narinas largas e lábios grossos sob uma cabecinha calva e enrugada – traços que a idade certamente acentuava. Ultimamente não o tenho visto, mas me garantiram que ele ainda tem o mesmo tom de confidência, com o mesmo ritmo ardente, e uma memória intacta. Nas palavras que me preparo a escrever, muitas vezes será sua voz que deverá ser ouvida.

Devo a Gebrayel muito cedo ter adquirido a íntima convicção de que Tânios, para além do mito, foi um homem de carne e osso. As provas vieram mais tarde, anos mais tarde. Quando, com a ajuda da sorte, finalmente consegui pôr as mãos em documentos autênticos.

Três deles citarei com frequência. Dois provêm de personagens que conheceram Tânios de perto. E um terceiro mais recente. Seu autor é um religioso falecido logo depois da Primeira Guerra Mundial, o monge Elias de Kfaryabda – este é o nome da minha aldeia, acho que ainda não o mencionei. Sua obra tem o seguinte título: *Crônica montanhesa ou História da aldeia de Kfaryabda dos povoados e fazendas que dela dependem dos monumentos que nela se erguem dos costumes que ali são observados das pessoas notáveis que ali viveram e dos acontecimentos que ali se desenrolaram com a permissão do Altíssimo.*

Um livro estranho, desigual, desconcertante. Em certas páginas, o tom é pessoal, a escrita se inflama e se liberta, nos deixamos levar por alguns arroubos, por alguns desvios audaciosos, nos sentimos diante de um verdadeiro escritor. E então, de repente, como se temesse ter pecado por orgulho, o monge se retrai, se apaga, seu tom se torna plano, ele se rebaixa para fazer penitência ao papel de piedoso compilador, então acumula citações dos autores do passado e dos notáveis de seu tempo, preferencialmente em versos, aqueles versos árabes da era da Decadência, repletos de imagens convencionais e sentimentos frios.

Só fui perceber isso depois de concluir a segunda leitura minuciosa de suas mil páginas – novecentas e oitenta e sete, para ser exato, do preâmbulo ao tradicional verso final, que diz "tu que lerás meu livro mostra-te indulgente...". No início, quando tive nas mãos essa obra de encadernação verde ornada com simplicidade por um grande losango preto e a abri pela primeira vez, notei apenas a escrita compacta, sem vírgulas nem pontos, também sem parágrafos, nada além de ondulações caligráficas confinadas dentro de suas margens como uma tela em sua moldura, com uma palavra flutuante aqui e ali para lembrar a página anterior ou anunciar a seguinte.

Hesitando iniciar uma leitura que ameaçava ser desanimadora, eu folheava o monstro com a ponta dos dedos, com o rabo dos olhos, quando as seguintes linhas se destacaram diante de mim – copiei-as na mesma hora, e mais tarde as traduzi e pontuei:

"De 4 de novembro de 1840 data o enigmático desaparecimento de Tânios-kishk... No entanto, ele tinha tudo, tudo o que um homem pode esperar da vida. Seu passado se desemaranhara, o caminho do futuro se aplainara. Ele não pode ter deixado a aldeia por vontade própria. Ninguém pode duvidar que uma maldição está associada ao rochedo que leva seu nome."

Naquele instante, as mil páginas deixaram de me parecer opacas. Comecei a olhar para esse manuscrito de uma maneira totalmente diferente. Como um guia, um companheiro. Ou talvez como uma montaria.

Minha viagem podia começar.

# PRIMEIRA PASSAGEM

## *A tentação de Lâmia*

*Possa o Altíssimo me conceder Seu perdão pelas horas e dias que deverei furtar ao tempo abençoado da oração e das Santas Leituras para escrever esta história imperfeita da gente da minha terra, minha desculpa sendo que nenhum dos minutos que vivemos teria existido sem os milênios que o precederam desde a Criação, e nenhuma das batidas de nossos corações teria sido possível se não houvesse as gerações sucessivas de antepassados, com seus encontros, suas promessas, suas uniões consagradas, ou ainda suas tentações.*

Preâmbulo da *Crônica montanhesa*,
obra do monge Elias de Kfaryabda.

# I

Naquela época, o céu era tão baixo que nenhum homem ousava se erguer em toda a sua estatura. No entanto, havia a vida, havia desejos e festas. E ainda que nunca se esperasse o melhor neste mundo, esperava-se a cada dia escapar do pior.

A aldeia inteira pertencia então a um mesmo senhor feudal. Ele era o herdeiro de uma longa linhagem de xeiques, mas quando se fala hoje da "época do xeique", sem mais detalhes, ninguém se engana, trata-se daquele à sombra do qual viveu Lâmia.

Ele não era, nem de longe, uma das figuras mais poderosas da região. Entre a planície oriental e o mar, havia dezenas de domínios mais extensos que o seu. Ele possuía apenas Kfaryabda e algumas fazendas nos arredores, devia ter sob sua autoridade trezentos lares, não mais. Acima dele e de seus pares havia o emir da Montanha e, acima do emir, os paxás das províncias, de Trípoli, de Damasco, de Sídon e de Acre. E mais acima ainda, muito mais acima, perto do Céu, havia o sultão de Istambul. Mas os habitantes da minha aldeia não olhavam tão alto. Para eles, "seu" xeique já era um personagem considerável.

Numerosos eram aqueles que, todas as manhãs, tomavam o caminho do castelo para esperar seu despertar, apinhando-se no corredor que levava a seu quarto. E quando ele aparecia, eles o acolhiam com centenas de fórmulas de saudação, em voz alta e baixa, uma cacofonia que acompanhava cada um de seus passos.

A maioria estava vestida como ele, de saruel preto bufante, camisa branca listrada, gorro cor de terra, e quase todos ostentavam os mesmos bigodes espessos e orgulhosamente curvados para cima em um rosto sem barba. O que distinguia o xeique? Apenas o colete verde-maçã, adornado com fios de ouro, que ele usava em todas as estações como outros usam uma zibelina ou um cetro. Dito isto, mesmo sem esse ornamento, nenhum visitante teria dificuldade em distinguir o senhor no meio da multidão, devido às reverências que todas as cabeças faziam umas depois das outras para beijar sua mão, um ritual que continuava até a Sala dos Pilares, até que ele tomasse seu lugar habitual no sofá e levasse aos lábios a ponta dourada do tubo de seu cachimbo de água.

Ao voltar para casa, mais tarde no dia, esses homens diriam a suas esposas: "Esta manhã, vi a mão do xeique". E não: "Beijei a mão...". Faziam isso, claro, e em público, mas tinham pudor de dizer. Tampouco diriam: "Vi o xeique" – expressão pretensiosa, como se fosse um encontro entre dois personagens de igual posição! Não, "Vi a mão do xeique" era a expressão consagrada.

Nenhuma outra mão tinha tanta importância. A mão de Deus e a do sultão só prodigalizavam calamidades globais; era a mão do xeique que distribuía as desgraças cotidianas. E também, às vezes, migalhas de felicidade.

Na fala dos habitantes da região, a mesma palavra, *kaff*, às vezes designava a mão e a bofetada. Quantos senhores tinham feito disso um símbolo de poder e um instrumento de governo. Quando conversavam entre si, longe dos ouvidos de seus súditos, um adágio era recorrente em suas bocas: "O camponês sempre deve ter uma bofetada perto da nuca"; significando que ele deveria viver constantemente com medo, de ombros baixos. Muitas vezes, aliás, "bofetada" era um mero atalho para dizer "ferros", "chicote", "corveias"...

Nenhum senhor era punido por maltratar seus súditos; se, algumas raras vezes, as autoridades superiores o repreendiam, era porque estavam decididas a destruí-lo por outras razões, e procuravam qualquer pretexto para condená-lo. Vivia-se sob o reinado do arbitrário havia séculos, e se algum dia houvera uma era de equidade, ninguém mais se lembrava.

Quando se tinha a sorte de ter um senhor menos ávido, menos cruel que os outros, considerava-se isso um privilégio, e agradecia-se a Deus por mostrar tanta solicitude, como se Ele fosse julgado incapaz de fazer melhor.

Era assim em Kfaryabda; lembro-me de ter ficado surpreso, e mais de uma vez indignado, com a maneira afetuosa com que alguns aldeões evocavam esse xeique e seu reinado. É verdade, diziam eles, que ele de bom grado estendia a mão para ser beijada e que, de tempos em tempos, aplicava em um de seus súditos uma sonora bofetada, mas nunca era uma humilhação gratuita; como era ele quem aplicava a justiça em seu domínio, e todos os conflitos – entre irmãos, entre vizinhos, entre marido e mulher – eram resolvidos diante dele, o xeique tinha o hábito de ouvir os reclamantes, depois algumas testemunhas, antes de propor um acordo; as partes eram obrigadas a se conformar a ele, e a se reconciliar imediatamente com os abraços costumeiros; se alguém se recusasse, a bofetada do senhor intervinha como argumento final.

Tal sanção era suficientemente rara para que os aldeões não conseguissem falar de outra coisa durante semanas, esforçando-se em descrever o assobio da bofetada, fabulando sobre as marcas dos dedos que teriam permanecido visíveis por três dias e sobre as pálpebras do infeliz que nunca mais parariam de piscar.

Os parentes do homem esbofeteado iam visitá-lo. Sentavam-se em círculo em torno da sala, silenciosos como se em luto. Então um deles erguia a voz para dizer que não era preciso se sentir humilhado. Quem nunca tinha sido esbofeteado pelo pai?

Era assim que o xeique queria ser considerado. Ao se dirigir aos habitantes de seu domínio, mesmo aos mais velhos, ele dizia "*yabné!*", "meu filho!", ou "*ya binté!*", "minha filha!". Ele estava convencido de que um pacto íntimo o ligava a seus súditos, eles lhe deviam obediência e respeito, ele lhes devia proteção em todas as circunstâncias. Mesmo naquele início de século XIX esse tipo de paternalismo integral já aparecia como uma incongruência, um resquício de uma era primordial de infância e inocência, ao qual a maioria dos aldeões se adaptava, e do qual alguns de seus descendentes ainda guardam certa nostalgia.

Eu mesmo, devo admitir, ao descobrir certas facetas do personagem, senti-me um pouco menos severo com ele. Pois se "nosso xeique" prezava cada uma de suas prerrogativas, ele não negligenciava, como tantos outros senhores, seus deveres. Assim, todos os camponeses deviam entregar-lhe uma parte de sua colheita; mas ele costumava dizer-lhes, em troca, que "ninguém neste domínio passará fome enquanto houver um pão e uma azeitona no castelo". Mais de uma vez os aldeões puderam verificar que essas não eram palavras vãs.

Igualmente importante aos olhos dos aldeões era a maneira como o xeique lidava com as autoridades superiores, e essa foi a principal razão pela qual guardaram uma lembrança tão favorável dele. Os outros senhores, quando o emir ou o paxá exigiam deles algum novo imposto, não se davam ao trabalho de argumentar, dizendo que era melhor pressionar seus súditos do que se indispor com os poderosos. "Nosso xeique" não. Ele esbravejava, se empenhava, enviava súplica após súplica, falava da escassez, da geada, dos gafanhotos, distribuía propinas oportunas e às vezes conseguia um prazo, uma redução, até uma isenção. Dizem que os agentes do Tesouro extorquiam as somas faltantes de senhores mais dóceis.

Nem sempre ele tinha sucesso. As autoridades raramente estavam dispostas a transigir em matéria de impostos. Ao menos ele tinha o mérito de tentar, e os camponeses lhe eram gratos por isso.

Não menos apreciada era sua conduta em tempos de guerra. Prevalecendo-se de um velho costume, ele havia obtido para seus súditos o direito de lutar sob sua própria bandeira, em vez de serem alistados com o restante da tropa. Um privilégio inédito para um feudo tão minúsculo que podia recrutar, no máximo, quatrocentos homens. Para os aldeões, a diferença era grande. Partir com seus irmãos, filhos, primos, comandados pelo próprio xeique, que conhecia cada um pelo nome, saber que não seriam abandonados no campo de batalha se fossem feridos, que seriam resgatados se capturados, que seriam decentemente enterrados e chorados se morressem! Saber também que não seriam enviados para o abate para agradar a algum paxá depravado! Os camponeses tinham tanto orgulho desse privilégio quanto o xeique. Mas, obviamente, era preciso merecê-lo. Eles não podiam se contentar em "fazer de conta", precisavam lutar, e com bravura, com muito mais bravura do que a tropa do lado ou da frente, era preciso que sua bravura fosse constantemente citada como exemplo em toda a Montanha, em todo o império, era seu orgulho, sua honra, e também a única maneira de manter esse privilégio.

Por todas essas razões, os habitantes de Kfaryabda consideravam "seu" xeique um mal menor. Ele até seria visto como uma verdadeira bênção se não tivesse um defeito, um insuportável defeito que, aos olhos de alguns aldeões, anulava suas mais nobres qualidades.

— As mulheres! — disse-me o velho Gebrayel, e em seu perfil aquilino acenderam-se olhos carniceiros. — As mulheres! O xeique cobiçava todas, e seduzia uma a cada noite!

Quanto ao último trecho dessa frase, ele é uma fabulação. Mas, no que diz respeito ao restante, que não deixa de ser o essencial, parece de fato que o xeique, a exemplo de seus ancestrais, e como tantos outros senhores em todas as latitudes, vivia na firme convicção de que todas as mulheres de seu domínio lhe pertenciam. Como as casas, as terras, as amoreiras e as vinhas. Como os homens, aliás. E de que mais dia menos dia, quando lhe conviesse, ele poderia reivindicar seu direito.

Mas nem por isso se deve imaginá-lo como um sátiro rondando a aldeia à procura de sua presa, com seus capangas no papel de batedores. Não, as coisas não aconteciam assim. Por mais imperioso que fosse seu desejo, ele nunca abria mão de um certo decoro, jamais pensaria em se esgueirar furtivamente por uma porta secreta para se aproveitar como um ladrão da ausência de um marido. Era em sua própria casa que ele oficiava, por assim dizer.

Da mesma forma que todo homem devia subir, ao menos uma vez por mês, para "ver a mão do xeique", todas as mulheres deviam prestar um dia de trabalho no castelo, para ajudar nos trabalhos comuns ou sazonais, era a forma delas de demonstrar sua lealdade. Algumas revelavam habilidades particulares – uma maneira incomparável de bater a carne no pilão, ou de afinar a massa do pão. E quando era necessário preparar um banquete, todas as competências eram requisitadas ao mesmo tempo. Uma espécie de corveia, em suma; mas que assim distribuída, entre dezenas, centenas de mulheres, se tornava menos pesada.

Talvez eu tenha dado a impressão de que a contribuição dos homens se limitava ao matinal beija-mão. Isso não estaria de acordo com a realidade. Eles eram responsáveis por cuidar da lenha e dos inúmeros reparos, de reconstruir os terraços desmoronados nas terras do xeique, sem esquecer a corveia suprema dos varões, a guerra. Mas, em tempos de paz, o castelo era um enxame de mulheres, que se agitavam, conversavam e também se distraíam. E algumas vezes, na hora da sesta, quando a aldeia inteira mergulhava numa lânguida penumbra, uma ou outra dessas mulheres se perdia entre corredores e quartos, para reaparecer duas horas depois em meio a murmúrios.

Algumas se prestavam a esse jogo de muito boa vontade, lisonjeadas por terem sido cortejadas, desejadas. O xeique tinha boa aparência; além disso, elas sabiam que, longe de se atirar sobre a primeira cabeleira que visse, ele prezava o charme e o espírito. Ainda hoje se conta na aldeia uma frase que ele repetia: "É preciso ser um burro para dormir com uma jumenta!". Insaciável, portanto, mas exigente. Essa é a imagem que se tem dele hoje, provavelmente a mesma imagem que tinham seus contemporâneos, seus súditos. Assim, muitas mulheres queriam ao menos ser notadas, isso as tranquilizava quanto a seus encantos. Depois, poderiam ou não se deixar seduzir. Um jogo perigoso, concordo; mas no momento em que suas belezas desabrochavam, depois floresciam, poderiam elas, antes de murchar, renunciar a todo desejo de seduzir?

A maioria, contudo, não importa o que diga o velho Gebrayel, não queria esses amores comprometedores e sem futuro. Elas não se prestavam a nenhum outro jogo galante que não fosse a evasiva, e parece que o senhor sabia se resignar quando seu "adversário" se revelava astuto. E, antes de mais nada, prudente: a partir do momento em que a mulher cobiçada se encontrava a sós com o xeique, ela já não poderia recusá-lo sem humilhá-lo, o que nenhuma aldeã teria coragem de fazer. Sua habilidade devia ser exercida antes, justamente para evitar encontrar-se nessa situação embaraçosa. Elas imaginavam uma série de artimanhas. Algumas, quando era sua vez de ir ao castelo, apresentavam-se com uma criança de colo, sua ou de uma vizinha. Outras chegavam na companhia da irmã ou da mãe, seguras de que assim não seriam incomodadas. Outro método para escapar às investidas do senhor era sentar-se bem perto de sua jovem esposa, a xeica, e não se afastar dela até o anoitecer.

O xeique só se casara quase aos quarenta anos, e ainda assim fora preciso convencê-lo. O patriarca de sua comunidade havia recebido tantas queixas sobre o sedutor incorrigível, que decidira usar sua influência para pôr fim àquela situação escandalosa. E ele pensara ter encontrado a solução ideal: casar o xeique com a filha de um chefe feudal muito mais poderoso que ele, o senhor do grande Jord, na esperança de que, assim, por consideração à esposa, e mais ainda para não irritar o sogro, o senhor de Kfaryabda fosse obrigado a se acalmar.

No primeiro ano, a xeica havia dado à luz um filho que foi chamado Raad. O homem, no entanto, apesar da satisfação de ter um herdeiro, rapidamente retomara seu vício, negligenciando a esposa durante a gravidez e mais ainda depois do parto.

A esposa, desmentindo as previsões do patriarca, faria prova de uma surpreendente fraqueza. É provável que tivesse em mente o exemplo de sua própria família feudal, com um pai e irmãos infiéis, e uma mãe resignada. A seus olhos, a conduta do marido era fruto de seu temperamento e de sua posição social, duas coisas que ela não podia mudar. Ela nunca permitia que lhe falassem das aventuras do xeique, para que não fosse obrigada a reagir. Mas os boatos chegavam até ela e ela sofria, ainda que só chorasse quando estivesse sozinha, ou com sua mãe, a quem fazia visitas prolongadas.

No castelo, ela fingia indiferença ou uma ironia orgulhosa, e afogava suas mágoas no açúcar. Sempre sentada no mesmo lugar, no pequeno salão contíguo a seu quarto, ela usava na cabeça um *tantour* à moda antiga, um alto tubo de prata que se colocava verticalmente nos cabelos, e do qual caía um véu de seda, adereço tão complicado que ela evitava desfazê-lo na hora de dormir. "Isso", observava Gebrayel, "não devia ajudá-la a recuperar os favores do xeique. Nem sua corpulência, aliás. Dizem que mantinha ao alcance da mão uma cesta de guloseimas que as criadas e as visitantes vigiavam o tempo todo, com medo de que ficasse vazia. E a senhora do castelo se empanturrava como uma porca."

Ela não era a única mulher a sofrer, mas era entre os homens que a intemperança do xeique provocava mais rancor. Se alguns fingiam acreditar que a coisa só acontecia com as esposas, mães, irmãs e filhas dos outros, todos viviam sob o medo constante de ver sua honra manchada. A aldeia estava sempre murmurando nomes femininos, todas as invejas e vinganças se expressavam dessa forma. Disputas às vezes eclodiam, por motivos fúteis, que revelavam a raiva contida de uns e outros.

As pessoas se observavam, se espionavam. Bastava que uma mulher se vestisse com um pouco de vaidade ao se dirigir ao castelo para que fosse suspeita de querer provocar o xeique. E imediatamente se tornava culpada, mais culpada até do que ele, a quem se concedia a desculpa por "ser assim mesmo". É verdade que, para aquelas que queriam evitar qualquer aventura, um dos métodos mais comprovados era se apresentar diante do senhor feias, malvestidas, disformes...

Há mulheres, porém, que não conseguem dissimular sua beleza. Ou talvez seja seu Criador que não goste de vê-las escondidas; mas, Senhor!, quantas paixões despertam!

Uma dessas mulheres vivia em minha aldeia naquela época. Era Lâmia, justamente. Aquela do ditado.

# II

Lâmia carregava sua beleza como uma cruz. Outra em seu lugar poderia simplesmente se cobrir com um véu ou se enrolar em algum tecido sem graça para deixar de atrair os olhares. Mas Lâmia não. Ela parecia banhada de luz. Por mais que se cobrisse, se apagasse, se misturasse às multidões, ela era inevitavelmente traída, revelada, bastava um gesto, um nada – uma mão levada aos cabelos, alguma melodia cantarolada por descuido –, e só se tinham olhos para ela, e só se ouvia sua voz límpida como a água.

Se com as outras, todas as outras, o xeique deixava sua vaidade e seu sangue falarem mais alto, com Lâmia foi diferente desde o primeiro instante. Sua graça o intimidava, um sentimento que ele raramente experimentava. Ele sentia ainda mais desejo, mas menos impaciência. Para conquistas mais comuns, esse guerreiro-nato tinha estratagemas bem ensaiados – uma palavra de ternura, uma insinuação manhosa, uma breve demonstração de poder, e ele conquistava. Com Lâmia, ele se resignou a empreender um cerco.

Ele provavelmente não teria conseguido manter uma abordagem tão cautelosa se não fosse uma circunstância que o tranquilizava e o continha ao mesmo tempo: Lâmia vivia sob seu teto, em uma ala do castelo, já que era a esposa de seu intendente, Gérios.

Escrivão, camareiro, tesoureiro, secretário, às vezes até confidente, este último não tinha funções propriamente delimitadas. Ele devia manter seu senhor informado sobre o estado do território, das colheitas, da distribuição das águas, dos impostos, das afrontas. Ele registrava meticulosamente todos os presentes que os aldeões traziam ao castelo, por exemplo, que "Toubiyya, filho de Wakim, veio à Grande Festa – ou seja, a Páscoa – com meio *okka* de sabão e duas onças de café...". Também era o marido de Lâmia que redigia os contratos de arrendamento.

Se aquele fosse um domínio mais rico e extenso, Gérios teria sido um alto dignitário; aos olhos de todos, aliás, sua posição era das mais invejáveis; ele vivia sem precisar de nada, e os aposentos que ocupava, modestos em comparação aos de seu senhor, eram mais bem equipados do que as melhores casas da aldeia.

Foi depois de obter essa cobiçada posição que Gérios pedira a mão de Lâmia. Seu futuro sogro, um camponês bastante próspero cuja filha mais velha era esposa do pároco, só concordara depois de longa hesitação. O pretendente parecia perfeitamente capaz de prover às necessidades de um lar, mas o pai de Lâmia não conseguia nutrir afeto por ele. Poucas pessoas gostavam dele, aliás, embora ninguém pudesse criticá-lo por algo, salvo uma certa frieza. Ele era, como diziam na aldeia, "daqueles que não riem na presença de um pão quente". Por isso, era considerado dissimulado e arrogante. As pessoas chegavam a lhe demonstrar hostilidade. Se isso o afetava, ele não deixava transparecer, e nunca reagia. Em sua posição, poderia tornar difícil a vida daqueles que não o estimavam. Ele não se permitia fazê-lo. No entanto, ninguém mostrava reconhecimento por isso. "Ele não sabe fazer nem o bem nem o mal", limitavam-se a dizer, com perfeita má-fé.

Quando o antecessor de Gérios deixara seu posto, o xeique o acusara de ter desviado grandes somas de dinheiro. O marido de Lâmia nunca pensaria em cometer tais delitos, menos por integridade do que por covardia, segundo seus detratores. Difícil dizer, agora que todas as testemunhas se calaram. Parece certo, contudo, que seu senhor lhe inspirava um verdadeiro terror, que ele tremia em sua presença mais do que o mais humilde camponês e se curvava a todos os seus caprichos. O xeique podia fazer com que redigisse uma carta ao emir e, no instante seguinte, estender-lhe o pé para que o ajudasse a tirar os sapatos. Gérios nunca oferecia a menor resistência.

Quando os velhos da aldeia evocam hoje o marido de Lâmia, há uma história que eles gostam de contar. Com algumas variações de um relato para outro, mas a essência é a mesma. O xeique, como eu disse, usava um bigode abundante e a barba raspada, esse era um assunto ao qual ele sempre voltava em suas conversas. O bigode, para ele, representava honra e poder, e quando fazia uma promessa importante ele arrancava um fio do bigode e o confiava muito solenemente à pessoa envolvida, que o guardava dentro de um lenço limpo, para devolvê-lo no dia em que a promessa fosse cumprida. Por outro lado, ele costumava zombar daqueles que usavam barba, acusando-os de falta de higiene, dizendo que os vira enxugar as mãos nela; tanto que, com exceção do pároco, nenhum aldeão ousava deixar a barba crescer, por medo de se tornar alvo de sarcasmos. E todos, é claro, cultivavam o bigode, à moda do xeique. Gérios não constituía exceção, o seu era a réplica exata do de seu senhor, espesso, às vezes engomado, e enrolado para cima em duas curvas. Até aí, nada de incomum; esse mimetismo, desde tempos imemoriais, é uma marca de deferência.

Um dia, porém, falando mais uma vez sobre bigodes diante de seus visitantes, o xeique observara, com uma ponta de irritação, que o bigode do intendente era mais vistoso que o seu. Naquela mesma noite, Lâmia viu o marido diante de um espelho cortando o bigode para afiná-lo. Ela assistira a essa estranha mutilação sem dizer nada. Mas se sentira humilhada.

Assim era Gérios. Ele falava pouco, comia pouco, sorria raramente. Ele tinha alguma instrução, mas nenhuma outra ambição que não fosse conservar sua posição e a benevolência de seu senhor, a quem servia, de resto, com honestidade e aplicação.

Lâmia certamente teria gostado de um marido menos apagado. Ela que era tão alegre, brincalhona, espontânea, sempre que se destacava em público com um gracejo, uma risadinha, sempre que cantava uma canção, Gérios aparecia, encarando-a, de sobrancelhas franzidas, carrancudo, uma expressão preocupada. Então ela se calava. E quando se juntava às mulheres que iam trabalhar no castelo, quando participava de suas risadas, de seus cochichos, quando misturava suas mãos às delas, seu marido a repreendia. Ele não parava de lhe repetir que ela devia "manter sua posição em vez de trabalhar como uma criada"; quando queria agradá-lo, ela ia conversar com a xeica e se empanturrava em sua companhia.

Talvez ele tivesse razão. Se ela tivesse seguido seus conselhos, provavelmente teria evitado muitos infortúnios para si e para os seus. Sua existência não teria causado alvoroço, ela teria vivido de acordo com sua posição, envelhecido de acordo com sua posição, hoje estaria enterrada de acordo com sua posição, e nenhum ditado teria reavivado a memória de sua beleza imprudente.

*Entre a noiva e o noivo, há uma diferença de idade*
*Ela está em sua décima quinta primavera, e ele em seu trigésimo inverno.*

Por ocasião de que casamento aldeão esses versos de um poeta popular foram compostos? A *Crônica montanhesa*, que os cita, não especifica;

eu não ficaria surpreso de descobrir um dia que era Lâmia e Gérios que queriam descrever.

De fato, a jovem mulher muitas vezes se deixava guiar por seu temperamento primaveril. Ela se alegrava com as alegrias que a cercavam, e com aquelas que despertava a seu redor. Agradar era sua maneira de ser, e ela agradava. Poderíamos imaginar que as mulheres da aldeia sentiam ciúme de sua beleza ou da famosa "posição" que ela supostamente deveria manter. De jeito nenhum. Todas percebiam sua transparência, sua total ausência de afetação, de pretensão ou de dissimulação, todas falavam com ela como a uma irmã. Até mesmo a xeica lhe demonstrava amizade, embora seu indomável marido só tivesse olhos para a esposa de Gérios; é verdade que ele chamava todas as mulheres de "minha filha!", mas quando essas palavras se dirigiam a Lâmia, ele colocava tanta alegria, tanta doçura, que elas se tornavam uma carícia. Nas cozinhas, as mulheres zombavam de seu senhor, tentando imitá-lo com melífluos "*ya binté*!"; faziam isso na presença de Lâmia, aliás, que ria de bom grado. Não havia dúvida de que se sentia lisonjeada, sem pensar por um instante num possível deslize.

O xeique, por outro lado, provavelmente tinha segundas intenções. O que não significa que cada um de seus sorrisos, cada uma de suas palavras afetuosas fosse um ato calculado.

Na verdade, se o incidente que entrelaçou suas vidas obedecia a algum desígnio, só podia ser o da Providência.

"Um incidente, apenas um incidente, nada mais", insistiu Gebrayel. Seus olhos, no entanto, brilhavam quando ele acrescentou: "Ínfimo, como um grão de areia, ou como uma faísca".

E quando começou a contar, o fez com pompa e floreios. "Foi num desses dias de julho que na aldeia detestamos. De ar seco e ralo. Nas estradas, cada passo levantava uma poeira de rebanho. As janelas e as portas eram escancaradas, mas nenhuma veneziana batia, nenhuma dobradiça rangia. O ar parado do verão, você conhece isso!"

É verdade que os habitantes de Kfaryabda não se conformam com o calor escaldante. Eles param de falar, mal comem. Ao longo do dia, matam a sede na moringa, segurando-a bem acima da cabeça e, por despeito, deixam a água molhar seus rostos, seus cabelos, suas roupas.

E, aconteça o que acontecer, eles não põem os pés para fora de casa antes da hora fresca.

"O xeique tinha alguns visitantes, no entanto. Estrangeiros. Foi Lâmia quem preparou o café naquele dia e o levou para a Sala dos Pilares, os criados deviam estar dormindo cada um num canto. Depois foi ela que voltou para recolher as xícaras vazias. O xeique não estava mais em seu lugar. Coisa curiosa, o bocal dourado de seu narguilé estava no chão. Geralmente, quando se levantava, ele enrolava a mangueira em torno do fornilho, com um gesto mecânico, e retirava o bocal para mantê-lo limpo."

Saindo para o corredor, Lâmia ouviu o som de uma respiração pesada vindo de uma pequena sala que às vezes servia como salão privado para conversas reservadas. O xeique estava ali, na penumbra, de pé mas abatido, a testa contra a parede.

– Nosso xeique está se sentindo mal?

– Nada de grave, *ya binté*.

Mas sua voz estava ofegante.

– Melhor se sentar – ela disse, pegando-o gentilmente pelo braço.

Ele se endireitou, sua respiração se tornou mais regular, ele ajeitou as roupas e passou os polegares nas têmporas.

– Não foi nada. O calor, com certeza. Acima de tudo, nenhuma palavra. Para ninguém.

– Está jurado – ela disse. – Pelo Messias!

Ela pegou o crucifixo que tinha no pescoço, levou-o aos lábios e o pressionou contra o coração. Satisfeito, o senhor lhe deu um tapinha no braço, antes de voltar para seus convidados.

Nada mais aconteceria naquele dia, apenas aquele banal mal-estar de verão. Para Lâmia, porém, algo tinha acabado de mudar em sua maneira de olhar para aquele homem. Até então, ela lhe dedicava uma deferência mesclada de uma boa dose de precaução e, como tantas outras mulheres, temia ficar sozinha com ele. Agora, ela notava que as veias de suas têmporas estavam inchadas, que sua testa às vezes se enrugava, como se hordas de preocupações viessem assaltá-lo, e ela espreitava o momento de vê-lo novamente a sós. Apenas para se certificar de que ele não havia tido mais nenhum mal-estar.

Outros sentimentos, porém, até então mantidos à distância, se infiltravam nela dissimulados por sua legítima preocupação. Para o xeique, o "sitiante", um verdadeiro cavalo de Troia estava dentro das muralhas. Sem que ele tivesse feito nada para introduzi-lo. Inspirar uma ternura compassiva talvez seja, para alguns, um dos elementos da conquista amorosa; não para ele, que nunca quisera essa flecha em sua aljava!

Vários dias se passaram antes que Lâmia encontrasse outra ocasião de ver o xeique sem testemunhas para lhe perguntar se ele tinha se sentido mal novamente. Ele fez aquele estalo molhado com a língua, que, na linguagem da aldeia, significa "não", mas ela teve certeza de que estava mentindo.
E ele havia falado sobre o outro incidente com a esposa?
– Com ninguém! Ainda não nasceu aquele que me ouvirá gemer!
Para tranquilizá-lo, Lâmia renovou sua promessa de silêncio, levando novamente o crucifixo aos lábios, depois ao coração. Enquanto realizava esse breve ritual piedoso, o xeique tomou-lhe a mão esquerda na sua e a apertou por um breve instante, como para compartilhar seu juramento. Depois se afastou sem olhar para ela.
Ela surpreendeu a si mesma sorrindo com ternura. "Ainda não nasceu aquele me ouvirá gemer!", ele dissera. Ele pensara estar falando como um homem, mas, aos ouvidos de uma mulher, aquela reflexão soava como uma bravata de garotinho. Lâmia se lembrava de que seu irmão mais novo havia dito a mesma coisa, palavra por palavra, no dia em que lhe aplicaram ventosas. Não, decididamente, ela não conseguia mais ver o senhor da aldeia como ele queria ser visto, nem como os outros o viam. E quando, diante dela, falavam dele, o que acontecia a todas as horas do dia, as palavras tinham uma ressonância diferente em sua cabeça; algumas a irritavam, outras a alegravam ou preocupavam, nenhuma a deixava indiferente, ela havia parado de tomar as fofocas pelo que elas eram, uma maneira de matar o tempo. E nunca mais sentiu vontade de acrescentar sua própria pitada de sal.
Às vezes, quando as aldeãs levavam longe demais as insinuações obscenas, ela ficava tentada a silenciá-las. Mas ela se continha e se obrigava a imitar seus risos. Se, uma vez que fosse, ela as tivesse forçado ao silêncio, teria se tornado uma estranha para todas, e seu nome teria imediatamente se tornado alvo de suas tagarelices. Era melhor continuar gozando de suas boas graças! Mas se Lâmia agia dessa forma, não era por astúcia, ela era

assim, nunca se sentia tão bem quanto nos momentos em que se fundia em silêncio ao grupo de mulheres de mãos molhadas, deixando-se embalar por suas vozes roucas e por suas brincadeiras.

Um dia – devia ser em meados de setembro, ou pouco depois –, chegando ao pequeno pátio enfumaçado onde se preparava o pão, ela ouviu um murmúrio de risos. Foi se sentar numa pedra bem perto do *saj*, a chapa de ferro redonda e abaulada sob a qual estalava um fogo de galhos de giesta. Uma prima encarregou-se de colocá-la a par de tudo:
– Estávamos dizendo que faz semanas que ele parece mais calmo, não se ouve mais falar nas aventuras dele...
Quando, na aldeia, diziam "ele" ou "dele", sem se dar ao trabalho de explicitar, todos sabiam de quem se tratava.
– Foi a xeica que o pôs de volta nos trilhos – assegurou uma matrona, pressionando a massa sobre o ferro quente com a ajuda de uma pequena almofada.
– A xeica com certeza não! – disse outra. – Ontem mesmo eu estava com ela, que me anunciou que em uma semana partiria com o filho para o grande Jord, para passar o inverno na casa da mãe. Se ela tivesse recuperado o afeto de seu homem, por que iria embora?
– Talvez ele esteja doente – sugeriu outra.
Elas se voltaram para Lâmia, que precisou respirar fundo para dizer, num tom despreocupado:
– Se ele estivesse doente, teríamos percebido.
Ao lado dela, sentada numa pedra, havia uma mulher tão velha e silenciosa que ninguém pensava que ela estava acompanhando a conversa. No entanto, ela disse:
– Ou ele está perdidamente apaixonado...
As outras não entenderam direito.
– O que você disse, *hajjé*?
Chamavam-na assim porque, na juventude, ela havia feito uma peregrinação a Belém, para ver a Sagrada Manjedoura.
– Com certeza está apaixonado, e está esperando que a esposa vire as costas.
– Ele nunca se incomodou em fazer o que queria! – objetou a matrona.

– Eu conheço o xeique desde a época em que ele ainda se sentava nos joelhos da mãe. Se estiver perdidamente apaixonado por uma mulher, não se mexerá enquanto a xeica não tiver deixado o castelo...

Então começaram a especular sobre a identidade da eleita. Murmuraram um nome, um segundo, um terceiro... Depois um homem passou, e elas mudaram de assunto.

Na cabeça de Lâmia, porém, aqueles comentários continuaram a ressoar durante todo o dia. E quando chegou a noite, ela ainda pensava neles.

Seria possível que o xeique estivesse tão gravemente doente? Ela não deveria falar com alguém, mandar chamar o médico de Dayroun? Não, ele não a perdoaria. Melhor esperar e observar. Dentro de uma semana, se ela visse alguma mulher bonita rondando pelos corredores que levavam aos aposentos dele, ficaria tranquila!

Mas era mesmo isso que ela desejava, ver aquele homem retomar suas atividades galantes?

A noite avançava. Deitada em sua cama, ela se virava e revirava sem encontrar uma posição confortável. Não sabia mais o que devia desejar. Virou-se novamente. E por que devia desejar alguma coisa em relação àquele homem?

A seu lado, o marido dormia de costas, com a boca aberta como um peixe.

# III

Na véspera do dia em que a xeica deveria partir, enquanto todos no castelo se agitavam com os últimos preparativos, Gérios teve a surpresa de ouvir a esposa lhe perguntar, com uma insistência infantil, se ele a autorizaria a se juntar à viagem.

— Você quer passar o inverno no Jord?
— Não todo o inverno, apenas algumas semanas. A xeica já me convidou mais de uma vez...
— Você não tem nada para fazer lá.
— Eu poderia ser sua dama de companhia.
— Você não é uma criada, nem uma dama de companhia, quantas vezes preciso repetir? Você é minha esposa, e ficará ao meu lado. Ninguém deixa o marido assim por semanas e meses, não entendo nem como ousa pensar nisso.

Ela teve que se resignar. Acompanhar a xeica nunca a havia tentado antes, mas naquela manhã, depois de mais uma noite agitada, ela acordara com essa ideia na cabeça. Partir, afastar-se um pouco do castelo, dos murmúrios das mulheres, dos olhares dos homens e de suas próprias dúvidas. Ela não tinha grandes ilusões quanto à reação de Gérios, mas havia esperado um milagre. Ela precisava daquele milagre. E quando foi forçada a renunciar a ele, pareceu subitamente prostrada e se trancou em casa pelo resto do dia para chorar.

— Lâmia tinha dezesseis anos e, quando chorava, duas covinhas se formavam no meio de suas bochechas como para recolher suas lágrimas.

Gebrayel não ignorava nenhum detalhe quando se tratava daquela mulher.

— Você realmente acredita que ela era tão bela quanto dizem?

Minha pergunta era quase sacrílega.

— E mais bela ainda! A mais bela das mulheres! Graciosa, da nuca aos tornozelos. Suas mãos longas e finas, seus cabelos negros que caíam lisos até o meio das costas, seus grandes olhos maternais e sua voz afetuosa. Ela se perfumava com jasmim, como a maioria das moças da aldeia. Mas seu jasmim não se parecia com nenhum outro.

— Por que não? — perguntei ingenuamente.

— Porque aquele jasmim tinha o cheiro da pele de Lâmia.

Gebrayel não sorria. Ele olhava para longe.

— Sua pele era rosada e tão macia que todos os homens sonhavam tocá-la nem que fosse apenas com a ponta dos dedos. Seu vestido se abria até a base do crucifixo, e ainda mais. As mulheres daquela época exibiam os seios sem o menor indício de indecência, e Lâmia deixava à mostra uma face inteira de cada um. Naquelas colinas eu teria gostado de deitar minha cabeça todas as noites...

Pigarreei.

— Como pode saber tantas coisas, você nunca a viu!

— Se não quer acreditar em mim, por que me interroga?

Minha intrusão em seu sonho o havia irritado. Mas ele não me guardou rancor. Levantou-se, preparou para ele e para mim dois grandes copos de xarope de amora.

— Beba lentamente — ele me disse —, a história ainda vai longe.

Quando a caravana da xeica se pôs a caminho, pouco antes do amanhecer, o castelo pareceu se esvaziar. Porque guardas e um grande número de criadas haviam acompanhado a senhora do castelo, e também porque a temporada de colheitas estava no auge e os homens e mulheres de Kfaryabda estavam quase todos nos campos. Naquela manhã, o xeique recebeu apenas três visitantes, e não convidou nenhum para o almoço. Ele pediu que lhe trouxessem numa bandeja os alimentos mais leves, pão, orégano com azeite de oliva, coalhada sem soro. E como Gérios rebolia pelos corredores, o xeique o convidou a se juntar a ele. Então perguntou onde estava Lâmia.

Ela só havia saído para desejar boa viagem à xeica, depois voltara a se trancar em casa, como no dia anterior. E quando Gérios foi lhe dizer que o senhor a convidava para comer, ela respondeu que não estava com fome. Seu marido levantou uma mão ameaçadora.

— Coloque um xale e me siga!

O xeique, como sempre, se mostrou encantado em vê-la, e ela evitou parecer mal-humorada. A conversa logo se tornou um diálogo entre os dois, com Gérios se limitando a olhar de um para outro; com um rosto aberto e um aceno ininterrupto de aprovação quando o xeique falava; assim que Lâmia abria a boca, ele começava a mordiscar o lábio inferior como para lhe dizer que fosse breve. Ele nunca ria espontaneamente das piadas da esposa, esperava que o xeique começasse a rir, olhando exclusivamente para o senhor enquanto durasse a risada.

Lâmia o imitava bem. Olhava apenas para o xeique, ou então para o prato onde molhava seu pão. E o senhor, à medida que a conversa avançava, não dirigia mais nenhum olhar a Gérios. Foi apenas no fim, bem no fim da refeição, que se virou abruptamente para ele, como se tivesse acabado de notar sua presença.

– Quase me esqueci do mais importante. Você precisa urgentemente falar com Yaacoub, o alfaiate. Prometi pagar-lhe mil piastras antes do anoitecer, e pretendo cumprir minha palavra. Além disso, quero que você lhe diga para vir amanhã na primeira hora, preciso de roupas para a estação fria.

Yaacoub morava em Dayroun, a aldeia vizinha, uma boa viagem de duas horas.

Lâmia pegou a bandeja na mesma hora para levá-la para a cozinha.
– Vou fazer café.
– *Khwéja* Gérios não terá tempo de tomar, ele precisa partir agora mesmo para voltar antes do anoitecer.

Era assim que ele o chamava quando queria agradá-lo, *khwéja*, uma antiga palavra turco-persa que designava na Montanha aqueles que, dotados de instrução e fortuna, não trabalhavam a terra com as próprias mãos. O intendente se levantou sem demora.

– Eu também não vou tomar café agora – continuou o xeique depois de breve hesitação. – Melhor depois da sesta. Mas se nossa bela Lâmia pudesse me trazer uma cesta de frutas como só ela sabe arranjar, eu lhe serei grato até o fim dos meus dias.

A jovem não esperava tal pedido. Pareceu constrangida, perturbada, não sabia o que dizer. Seu silêncio durou apenas uma fração de segundo, mas foi o suficiente para Gérios, que, fulminando-a com o olhar, se apressou a responder por ela.

— É claro, nosso xeique! Imediatamente! Lâmia, mexa-se!

Enquanto o senhor se dirigia tranquilamente para seu quarto, Gérios se dirigia com pressa à pequena sala que lhe servia de gabinete. Era lá que ele guardava seu registro, suas penas, seus tinteiros, e também era lá que ficava o cofre onde ele pegaria o dinheiro para o alfaiate. Lâmia o seguiu.

— Espere, preciso falar com você!

— Mais tarde! Você sabe que preciso ir!

— Vou preparar a cesta de frutas para o xeique, mas gostaria que fosse você quem a levasse para ele. Não quero ir até seu quarto, não quero que ele me peça outra coisa.

— O que mais ele poderia pedir?

— Não sei, esse homem é tão exigente, ele vai querer que eu descasque as frutas, que as corte...

Ela gaguejava. Gérios havia soltado a porta do cofre que acabara de abrir e se virara para ela.

— Se você soubesse manter sua posição, como eu sempre pedi que fizesse, o xeique nunca lhe pediria nada.

"E você", ela poderia ter dito, "por acaso mantém sua posição? Ele não poderia ter enviado qualquer um dos criados para dizer a Yaacoub que viesse amanhã?" Mas ela não estava com a menor vontade de começar uma polêmica. Seu tom se tornara suplicante e contrito:

— Eu errei, reconheço, e você estava certo. Mas vamos esquecer o passado...

— Sim, vamos esquecer o passado, e no futuro cuide de manter sua posição. Mas hoje nosso senhor lhe pediu uma coisa, e você vai obedecer.

Lâmia agarrou então seu homem pelas duas mangas. Seus olhos estavam cheios de lágrimas.

— Você precisa entender, tenho medo de ir àquele quarto!

Seus olhares se cruzaram por um tempo, um bom tempo. Lâmia tinha a impressão de que seu marido hesitava, percebia seus conflitos internos, e por um instante imaginou que ele iria dizer: "Entendi sua angústia, sei o que preciso fazer!". Ela queria tanto contar com ele naquele momento. Queria esquecer todas as mesquinharias que censurava ao marido, para lembrar apenas que ele era seu homem, que ela havia sido dada a ele para a vida toda, e que jurara obedecer-lhe para o bem e para o mal.

Gérios não dizia nada, e Lâmia se calou com medo de irritá-lo. Ele pareceu indeciso, dividido. Por alguns segundos, alguns longos segundos. Então a afastou. E se retirou.

– Você já me atrasou bastante. Nunca vou ter tempo de voltar antes do anoitecer.

Ele não voltou a olhar para a esposa. Mas os olhos dela o seguiram enquanto ele partia. Ele estava curvado e suas costas pareciam uma enorme corcova preta. Lâmia nunca o vira tão encolhido.

Ela se sentia traída, abandonada. Enganada.

Ela tomou seu tempo para preparar a bandeja de frutas. Com um pouco de sorte, quando chegasse ao quarto do xeique, ele já estaria dormindo.

Ao atravessar o último corredor, sentiu um formigamento, como um entorpecimento que se espalhava por seus quadris. Era medo? Era desejo? Ou talvez o medo tivesse despertado o desejo?

Agora, suas mãos tremiam. Ela avançava cada vez mais devagar. Se houvesse um Céu que cuidasse de suas criaturas, Ele faria com que ela nunca chegasse àquele quarto.

A porta estava entreaberta, ela a empurrou suavemente com a ponta da cesta e olhou para dentro. O homem estava deitado sobre sua esteira, de costas. Na mão direita, seu passatempo de pedras de âmbar. Quando não fumava seu narguilé, ele ocupava os dedos com esse passatempo; costumava dizer que o som das contas se chocando proporciona serenidade, como o fluxo da água entre as pedras e o crepitar da madeira no fogo.

Lâmia não olhava nem para o âmbar, nem para o sinete que o senhor usava no dedo anelar. Ela apenas verificou com os olhos que seus grossos dedos viris não se moviam. Então tomou coragem, deu dois passos para dentro do quarto e dobrou os joelhos para colocar a cesta no chão. No momento de se levantar, levou um susto. Uma romã havia escorregado e rolava com um som surdo que, aos ouvidos de Lâmia, soava como o rufar de um tambor. Prendendo a respiração, ela esperou a fruta se imobilizar, a um fio de cabelo da mão do dorminhoco. Ela esperou mais um instante antes de se inclinar por cima da cesta para pegar a romã rebelde.

O xeique se moveu. E se virou. Lentamente, como quem acorda. Ao se virar, porém, ele agarrou a romã com a mão inteira, sem olhar, como se tivesse sentido sua presença.

– Você demorou, quase adormeci.

Ele ergueu os olhos para a janela como para adivinhar a hora. Mas as cortinas estavam fechadas e o tempo estava nublado. Poderia ser qualquer hora na penumbra de uma tarde de outono.

– O que você me trouxe de bom?

Lâmia se endireitara com grande dificuldade. Em sua voz, um tremor de medo.

– Uvas, figos frescos, azarolas, algumas maçãs e esta romã.

– E, na sua opinião, de todas as frutas que você trouxe, qual a mais deliciosa? Aquela que eu poderia morder de olhos fechados e sentir na boca apenas um gosto de mel?

Lá fora, uma nuvem espessa devia ter encoberto o sol, pois o quarto ficara infinitamente mais escuro. Era o começo da tarde e a noite já parecia madura. O xeique se levantou, escolheu no cacho mais bonito a uva mais carnuda e a aproximou do rosto de Lâmia. Ela entreabriu os lábios.

Enquanto a uva entrava em sua boca, o homem sussurrou:

– Eu gostaria de vê-la sorrir!

Ela sorriu. E eles compartilharam todas as frutas de setembro.

# SEGUNDA PASSAGEM

## *O verão dos gafanhotos*

*No ano de 1821, perto do fim do mês de junho, Lâmia, esposa de Gérios, o intendente do castelo, deu à luz um menino, que primeiro foi chamado Abbas, depois Tânios. Antes mesmo de abrir seus olhos inocentes, ele atraiu para a aldeia um fluxo de hostilidade imerecida.*

*Foi ele que, mais tarde, recebeu o apelido de kishk e conheceu o destino que todos conhecem. Sua vida inteira não foi mais que uma sucessão de passagens.*

*Crônica montanhesa,*
obra do monge Elias de Kfaryabda.

(Antes de retomar o fio da história, gostaria de me deter um instante nas linhas desta epígrafe, especialmente num termo enigmático, *oubour*, que traduzi como "passagem". Em nenhum lugar o monge Elias julgou necessário defini-lo; no entanto, ele o usa repetidamente, e foi por meio de cruzamentos que pude determinar seu significado.

O autor da *Crônica* diz, por exemplo: "O destino passa e repassa por nós como a agulha do sapateiro através do couro que é moldado". E em outro lugar: "O destino cujas terríveis passagens pontuam nossa existência e lhe dão forma...".

"Passagem" é, portanto, ao mesmo tempo um sinal manifesto do destino — uma intrusão que pode ser cruel, ou irônica, ou providencial — e um marco, uma etapa de uma existência fora do comum. Nesse sentido, a tentação de Lâmia foi, no destino de Tânios, a "passagem" inicial; aquela da qual emanariam todas as outras.)

# I

Quando Gérios retornou de seu encargo já era noite, a verdadeira. Sua esposa já estava no quarto do casal, deitada na cama, e eles não disseram nada um ao outro.

Nas semanas que se seguiram, Lâmia sentiu os primeiros enjoos. Ela estava casada havia quase dois anos, os parentes se preocupavam de ver seu ventre ainda plano, e cogitavam recorrer aos santos e às ervas para desfazer o feitiço. A gravidez trouxe alegria a todos, e as mulheres cercaram a futura mãe com toda a afeição que tinham. Teria sido inútil procurar o menor olhar suspeito, o menor boato maldoso. No entanto, quando a xeica voltou ao castelo, em março, depois de uma estada prolongada com sua família, Lâmia teve a impressão de que suas relações haviam esfriado repentinamente. É verdade que a esposa do senhor estava diferente com todos, irascível e desdenhosa em relação às mulheres da aldeia, que começaram a evitá-la; além disso, seu rosto parecia encovado, um pouco emaciado, embora ela não tivesse deixado de ser obesa.

Os habitantes da região não hesitavam em tecer comentários atrevidos sobre ela. Da parte de "seu" xeique, estavam dispostos a aceitar muitos caprichos, mas aquela estrangeira, "aquele odre de leite azedo", "aquela mulher-espinho nascida dos desatinos do Jord", podia muito bem voltar para os seus se Kfaryabda não lhe agradava mais!

Lâmia, no entanto, não conseguia se convencer de que a senhora do castelo estava com raiva de toda a aldeia, era contra sua pessoa que deviam tê-la alertado, e ela se perguntava o que poderiam ter contado.

A criança nasceu em um dia de verão claro e ameno. Uma nuvem fina suavizava o sol, e o xeique havia mandado espalhar tapetes num terraço com vista para o vale, para almoçar ao ar livre. Em sua companhia estavam o pároco, *bouna* Boutros, outros dois notáveis da aldeia, bem como

Gérios; e, um pouco à parte, sentada em um banquinho, a xeica, com o *tantour* na cabeça e o filho no colo. Com a ajuda do *arak*, todos pareciam de bom humor. Ninguém estava bêbado, mas a alegria tornava os gestos e as palavras mais leves. Em seu quarto, não muito longe dali, Lâmia gemia empurrando a criança para fora com a ajuda da parteira. Sua irmã segurava sua mão, sua irmã mais velha, a *khouriyyé*, esposa do pároco.

Uma menininha correu até os convidados, pronta para anunciar a notícia que eles esperavam; seus olhares deviam ter intimidado a criança, pois ela corou, escondeu o rosto e se contentou em sussurrar uma palavra no ouvido de Gérios antes de fugir. Mas a pressa da mensageira a havia traído, todos entenderam, e o marido de Lâmia, saindo de sua reserva pela primeira vez, anunciou em voz alta: "*Sabi!*".

Um menino!

As taças foram enchidas para celebrar o acontecimento, e então o xeique perguntou ao intendente:

– Como pensa chamá-lo?

Gérios ia pronunciar o nome que tinha em mente quando sentiu, pela entonação da voz do senhor, que este também tinha um; então preferiu dizer:

– Ainda não pensei sobre isso. Enquanto não havia nascido...

Ele acompanhou essa piedosa mentira com uma expressão muito característica, querendo dizer que, por superstição, não ousara escolher um nome de antemão, pois isso seria presumir que seria um menino e que nasceria vivo, como se tomasse como certo algo que ainda não havia sido concedido, presunção que o Céu não apreciava.

– Já eu – disse o xeique –, sempre tive preferência por um nome, Abbas.

Por hábito, assim que o senhor começara a falar, Gérios começara a assentir com a cabeça, e quando o nome foi pronunciado, sua decisão já estava tomada:

– Então será Abbas! E mais tarde diremos ao menino que foi nosso xeique em pessoa quem escolheu seu nome!

Passeando seu olhar de júbilo sobre os presentes para recolher as aprovações de costume, Gérios notou que o pároco tinha o cenho franzido e que a xeica de repente segurava o filho contra si com uma raiva incompreensível. Ela estava pálida como um ramo de cúrcuma, se alguém tivesse talhado seu rosto e suas mãos nenhuma gota de sangue teria brotado.

Os olhos de Gérios se demoraram um momento sobre ela. E de repente ele entendeu. Como diabos ele pudera aceitar aquele nome? E, acima de tudo, como o xeique pudera propô-lo? A alegria e o *arak* deviam ter embaralhado a mente de ambos.

A cena havia durado apenas alguns segundos, mas para a criança, seus parentes e toda a aldeia, tudo de repente mudara. "Naquele dia", escreve o autor da *Crônica montanhesa*, "o destino de todos foi consignado e selado; como um pergaminho, ele só precisaria ser desenrolado."

Tanta lamentação por causa de uma gafe cometida pelo xeique, aliás imediatamente corrigida?

É preciso dizer que em Kfaryabda, e por muitas gerações, havia costumes precisos em relação aos nomes. Os aldeões, "os de baixo", como eram chamados, davam a seus filhos nomes de santos: Boutros, Boulos, Gérios, Roukoz, Hanna, Frem ou Wakim para honrar São Pedro, Paulo, Jorge, Roque, João, Efrém ou Joaquim; às vezes também nomes bíblicos, como Ayyoub, Moussé e Toubiya, para Jó, Moisés e Tobias.

Na família do xeique – "os de cima" –, havia outros hábitos. Os meninos deviam ter nomes que evocassem poder ou glórias passadas. Como Sakhr, Raad, Hosn, que significam "rochedo", "trovão", "fortaleza". Também certos nomes da história islâmica; a família do xeique era cristã havia séculos, o que não a impedia de reivindicar, entre seus ancestrais, Abbas, o tio do Profeta, assim como uma boa dúzia de califas; havia, aliás, na parede da Sala dos Pilares, logo atrás do lugar onde o xeique costumava se sentar, um largo e alto painel no qual estava traçada uma árvore genealógica que faria inveja a muitas cabeças coroadas, inclusive a do sultão de Istambul, cujas origens de modo algum remontavam à nobre família de Meca e se perdiam, por mais que ele fosse califa, nas estepes da Ásia Oriental.

O xeique havia chamado seu filho de Raad, como seu próprio pai. Quanto a ele – não será fácil explicar, mas assim era –, seu nome era Francis. Sim, xeique Francis. Nome que não pertencia, obviamente, nem à panóplia guerreira nem à família do Profeta, e que se parecia muito com os nomes de santos comuns entre os moradores da aldeia. Mas isso apenas na aparência. Não se tratava de nenhuma referência particular aos santos do calendário, nem a São Francisco de Sales nem a São Francisco de

Assis, salvo no fato de Francisco I ter recebido seu nome em homenagem a este último. Havia um "xeique Francis" a cada geração desde o século XVI, desde o dia em que o rei da França, tendo obtido de Solimão, o Magnífico, um direito de supervisão sobre o destino das minorias cristãs do Levante, assim como sobre os Lugares Santos, escrevera aos chefes das grandes famílias da Montanha para assegurá-los de sua proteção. Entre os destinatários estava um dos ancestrais de nosso xeique; ele recebeu a mensagem, dizem, no dia do nascimento de seu primeiro filho. Que foi imediatamente chamado de Francis.

Embora as explicações que acabo de fornecer pareçam necessárias hoje, os aldeões da época não precisariam delas. Nenhum deles teria julgado insignificante o fato de o xeique dar ao filho de Lâmia o nome mais prestigioso de sua própria linhagem. Gérios já podia ouvir o imenso riso sarcástico que sacudiria Kfaryabda! Onde poderia esconder sua vergonha? Ao se levantar da mesa para ir ver a criança, ele não tinha nada de um pai feliz e orgulhoso, seu bigode parecia desfeito, ele mal conseguiu caminhar direito até o quarto onde Lâmia dormia.

Havia uma dúzia de mulheres de todas as idades que se atarefavam em torno dela. Sem perceber no atordoamento de Gérios nada além de uma alegria esmagadora, elas o empurraram na direção do berço onde a criança dormia, com a cabeça já coberta por um gorro de linho.

– Ele parece saudável – elas murmuravam. – Deus permita que ele viva!

Somente a esposa do pároco percebeu a expressão do homem.

– Você parece abatido, será porque a família está crescendo?

Ele permaneceu imóvel e mudo.

– Como pensa chamá-lo?

Gérios queria esconder seu desespero, mas para ela, para a *khouriyyé*, ele precisava falar. Porque somente ela tinha ascendência sobre todos os habitantes da aldeia, inclusive o xeique. Ela se chamava Saada – mas mais ninguém a chamava assim, nem mesmo seu marido –, havia sido a mais bela jovem de Kfaryabda em sua época, assim como sua irmã Lâmia dez anos depois. E se seus oito ou nove partos a haviam, desde então, engordado e desgastado, seu encanto, em vez de abandoná-la, parecia ter se transferido totalmente para a superfície de seus olhos, maliciosos e autoritários.

— Estávamos almoçando e... o xeique sugeriu chamá-lo de Abbas.

Gérios se esforçara para dominar sua emoção, mas a última parte da frase escapara como um gemido. A *khouriyyé* se conteve para não demonstrar seu susto. Ela conseguiu até abrir um sorriso.

— Isso é bem típico do seu xeique, um homem que cede sem reservas aos impulsos de seu grande coração. Ele aprecia seu auxílio, sua dedicação, sua honestidade, agora o considera como um irmão, e acredita honrá-lo dando a seu filho um nome de sua própria família. Na aldeia, porém, as pessoas não vão interpretar isso da mesma maneira.

Gérios abriu os lábios para perguntar como as pessoas reagiriam, mas nenhum som saiu de sua garganta, e foi a esposa do pároco que continuou:

— Elas vão murmurar: Gérios nos dá as costas porque mora lá em cima, ele não quer dar a seu filho um nome como os nossos. Elas vão querer mal a você, assim como a sua esposa, e as línguas vão se soltar. Elas já invejam sua posição...

— Você tem razão, *khouriyyé*. Mas eu já disse ao xeique que me sentia honrado com seu gesto...

— Vá até ele e diga que Lâmia havia feito um voto, em segredo. Como você gostaria de chamar essa criança?

— Tânios.

— Perfeito, diga que a mãe prometera lhe dar o nome de *mar* Tânios se o santo o fizesse nascer saudável.

— Tem razão, é isso que vou dizer. Vou falar com ele amanhã, quando estivermos a sós.

— Amanhã vai ser tarde demais. Vá agora mesmo, antes que o xeique comece a proclamar Abbas a torto e a direito, depois ele não vai querer se desdizer.

Gérios foi, angustiado com a ideia de ter que, pela primeira vez na vida, contrariar seu senhor. Ele se concentrou em preparar mentalmente uma longa explicação circunstanciada, cheia de agradecimentos eternos e humildes desculpas... Mas não precisou usá-la. A coisa foi muito mais simples do que ele previra.

— Um voto é sagrado — disse o xeique logo nas primeiras palavras. — Não se fala mais nisso, será Tânios!

O senhor da aldeia também tivera tempo de refletir. Especialmente depois que a xeica se levantara, arrancara o filho do chão com um gesto tão brusco que a criança começara a gritar, e depois se retirara sem dizer uma palavra aos convidados.

Ela fora se refugiar em seu quarto, ou, para ser mais exato, na sacada de seu quarto, onde passaria o resto do dia percorrendo-a e murmurando imprecações fervorosas. Ela nunca se sentira tão humilhada. Ela, que vivera paparicada numa das maiores casas da Montanha, que diabos estava fazendo na casa daquele conquistador de aldeia? Ela culpava o mundo inteiro, até mesmo o patriarca, seu confessor. Não fora ele quem tivera a ideia daquele casamento?

Ela jurou para si mesma que no dia seguinte, antes do amanhecer, deixaria aquele maldito castelo com seu filho, e se alguém tentasse impedi-la, enviaria uma mensagem ao pai e aos irmãos, que viriam resgatá-la com armas em punho, com todos os seus homens, e devastariam as terras do xeique! Até então, ela sempre se mostrara resignada, aceitara tudo em silêncio. Mas daquela vez não se tratava de uma escapadela na aldeia, era algo completamente diferente: aquele homem tinha feito um filho numa mulher que morava sob seu teto, e não se contentara com isso, quisera ainda reivindicá-lo publicamente, quisera dar àquela criança o nome de seu ilustre antepassado, para que ninguém tivesse a menor dúvida de sua paternidade!

Por mais que tentasse explicar a coisa de mil maneiras diferentes, por mais que procurasse pretextos para ser mais uma vez conciliadora e submissa, não, ela não conseguia tolerar aquilo. Mesmo a mais humilde camponesa teria procurado vingança se tivesse sofrido tal afronta, e ela, filha de um poderoso senhor, se deixaria pisotear?

Então, agarrando com as duas mãos o alto *tantour* de sua cabeça, ela o arrancou e o atirou no chão. Seus cabelos caíram soltos em tufos escuros. E em seu rosto de criança gorda, um sorriso de vitória apareceu em meio às lágrimas.

Nas cozinhas do castelo, em homenagem ao menino que acabara de nascer, as mulheres da aldeia, com as mãos cheias de canela e cominho, preparavam de coração leve o *meghli* das celebrações.

# I I

No dia seguinte ao nascimento de Tânios, o xeique saiu bem cedo para caçar perdizes, acompanhado por Gérios e alguns outros notáveis de Kfaryabda. Quando ele voltou, no início da tarde, uma criada foi avisá-lo em voz alta, diante de todo o pessoal da casa reunido para recebê-lo, que a xeica havia partido às pressas para o grande Jord, levando seu filho, e que fora ouvida murmurando que não voltaria tão cedo.

Poucos ignoravam que o senhor se adaptava muito bem às ausências prolongadas da esposa; se ela tivesse expressado sua intenção de partir, ele não teria tentado retê-la. Mas ser informado daquele jeito, em público, passando por marido abandonado, isso ele não podia tolerar. Ele a traria de volta ao castelo, mesmo que tivesse que arrastá-la pelos cabelos!

Selando sua melhor montaria, uma égua alazã que ele chamava de Bsat-er-rih, "Tapete-do-vento", e acompanhado por dois homens de sua guarda, excelentes cavaleiros, pegou a estrada sem sequer lavar o rosto. Deitou-se em campo aberto mais para descansar os animais do que a si mesmo, já que sua raiva o mantinha desperto, e chegou à residência do sogro antes que a comitiva da esposa tivesse desencilhado os animais.

Ela tinha ido soluçar em seu quarto de menina, para onde seu pai e sua mãe a haviam seguido. O xeique os alcançou sem demora. E tomou a dianteira:

– Vim para dizer uma única coisa. Minha esposa é filha de um homem poderoso, que respeito tanto quanto meu próprio pai. Mas ela se tornou minha esposa, e mesmo que fosse filha do sultão, não admito que saia de casa sem minha permissão!

– E eu – disse o sogro – também tenho uma única coisa a dizer: dei minha filha ao descendente de uma família prestigiosa, para que ele a tratasse com honra, não para vê-la voltar para casa arrasada!

— Ela alguma vez já pediu uma coisa sem obtê-la? Ela não possui tantas criadas quanto deseja, e dezenas de aldeãs à espera de uma palavra sua para servi-la? Que ela o diga, que fale sem restrições já que está na casa de seu pai!

— Você talvez não a tenha privado de nada, mas a humilhou. Não casei minha filha para livrá-la da necessidade, veja bem. Casei-a com o filho de uma grande família para que fosse respeitada na casa de seu marido tanto quanto o foi nesta aqui.

— Poderíamos falar de homem para homem?

O sogro fez sinal para sua esposa levar a filha para o quarto ao lado. Esperou que fechassem a porta para acrescentar:

— Fomos avisados que você não deixava nenhuma mulher de sua aldeia em paz, mas esperávamos que o casamento o tornasse mais sensato. Infelizmente, há homens que só se acalmam na morte. Se esse for o remédio, temos nesta região milhares de médicos que sabem administrá-lo.

— Está me ameaçando de morte em sua própria casa? Então vá em frente, me mate! Vim sozinho, de mãos vazias, e seus homens estão por toda parte. Basta chamá-los.

— Não estou ameaçando, só quero saber que linguagem usar com você.

— Falo a mesma língua que você. E não fiz nada que você não tenha feito. Já andei por sua aldeia, e em todo o vasto domínio que lhe pertence metade das crianças se parece com você e a outra metade com seus irmãos e com seus filhos! Tenho em minha aldeia a mesma reputação que você na sua. Nossos pais e nossos avôs tinham a mesma, na época deles. Não venha me apontar o dedo como se eu tivesse feito o impensável, só porque sua filha veio choramingando. Sua esposa já deixou esta casa porque você dormia com as mulheres da aldeia?

O argumento pareceu surtir efeito, pois o senhor do grande Jord permaneceu pensativo por um bom tempo, como se não conseguisse decidir que atitude tomar.

Quando ele retomou a palavra, falou um pouco mais devagar e num tom mais baixo.

— Todos temos coisas a nos censurar, eu não sou São Maron e você não é Simeão Estilita. Mas, de minha parte, nunca negligenciei minha mulher para me apaixonar pela de meu guarda campestre, e acima de tudo nunca engravidei outra mulher sob meu próprio teto. E se uma mulher tivesse tido um filho meu, eu nunca pensaria em dar a ele o nome do mais prestigioso de meus ancestrais.

– Aquela criança não é minha!
– Todo mundo parece pensar o contrário.
– O que todo mundo pensa não importa. Eu é que sei. Não dormi com aquela mulher sem saber!

O sogro se calou novamente, como se avaliasse mais uma vez a situação, depois abriu a porta e chamou a filha.

– Seu marido me garante que não houve nada entre ele e aquela mulher. E se ele diz, devemos acreditar.

A mãe da xeica, tão volumosa quanto ela, e vestida de preto como certas religiosas, interveio:

– Quero que aquela mulher vá embora com seu filho!

Mas o xeique de Kfaryabda respondeu:

– Se aquele filho fosse meu, eu seria um monstro de expulsá-lo de minha casa. E se ele não é meu filho, de que me acusam? De que acusam aquela mulher, seu marido e seu filho? Por qual crime querem puni-los?

– Não voltarei ao castelo enquanto aquela mulher não sair de lá – disse a xeica com grande segurança, como se a questão não permitisse negociação.

O xeique estava prestes a responder, mas seu anfitrião se antecipou:

– Quando seu pai e seu marido deliberam, você se cala!

Sua filha e sua esposa olharam para ele horrorizadas. Mas ele, sem lhes dar a menor atenção, já havia se voltado para o genro e colocado o braço em torno de seus ombros.

– Dentro de uma semana, sua esposa estará de volta à sua casa, e se ela se obstinar, eu mesmo a levarei de volta! Mas já falamos o suficiente. Venha, meus visitantes vão pensar que estamos discutindo! E vocês, mulheres, em vez de ficarem aí como corvos nos encarando, corram até a cozinha para ver se o jantar está pronto! O que nosso genro vai pensar de nós se o deixarmos faminto depois dessa longa viagem? Que chamem a filha de Sarkis, para que ela nos cante um *ataba*! E que nos tragam os narguilés, com o novo tabaco da Pérsia! Você vai ver, xeique, parece que estamos fumando mel.

Ao retorno do senhor, a aldeia inteira fervilhava de rumores sobre a partida de sua esposa, sobre sua própria partida precipitada, e, naturalmente, sobre Lâmia, seu filho e o nome que quase lhe fora dado. Mas o xeique mal lhes dava ouvidos, ele estava preocupado com outra coisa. Seu sogro. Que milagre fizera aquele personagem temido em toda a Montanha lhe dar razão se, um instante antes, ele o ameaçara de morte? Ele não podia acreditar que seus argumentos o haviam convencido, homens como ele não procuram convencer ou ser convencidos, tudo para eles é uma troca de golpes, e se ele não devolvera imediatamente todos os que recebera, havia motivo para preocupação.

Aos moradores que haviam acorrido em grande número para lhe dar as boas-vindas, o xeique respondia com fórmulas curtas e vazias, e só falava da esposa e do sogro nos termos mais comedidos.

Ele estava em casa havia poucas horas quando a *khouriyyé* fez uma entrada notável na Sala dos Pilares. Ela carregava um objeto coberto por um véu de seda lilás e, ainda a uma boa distância do senhor, disse em voz alta:

— Tenho algo a pedir a nosso xeique, em particular.

Todos os presentes se levantaram juntos para sair. Só a *khouriyyé* conseguia esvaziar o salão do castelo daquela maneira, sem que o senhor pensasse em dizer uma palavra. Ele até achou graça, dizendo à intrusa:

— O que você quer me pedir dessa vez?

Isso teve o dom de provocar entre os homens que se dispersavam uma cascata de risos que se prolongou do lado de fora.

Porque ninguém ignorava o que havia acontecido na vez anterior.

Tinha sido havia mais de doze anos, aquela mulher corpulenta era então apenas uma jovem, e o xeique ficara surpreso ao vê-la chegar em sua casa sem os pais e exigir falar com ele sem testemunhas.

— Tenho um favor a pedir — ela dissera —, e não poderei dar nada em troca.

Seu pedido não era simples: ela havia sido prometida a seu primo Boutros, filho do velho pároco da época, mas o jovem, que fora ao convento para estudar e se preparar para substituir o pai, fora notado por um padre italiano que o persuadira a pronunciar seus votos sem se casar, como na Europa, explicando-lhe que nenhum sacrifício era mais agradável ao Céu do que o celibato. Ele até prometera que, se ele se abstivesse de tomar uma esposa, seria enviado ao Grande Seminário, em Roma, e que, ao retornar, poderia se tornar bispo.

— Renunciar a uma moça bonita como você para se tornar bispo, esse Boutros deve estar fora de si — disse o xeique sem sorrir.

— É o que penso também — concordou a jovem, corando levemente.

— Mas o que você gostaria que eu fizesse?

— Nosso xeique encontrará uma maneira de falar com ele. Eu soube que Boutros virá ao castelo amanhã com seu pai...

O velho sacerdote se apresentou, de fato, apoiado no braço do filho, e começou a explicar orgulhosamente ao xeique que seu filho havia sido brilhante nos estudos, a ponto de seus superiores o notarem, até mesmo um visitante italiano que prometia levá-lo a "Roumieh", a cidade do papa, nada menos.

— Amanhã — concluiu ele —, nosso vilarejo terá um pároco muito mais digno do que este seu servidor.

O velho esperava da parte do senhor um rosto radiante e algumas palavras de incentivo. Ele só teve direito a um olhar sombrio. Seguido de um silêncio ostensivamente constrangedor. E das seguintes palavras:

— Quando você nos deixar, *bouna*, depois de uma longa vida, não precisaremos mais de um pároco.

— Como assim?

— É uma coisa decidida de longa data. Eu, com todos os meus, e todos os meeiros, decidimos nos tornar muçulmanos.

Um olhar furtivo foi trocado entre o xeique e os quatro ou cinco aldeões que estavam com ele naquele momento, e que, então, num mesmo movimento, começaram a balançar tristemente a cabeça.

— Não queremos fazer isso enquanto você estiver vivo, para não partir seu coração, mas quando não estiver mais entre nós, a igreja será transformada em mesquita, e nunca mais precisaremos de um pároco.

O jovem seminarista ficou atordoado, o mundo inteiro desmoronava a seu redor. Mas o velho pároco não parecia perturbado. Ele conhecia "seu" xeique.

— Algo não vai bem, xeique Francis?

— Nada vai bem, *bouna*! Toda vez que um de nós vai a Trípoli, a Beirute, a Damasco, a Alepo, é submetido a vexames, é criticado por usar tal cor em vez de outra, por andar à direita em vez de à esquerda. Já não sofremos o suficiente?

— Sofrer por sua Fé é agradável ao Senhor — disse o seminarista, todo inflamado —, devemos estar prontos para todos os sacrifícios, até mesmo para o martírio!

— Por que você quer que morramos pela religião do papa, quando Roma nos ignora?

— Como assim?

– Eles não têm nenhum respeito por nossas tradições. Um dia, você vai ver, eles vão acabar nos enviando párocos celibatários que vão olhar para nossas mulheres com cobiça, nenhuma delas ousará se confessar, e os pecados se acumularão sobre nossas cabeças.

O seminarista começava a entender o verdadeiro objetivo do debate. Ele julgou útil apresentar seus argumentos.

– Na França, todos os padres são celibatários, e são bons cristãos!

– A França é a França, aqui é aqui! Sempre tivemos párocos casados, e sempre demos a eles a moça mais bonita da aldeia para que ficassem satisfeitos e não olhassem com cobiça para as mulheres dos outros.

– Há homens que sabem resistir à tentação.

– Eles resistem melhor se tiverem suas esposas ao lado!

Os visitantes balançavam a cabeça cada vez mais, especialmente agora que estavam tranquilizados quanto às verdadeiras intenções de seu xeique, cujos ancestrais haviam se tornado cristãos justamente para se conformar à fé de seus súditos.

– Escute, meu filho – continuou o senhor –, vou falar sem rodeios, mas não voltarei atrás em nenhuma das minhas palavras. Se você busca ser um homem santo, fique sabendo que seu pai, mesmo casado, tem mais santidade do que toda a cidade de Roma; se você busca servir a aldeia e os fiéis, basta seguir esse exemplo. No entanto, se seu objetivo é se tornar bispo, se sua ambição é maior do que esta aldeia, então pode ir para Roma, ou Istambul, ou qualquer outro lugar. Mas saiba que, enquanto eu não estiver morto e enterrado, você nunca mais colocará os pés nesta Montanha.

Percebendo que a discussão havia ido longe demais, o velho pároco tentou encontrar uma saída.

– O que nosso xeique deseja? Se viemos vê-lo, foi justamente para pedir seu conselho.

– Para que dar conselhos quando ninguém quer ouvir?

– Fale, xeique, faremos o que deseja.

Todos os olhares se voltaram para Boutros, que, sob tanta pressão, precisou assentir com a cabeça. Então o xeique fez sinal a um de seus guardas e murmurou três palavras em seu ouvido. O homem se ausentou por alguns minutos e voltou acompanhado da jovem Saada e de seus pais.

O futuro pároco deixou o castelo naquele dia devidamente noivo, com a bênção de seu pai. Ele não continuaria os estudos em Roma, nem se tornaria bispo. Por isso, guardou rancor pelo xeique por algum tempo. Mas assim que começou a viver com a *khouriyyé*, passou a sentir uma gratidão infinita por seu benfeitor.

Fora a esse episódio que o xeique aludira quando a esposa do pároco se apresentara diante dele naquele dia. E, quando ficaram a sós, ele acrescentou:

— Da última vez, você queria a mão de *bouna* Boutros, eu a dei a você. Dessa vez, o que você quer?

— Dessa vez, quero a sua mão, xeique!

Antes que ele se recuperasse da surpresa, ela pegara sua mão e retirara o véu que cobria o objeto que carregava. Era um evangelho. Ela colocou a mão do xeique sobre ele, com autoridade. Frente a qualquer outra pessoa, ele teria resistido, mas com ela deixou-se levar docilmente. A audácia daquela mulher sempre lhe inspirara uma bem-humorada admiração.

— Considere-se no confessionário, xeique!

— Desde quando uma mulher toma a confissão?

— Desde hoje.

— Porque as mulheres aprenderam a guardar segredo?

— O que você disser não sairá daqui. E se eu, lá fora, tiver de mentir para proteger minha irmã, mentirei. Mas quero que você me diga a verdade.

Parece que o xeique permaneceu em silêncio por um bom tempo. Antes de dizer, fingindo cansaço:

— A criança não é minha, se é isso que você quer saber.

Talvez ele fosse acrescentar algo mais, mas ela não lhe deu tempo e não acrescentou mais nada. Ela cobriu o evangelho com seu véu de seda e o levou para fora.

O xeique teria mentido, com a mão sobre o Livro Sagrado? Não acredito. Por outro lado, nada permite afirmar que a *khouriyyé* tenha relatado fielmente suas palavras. Ela prometera a si mesma que diria aos moradores da aldeia apenas o que considerasse necessário dizer-lhes.

Eles acreditaram nela? Talvez não. Mas nenhum deles teria colocado sua palavra em dúvida.

Por causa dos "gafanhotos"...

## I I I

Quando a xeica voltou a Kfaryabda na primeira semana de agosto, seu pai a acompanhava, mas também seus cinco irmãos, sessenta cavaleiros e trezentos homens a pé, além de escudeiros, damas de companhia, criadas e criados – ao todo, cerca de seiscentas pessoas.

Os guardas do castelo queriam se espalhar pelo território para chamar os aldeões às armas, mas o xeique lhes disse que se acalmassem e fizessem boa figura; apesar das aparências, era apenas uma visita. Ele mesmo foi até o alpendre para receber dignamente seu sogro.

– Vim com minha filha, como havia prometido. Alguns primos fizeram questão de me acompanhar. Eu lhes disse que sempre é possível encontrar nas terras do xeique um canto à sombra para descansar a cabeça e duas azeitonas para enganar a fome.

– Sintam-se em casa, entre os seus!

O senhor do grande Jord se virou então para seus partidários.

– Vocês ouviram, sintam-se em casa. Reconheço a generosidade de nosso genro!

Palavras recebidas com vivas animados demais para não serem inquietantes.

No primeiro dia, houve um banquete de boas-vindas, como manda a tradição. No segundo dia, foi preciso alimentar toda aquela gente de novo, e também no terceiro dia, no quarto, no quinto... As provisões para o novo ano ainda não tinham sido feitas, e com um banquete por dia, às vezes dois, as reservas do castelo foram rapidamente esgotadas. Não havia mais uma gota de azeite, vinho ou *arak*, nem farinha, café ou açúcar, nem ensopado de cordeiro. A colheita já se anunciava escassa naquele ano, e ao ver os animais que eram abatidos todos os dias – bezerros, cabras para carne moída, cordeiros às dúzias e galinheiros inteiros –, os habitantes da minha aldeia sentiam a proximidade da fome.

Então por que não reagiam? Certamente não por falta de vontade, e tampouco a pretensa "intocabilidade dos convidados" os retinha – ah não, eles teriam trespassado até o último, com total consciência, assim que aqueles "convidados" violassem deliberadamente as regras da hospitalidade. Mas o acontecimento era demasiado singular para ser avaliado à luz das convenções. Pois se tratava, não nos esqueçamos, de uma disputa conjugal. Grotesca, desproporcional, mas ainda assim uma disputa conjugal. O senhor do grande Jord viera repreender à sua maneira um genro que o havia ofendido, e ninguém melhor que a xeica soubera expressar isso ao dizer a uma aldeã que se queixava do que estava acontecendo: "Vá dizer a seu senhor que, se ele não tem meios para manter a comitiva de uma grande dama, teria sido melhor se casar com uma de suas camponesas!". Era esse o estado de espírito daqueles "visitantes". Eles não tinham vindo massacrar a população, incendiar a aldeia, saquear o castelo... Queriam apenas esgotar os recursos de seu anfitrião.

Seus heróis não eram os combatentes mais valentes, mas os maiores comilões. A cada banquete, eles eram reunidos no meio da tropa, que os encorajava com aplausos e risadas, e eles se mediam assim, por quem comeria mais ovos cozidos, quem engoliria sozinho uma jarra de vinho dourado ou um prato inteiro de *kebbé*, um prato do tamanho de braços abertos. A vingança pelo empanturramento, por assim dizer.

E se eles aproveitassem um desses banquetes regados a muito vinho para atacar? Os habitantes de Kfaryabda cultuavam façanhas guerreiras, e mais de um corajoso combatente fora murmurar ao ouvido do xeique que bastaria uma palavra dele, um gesto... "Não vamos massacrá-los, de forma alguma, nos contentaríamos em nocauteá-los, depois os despiríamos, os amarraríamos nus às árvores, ou os penduraríamos pelos pés até que regurgitassem tudo."

Mas o xeique invariavelmente respondia: "O primeiro que sacar sua arma, eu o estriparei com minhas próprias mãos. O que vocês sentem, eu sinto; o que dói em vocês, dói em mim; e o que vocês querem fazer, eu quero fazer mais que todos vocês. Sei que vocês sabem lutar, mas não quero um massacre, não quero inaugurar vinganças intermináveis com meu próprio sogro, que dispõe de vinte vezes mais homens que eu. Não quero que esta aldeia se encha de viúvas, geração após geração, porque um dia nos faltou paciência com esses inomináveis. Confiemos em Deus, Ele saberá como fazê-los pagar!".

Alguns jovens saíram do castelo praguejando. Normalmente, era o pároco que invocava Deus e o xeique que liderava as tropas no combate... Mas a maioria se alinhou à opinião do senhor, e ninguém, em todo caso, queria tomar a iniciativa de derramar sangue primeiro.

Então se recorreu a outro tipo de vingança, a dos impotentes: a aldeia começou a disseminar anedotas ferozes sobre aquele que, com uma leve torção da palavra, passou a ser chamado não mais de senhor do Jord – que significa "as alturas áridas"–, mas de senhor dos *jrad* – que quer dizer "gafanhotos". As tiradas espirituosas, na época, eram compostas em versos populares, como este:

*Perguntam-me por que lamento minha sorte,*
*Como se nunca antes tivesse sofrido com os gafanhotos!*
*É verdade que eles invadiram meu campo no ano passado,*
*Mas os do ano passado não devoravam carneiros.*

A cada noitada, os recitadores se exaltavam contra a gente do grande Jord, zombando de seu sotaque e de sua aparência, ridicularizando sua região e seu chefe, colocando em dúvida sua virilidade, reduzindo todos os seus feitos de armas passados e futuros aos de um bando de glutões, que haviam marcado profundamente as imaginações. Mas a mais vilipendiada de todas era a xeica, que era retratada nas posturas mais escabrosas mesmo na presença das crianças. E todos riam até se perderem no esquecimento.

Por outro lado, ninguém se atreveria a fazer a menor piada, a menor alusão desagradável a respeito de Lâmia, seu marido, ou à incerta paternidade de seu filho. Não resta dúvida de que se todos esses eventos não tivessem ocorrido – se a xeica não tivesse procurado vingança, se ela tivesse simplesmente partido fazendo alguma observação mordaz – os sussurros e olhares enviesados teriam tornado a vida insuportável para Gérios e os seus, e os teriam forçado a se exilar. Mas ao declarar guerra à aldeia inteira, ao empenhar-se em empobrecê-la, esfomeá-la e humilhá-la, o senhor do grande Jord conseguira o resultado inverso. A partir daquele momento, questionar a virtude de Lâmia e a paternidade de seu filho seria reconhecer a validade dos argumentos dos "gafanhotos", seria justificar suas extorsões, qualquer um que adotasse tal atitude se colocaria como inimigo do vilarejo e de seus habitantes, e não teria mais lugar entre eles.

Até mesmo Gérios, que depois do episódio do nome se sentira alvo da chacota da aldeia, via agora as pessoas se amontoarem a seu redor com abraços calorosos, como para parabenizá-lo. Parabenizá-lo pelo quê? Aparentemente, pelo nascimento de um filho, mas a verdade era outra, e embora ninguém fosse capaz de explicá-la, todos a entendiam em seus corações: por bravata, os aldeões haviam erigido o delito pelo qual estavam sendo punidos em afronta, da qual cada um dos protagonistas se via absolvido e devia ser defendido, fosse ele o amante imprudente, a esposa infiel ou o marido enganado.

Falando deste último, é preciso dizer que, desde a chegada dos "gafanhotos" e enquanto esperava que eles fossem embora, Gérios prudentemente deixara o castelo com a esposa e o recém-nascido, então com quarenta dias, para se alojar por algum tempo na casa do pároco, seu cunhado, num quarto adjacente à igreja. Lá, houvera um desfile ininterrupto de visitantes atenciosos – mais do que eles haviam recebido em dois anos em seus aposentos "de cima" –, especialmente mães que queriam, todas, amamentar aquela criança, nem que fosse uma vez, para expressar na carne sua fraternidade.

Muita gente devia se perguntar se aquela extrema benevolência continuaria quando os "gafanhotos" não estivessem mais lá para alimentá-la.

"... Pois sua nuvem nefasta acabaria voando", diz a *Crônica*, "para as alturas áridas do grande Jord."

Rumores se propagaram na véspera desse dia abençoado, mas os aldeões não lhes deram crédito; fazia seis penosas semanas que boatos circulavam durante o dia para serem desmentidos ao cair da noite. Muitas vezes, aliás, eles emanavam do castelo e dos próprios lábios do xeique, a quem, no entanto, ninguém criticava por essas mentiras. "Não se diz que épocas sombrias são atravessadas de falsa esperança em falsa esperança, como quando nos encontramos na montanha, durante a primavera, no meio de um curso d'água e precisamos avançar em direção à margem pulando de uma pedra escorregadia para outra?"

Daquela vez, porém, o xeique tivera a impressão de que seus "convidados" estavam realmente prestes a partir. Quase prisioneiro em seu próprio castelo, ele se esforçava para manter as aparências e, todas as manhãs, convidava seu sogro para tomar café em sua companhia no *liwan*, uma espécie de varanda interna que dava para o vale, o único lugar de onde se podia contemplar algo que não as dezenas de tendas desordenadamente erguidas pelos visitantes, que haviam transformado os arredores do castelo num verdadeiro acampamento nômade.

Sogro e genro trocavam farpas cobertas de mel havia algum tempo quando a xeica foi dizer ao pai que sentia falta do filho, deixado com a avó durante aquela "visita", e que gostaria de vê-lo novamente. O senhor dos "gafanhotos" fingiu a mais sincera indignação:

— Mas como! É a mim que você pede permissão para partir, estando seu marido presente?

O dito marido sentiu então que o círculo finalmente se fechava, que a visita-punição estava prestes a terminar. Ele se alegrou e se preocupou ao mesmo tempo. Ele temia que, no momento da despedida, como um grande final, e para deixar uma lembrança, a horda se entregasse a uma orgia de pilhagem e fogo. Muitos na aldeia tinham o mesmo medo, a ponto de não ousarem desejar que o dia fatídico da partida estivesse próximo, preferindo ver o prolongamento das semanas de pilhagem pacífica.

Os fatos desmentiriam esses temores. Contra todas as expectativas, os gafanhotos se retiraram em boa ordem, ou quase; era o fim de setembro, as vinhas e os pomares foram "visitados" no caminho e devidamente limpos — mas isso ninguém achava que poderia ser evitado. Em contrapartida, não houve nenhuma morte, nenhuma destruição. Eles também não queriam desencadear um *thar*, um ciclo de vingança; queriam apenas infligir ao genro uma custosa humilhação, e isso fora feito. O xeique e seu sogro até se abraçaram no alpendre, como na chegada, entre os mesmos vivas zombeteiros.

As últimas palavras ouvidas da boca da xeica foram: "Voltarei no fim do inverno". Sem especificar se estaria tão amplamente escoltada.

Naquele inverno, a região inteira conheceu a fome, e nossa aldeia sofreu mais duramente do que outras. Quanto mais os alimentos se esgotavam, mais os "gafanhotos" eram amaldiçoados; se aquela gente tivesse a intenção de voltar, ninguém, nem mesmo o xeique, poderia impedir um massacre.

Por anos eles foram esperados, vigias foram postados nas estradas e no topo das montanhas, planos foram elaborados para exterminá-los, e se alguns temiam seu retorno, muitos outros os esperavam com pé firme, inconsoláveis por terem se mostrado tão pacientes da primeira vez.

Eles não voltaram. Talvez nunca tivessem tido essa intenção. Mas talvez tenha sido por causa da doença que atingiu a xeica, uma tísica, ao que parece, que os habitantes da minha aldeia naturalmente viram como um justo castigo. Visitantes que vinham do grande Jord e que a tinham visto na casa de seu pai contaram que ela estava fraca, magra, envelhecida, irreconhecível, e que claramente definhava...

Pouco a pouco, à medida que o perigo se afastava, aqueles que sempre tinham tido dúvidas a respeito do nascimento de Tânios, e que consideravam alto demais o preço pago por aquela aventura galante, começaram a se atrever a levantar a voz.

No início, nenhum eco disso chegava até o filho de Lâmia, ninguém teria falado em sua presença. Embora tivesse crescido, como todos os aldeões de sua geração, com medo dos "gafanhotos", ele não poderia suspeitar que fora seu nascimento que atraíra aquela calamidade sobre os seus. Ele teve uma infância feliz, pacata e mesmo gulosa, alegre e impulsiva, ele era um pouco o mascote da aldeia e, na mais pura inocência, aproveitava.

Com o passar dos anos, às vezes acontecia de um visitante, ignorante ou perverso, vendo aquele belo menino bem-vestido brincando à vontade nos corredores do castelo, lhe perguntar se ele não era o filho do xeique. Tânios respondia rindo: "Não, sou filho de Gérios". Sem hesitar, e sem pensar em alguma maldade.

Parece que ele nunca teve a mais ínfima suspeita a respeito de seu nascimento até o dia maldito em que alguém lhe gritou na cara três vezes: Tânios-kishk! Tânios-kishk! Tânios-kishk!

# TERCEIRA PASSAGEM

## *O destino nos lábios do louco*

*A palavra do sábio flui com clareza. Mas desde sempre os homens preferiram beber a água que jorra das cavernas mais obscuras.*

Nader,
*A sabedoria do tropeiro.*

# I

Eu poderia indicar com exatidão o lugar onde estava o filho de Lâmia quando o incidente ocorreu. Os lugares mudaram pouco. A praça principal conservou o mesmo aspecto e a mesma denominação, "Blata", que significa "laje". Ninguém marca um encontro "na praça", mas "na laje". Hoje como ontem. Bem ao lado, a escola paroquial, ativa há três séculos; ninguém, entretanto, pensa em se vangloriar disso, porque o carvalho do pátio tem quase seiscentos anos e a igreja tem o dobro disso, pelo menos suas pedras mais antigas.

Logo atrás da escola fica a casa do pároco. Ele se chama *bouna* Boutros, como aquele que vivia na época de Tânios; eu gostaria de poder dizer que ele é um de seus descendentes, mas essa homonímia é apenas uma coincidência, nenhum parentesco liga os dois homens, exceto na medida em que todos os habitantes da aldeia se tornam primos assim que subimos quatro degraus na escala dos antepassados.

As crianças de Kfaryabda ainda brincam na frente da igreja e embaixo da árvore. Antigamente, elas usavam uma espécie de vestido-avental, o *koumbaz*, e também um gorro; era preciso ser muito pobre ou perturbado, ou pelo menos muito original para sair *kcheif* – com a cabeça descoberta –, uma palavra que soava como uma reprimenda.

Do outro lado da praça, há uma fonte que flui do ventre da colina por uma caverna; trata-se da mesma colina cujo topo era outrora coroado pelo castelo. Mesmo hoje, sente-se necessidade de parar para admirar seus vestígios; antigamente, o espetáculo devia ser algo avassalador. Vi recentemente uma gravura do século passado, obra de um viajante inglês que um pintor de minha aldeia havia colorido; o castelo se voltava para a aldeia com uma fachada contínua, parecia uma falésia construída pela mão do homem, na pedra chamada justamente pedra de Kfaryabda, dura e branca, com reflexos violáceos.

As pessoas tinham inúmeros nomes para a residência do senhor. Elas diziam ir "ao serralho", "à colina", "à casa-de-cima", e até "à agulha" – por uma razão que só descobri mais tarde; mas geralmente iam "ao castelo", ou simplesmente "lá em cima". Degraus, muito irregulares, conduziam até ele saindo da Blata; era por lá que os aldeões passavam quando subiam para "ver a mão do xeique".

Na entrada da caverna havia uma abóbada ornada com inscrições gregas, santuário majestoso para uma fonte preciosa, venerável, já que foi ao redor dela que se construiu a aldeia. Sua água, glacial em todas as estações, percorre os últimos metros na superfície de uma rocha escavada em formato de funil e escorre por um grande bico denteado em um pequeno tanque, para depois irrigar alguns campos circundantes. Nesse lugar, desde sempre, os jovens da aldeia gostam de comparar sua resistência: vence quem mantiver a mão por mais tempo sob o jato d'água.

Eu mesmo tentei mais de uma vez. Todo filho de Kfaryabda consegue aguentar por quinze segundos; a partir de trinta, uma dor surda se espalha da mão para o braço, depois para o ombro, nos sentimos invadidos por uma espécie de entorpecimento geral; além de um minuto, o braço parece amputado, arrancado, corremos o risco de desmaiar a qualquer momento, é preciso ser heroico ou suicida para insistir ainda mais.

Na época de Tânios, eles gostavam de desafiar uns aos outros. Dois garotos colocavam a mão sob a água ao mesmo tempo, quem a retirasse primeiro perdia e tinha que dar a volta na praça pulando num pé só. Todos os desocupados da aldeia, que se reuniam no único café em torno de um jogo de *tawlé*, ou que vagavam nas vizinhanças da laje, esperavam essa atração imemorial para, batendo palmas, encorajar os saltadores e zombar deles ao mesmo tempo.

Naquele dia, Tânios desafiou um dos filhos do pároco. Ao sair da aula, tinham se dirigido juntos ao local do duelo, seguidos por um bando de colegas. Seguidos, também, por Challita, o louco da aldeia, uma espécie de velho com alma de criança, esquelético, alto sobre pernas finas, descalço e sem chapéu, com um andar cambaleante. Ele estava sempre rondando as crianças, inofensivo mas às vezes irritante, rindo de suas risadas sem sequer saber a razão, parecendo se divertir mais do que elas com seus jogos, ouvindo suas conversas sem que ninguém se preocupasse com sua presença.

Chegando à fonte, os dois garotos se posicionaram, se deitaram no chão de cada lado do tanque, a mão para cima, prontos para iniciar a prova de resistência assim que fosse dado o sinal. Nesse momento, Challita, que estava logo atrás de Tânios, teve a ideia de empurrá-lo dentro d'água. O menino perdeu o equilíbrio, caiu, sentiu-se mergulhar no tanque, mas várias mãos se estenderam para resgatá-lo a tempo. Ele se levantou todo molhado, pegou uma gamela que estava por ali para enchê-la e despejá-la na cabeça do infeliz, agarrando-o pelos trapos. Challita, que até então ria de sua brincadeira, começou a berrar como um condenado, e quando Tânios, ao soltá-lo, o atirou violentamente no chão, ele gritou, com uma voz subitamente inteligível: "Tânios-kishk! Tânios-kishk! Tânios-kishk!", batendo o punho esquerdo na palma da mão direita em sinal de vingança.

Vingança, de fato. Que se lia claramente nos olhos de todos que cercavam Tânios, mais ainda do que nos dele. Alguns garotos começaram a rir, mas logo se calaram ao perceber a consternação geral. O filho de Lâmia demorou um pouco para entender o que acabava de ser dito. As peças da terrível charada aos poucos se encaixaram em sua mente, uma após a outra.

A palavra *kishk* nunca era usada como apelido; ela designa um tipo de sopa espessa e ácida feita de leite coalhado e trigo. É um dos mais antigos monumentos culinários que se pode conhecer hoje, ainda preparado em Kfaryabda da mesma maneira que há cem anos, mil anos, sete mil anos. O monge Elias fala extensivamente sobre ela em sua *Crônica*, no capítulo dos costumes locais, especificando de que maneira o trigo, previamente triturado, deve "beber seu leite" em grandes travessas por vários dias. "Obtém-se assim a massa chamada *kishk* verde, que as crianças adoram, e que é espalhada sobre uma pele de carneiro curtida para secar nos terraços; depois as mulheres a recolhem com as mãos e a esfarelam antes de passarem-na pela peneira para obter o pó esbranquiçado que é guardado em sacos de pano durante todo o inverno..." Basta dissolver algumas conchas cheias na água fervente para obter a sopa.

O gosto pode parecer estranho aos leigos, mas para um filho da Montanha nenhum prato esquenta mais nos rigores do inverno. O *kishk* por muito tempo constituiu o prato principal dos jantares aldeões.

No caso do xeique, ele certamente tinha meios para comer outra coisa além desse prato de pobres, mas por gosto, e talvez também por habilidade política, ele devotava ao *kishk* um verdadeiro culto, proclamando-o constantemente o rei das iguarias, comparando diante de seus convidados as diversas maneiras de prepará-lo. Aquele era, em concorrência com os bigodes, seu assunto preferido de conversa.

A primeira coisa de que Tânios se lembrou, ao ouvir Challita chamá-lo assim, foi um banquete ocorrido no castelo duas semanas antes, durante o qual o xeique dissera, a quem quisesse ouvir, que nenhuma mulher na aldeia sabia preparar o *kishk* tão perfeitamente quanto Lâmia; ela mesma não estava presente no banquete, mas seu filho estava, assim como Gérios, para quem ele se voltara ao ouvir essas palavras, para ver se ele se sentia tão orgulhoso quanto ele. Mas não, Gérios parecera antes aterrado, com os olhos fixos nos joelhos e o rosto pálido. Tânios atribuíra essa reação à cortesia. Não era apropriado mostrar-se constrangido diante dos elogios do senhor?

Agora, o menino interpretava de maneira completamente diferente o extremo embaraço de Gérios. Ele sabia, de fato, que a respeito de várias crianças da aldeia, e também de algumas outras pessoas um pouco menos jovens, contava-se que o xeique tinha o hábito de "convocar" suas mães para que preparassem tal ou tal prato, e que essas visitas tinham relação com suas vindas ao mundo; então acrescentava-se ao nome delas o nome do prato em questão, chamavam-nas de Hanna-*ouzé*, Boulos-*ghammé*... Esses apelidos eram extremamente insultantes, ninguém faria a menor alusão a eles na presença dos interessados, e Tânios corava quando eram pronunciados na frente dele.

Nunca, nem em seus piores pesadelos, ele teria imaginado que ele próprio, o queridinho da aldeia, pudesse ser um dos infelizes que carregava essa mácula, ou que sua própria mãe estivesse entre aquelas mulheres que...

Como descrever o que ele sentiu naquele momento? Ele sentiu raiva do mundo inteiro, do xeique e de Gérios, seus dois "pais", de Lâmia, de todos aqueles que, na aldeia, sabiam o que se dizia, e que deviam olhar para ele com piedade ou com escárnio. E entre os companheiros que assistiram à cena, nem mesmo aqueles que mostraram espanto foram poupados, pois sua atitude provava que havia um segredo que eles compartilhavam com os outros, um segredo que o louco da aldeia fora o único a revelar em um momento de fúria.

"A cada época", comenta o monge Elias, "houve entre os habitantes de Kfaryabda um personagem louco, e quando ele desaparecia outro estava pronto para ocupar seu lugar, como uma brasa sob as cinzas, para que o fogo nunca se apagasse. A Providência sem dúvida precisa desses fantoches, que ela agita com seus dedos para rasgar os véus tecidos pela sabedoria dos homens."

Tânios ainda estava de pé no mesmo lugar, aterrado, incapaz até mesmo de desviar o olhar, quando o filho do pároco foi dizer a Challita que, da próxima vez que o visse na aldeia, o enforcaria na corda da igreja, para a qual apontou claramente; o infeliz, aterrorizado, nunca mais ousou seguir as crianças ou se aventurar para os lados da Blata.

Ele passou a morar fora da aldeia, em um vasto declive chamado Deslizamento, cheio de rochas soltas que tremiam em suas bases. Challita viveu entre elas, limpando-as, escovando-as, repreendendo-as; ele dizia que elas se moviam à noite, que gemiam e tossiam, e também que se reproduziam.

Essas estranhas ideias deixariam uma marca na memória dos habitantes. Quando brincávamos, crianças, se um de nós se abaixasse para olhar a base de uma rocha, os outros gritavam em uníssono: "Então, Challita, a pedra teve filhote?".

À sua maneira, Tânios também se distanciaria da aldeia. Mal abria os olhos a cada manhã e saía para longas caminhadas pensativas e solitárias, durante as quais relembrava episódios de sua infância, interpretando-os à luz do que agora não ignorava mais.

Ninguém, ao vê-lo passar, perguntava o que ele tinha, pois em duas horas o incidente da fonte já havia dado a volta na aldeia, talvez apenas as pessoas diretamente envolvidas – sua mãe, Gérios, o xeique – não tivessem se inteirado dele. Lâmia notava que o filho estava diferente, mas ele estava com mais de treze anos, quase catorze, idade em que um menino se transforma em homem, e na extrema calma que ele demonstrava em todos os lugares ela via apenas um sinal de maturidade precoce. Além disso, nunca mais houvera entre eles a menor disputa, o menor tom elevado de voz, Tânios parecia até ter se tornado mais cortês. Mas era a cortesia de quem se sente estrangeiro.

Na escola do pároco, era a mesma coisa. Ele assistia com recolhimento às aulas de caligrafia ou catecismo, respondia corretamente quando *bouna* Boutros o questionava, mas assim que o sino tocava, ele se afastava o mais rápido possível, evitando a Blata, esgueirando-se por trilhas pouco frequentadas, para perambular longe dos olhares até o cair da noite.

Foi assim que um dia, depois de caminhar em linha reta até os arredores da aldeia de Dayroun, ele avistou, a uma certa distância, um cortejo que se aproximava: um personagem a cavalo com um criado a pé segurando as rédeas, e em círculo em torno dele uma dezena de outros cavaleiros, aparentemente sua guarda. Todos portavam espingardas e longas barbas que se destacavam de longe.

I I

Tânios já havia cruzado com esse personagem duas ou três vezes no passado, sempre nos arredores de Dayroun, sem nunca lhe dirigir uma saudação. Essa era a ordem na aldeia. Não se falava com o banido.

Roukoz, o antigo intendente do castelo. O mesmo cuja posição Gérios havia assumido cerca de quinze anos antes. O xeique o acusara de se apropriar do produto da venda das colheitas; que era, de certo modo, o dinheiro do senhor, já que se tratava da parte das colheitas que os meeiros lhe deviam; mas também era o dinheiro dos camponeses, pois seria usado para pagar o imposto, o *miri*. Por causa desse crime, todos os habitantes do vilarejo tiveram que pagar, naquele ano, uma contribuição suplementar. Isso mostra que a hostilidade deles em relação ao antigo intendente era motivada tanto pela obediência ao xeique quanto pelos próprios ressentimentos.

O homem havia sido obrigado a se expatriar por muitos anos. Não apenas da aldeia e de sua vizinhança, mas de toda a Montanha, já que o xeique havia jurado prendê-lo. Assim, Roukoz tivera que fugir até o Egito, e no dia em que Tânios o encontrou, ele havia retornado ao país havia apenas três anos. Um retorno notável, pois ele havia comprado, bem na fronteira dos domínios do xeique, vastos terrenos onde plantara amoreiras para a criação do bicho-da-seda e construíra uma casa e um viveiro. Com que dinheiro? Os habitantes da aldeia não tinham a menor dúvida, era o dinheiro deles que aquele bandido havia feito render nas margens do Nilo!

Tudo isso, no entanto, não passava de uma versão dos fatos; Roukoz tinha outra, que Tânios já ouvira ser cochichada na escola da aldeia: a história do roubo não passaria de um pretexto inventado pelo xeique para desacreditar seu antigo colaborador e impedir seu retorno a Kfaryabda; a verdadeira causa da desavença era que o senhor tentara seduzir a mulher de Roukoz, e este decidira deixar o castelo para preservar sua honra.

Quem dizia a verdade? Tânios sempre aceitara sem a menor hesitação a versão do xeique; por nada no mundo ele se mostraria gentil com o banido, pois se sentiria um traidor! Mas agora as coisas lhe apareciam sob uma nova perspectiva. Seria tão impensável que o xeique tivesse tentado seduzir a mulher de Roukoz? E ele não poderia ter inventado essa história de apropriação indébita para evitar que a aldeia desse razão a seu intendente, e para forçar este último a fugir?

À medida que a comitiva se aproximava, Tânios sentia seu coração tomado por um ímpeto em direção ao homem que ousara deixar o castelo batendo a porta atrás de si para preservar sua honra, aquele homem que ocupara as mesmas funções de Gérios, mas que não aceitara se submeter até o fim de sua vida e que, ao contrário, preferira se exilar, para voltar a desafiar o xeique nas fronteiras de seu feudo.

No dia em que o antigo intendente retornara à região, o senhor de Kfaryabda ordenara a seus súditos que o capturassem imediatamente e o levassem até ele. Mas Roukoz chegara com uma carta de proteção do emir da Montanha, outra com a assinatura do vice-rei do Egito e uma terceira escrita de próprio punho pelo patriarca, documentos que ele cuidava de mostrar a todos; o xeique não estava em posição de enfrentar todas aquelas altas autoridades de uma vez, e tivera que engolir sua raiva e um pouco de sua dignidade.

Além disso, o antigo intendente, não querendo confiar apenas nessas proteções escritas, e temendo ser vítima de algum ataque surpresa, contratara cerca de trinta homens, que ele pagava generosamente e equipava com armas de fogo; essa pequena tropa protegia sua propriedade e o escoltava sempre que colocava os pés fora de casa.

Tânios observava a comitiva com deleite, saboreando o espetáculo de sua riqueza e de seu poder, e quando finalmente se viu a pouca distância, gritou com uma voz jubilante:

— Bom dia, *khwéja* Roukoz!

Um menino vindo de Kfaryabda que se dirigia a ele tão respeitosamente, e com um sorriso tão amplo! O antigo intendente ordenou a seus guardas que parassem.

— Quem é você, jovem?

— Me chamam de Tânios, filho de Gérios.

— Filho de Gérios, o intendente do castelo?

O rapaz assentiu com a cabeça, e Roukoz fez o mesmo, várias vezes seguidas, incrédulo. Em seu rosto coberto por uma barba grisalha e marcas de varíola, um tremor de emoção. Fazia anos que nenhum habitante da aldeia lhe desejava um bom-dia...

– Aonde está indo?

– A lugar nenhum. Saí da escola e queria refletir, então comecei a caminhar, em linha reta.

Os homens da escolta não puderam conter o riso quando ouviram a palavra "refletir", mas seu senhor os fez calar. E disse ao rapaz:

– Se você não tem um destino certo, talvez possa me honrar com uma visita.

– A honra é toda minha – disse Tânios cerimoniosamente.

O antigo intendente ordenou a sua perplexa comitiva que desse meia-volta, e despachou um dos cavaleiros com uma mensagem ao notável que estava indo visitar:

– Diga-lhe que tive um contratempo e que a visita fica adiada para amanhã.

Os homens de Roukoz não entendiam como ele podia mudar seus planos simplesmente porque aquele menino lhe dissera que estava livre... Eles não podiam compreender o quanto seu senhor sofria por ter sido banido da aldeia, e o que representava para ele um habitante de Kfaryabda, mesmo que um garoto, aceitar saudá-lo e transpor o umbral de sua casa. Ele o instalou no lugar de honra, portanto, ofereceu-lhe café e doces, falou-lhe do passado, de seu conflito com o xeique, mencionando o assédio que este último havia feito a sua esposa, sua infeliz esposa que havia morrido na flor da idade, pouco depois do nascimento de sua única filha, Asma, que Roukoz chamou para apresentar a ele, e que Tânios abraçou como os adultos abraçam as crianças.

O "banido" falava e falava, com uma mão pousada no ombro do honrado visitante, a outra mão gesticulando para dar ênfase às suas palavras:

– Você não deve ter como única ambição beijar todas as manhãs a mão do filho do xeique, como seu pai beija a mão do xeique. Você precisa estudar e enriquecer se quiser viver para si mesmo. Primeiro os estudos, depois o dinheiro. Não o contrário. Quando tiver dinheiro, não terá mais paciência nem idade para estudar. Primeiro os estudos, mas estudos de verdade, não apenas na escola do bom padre! Depois você virá trabalhar comigo. Estou construindo novos viveiros de bicho-da-seda, os maiores de toda a Montanha, e não tenho filho nem sobrinho para me suceder. Já passei dos cinquenta, e mesmo que me casasse de novo e finalmente tivesse um filho, eu nunca teria tempo de prepará-lo para assumir meu lugar. Foi o Céu que o pôs no meu caminho, Tânios...

Ao voltar para a aldeia, o rapaz ainda ouvia essas frases ecoando em sua cabeça. E seu rosto se iluminava. Aquele dia teve para ele um gosto de vingança. Ele sem dúvida havia traído os seus ao pactuar com o banido, mas aquele sentimento de traição o reconfortava. Durante catorze anos a aldeia inteira partilhara um segredo que ele era o único a ignorar, um segredo execrável que no entanto só concernia a ele e mais ninguém, e que o afetava profundamente! Agora, como uma justa retribuição, era ele quem detinha um segredo do qual a aldeia inteira estava excluída.

Dessa vez, ele não procurou evitar a Blata, fez questão de atravessá-la pelo meio, pisando pesadamente, cumprimentando com um gesto apressado aqueles que encontrava pelo caminho.

Depois de passar pela fonte e começar a subir os degraus que levavam ao castelo, ele se virou, observou a praça principal e percebeu que a multidão estava mais densa do que o normal, e as discussões mais animadas.

Por um momento, ele imaginou que sua "traição" já fosse conhecida; no entanto, as pessoas estavam comentando uma notícia completamente diferente: a xeica havia morrido de sua longa doença, um mensageiro viera anunciar sua morte naquela noite e o xeique se preparava para ir ao grande Jord com alguns notáveis para assistir ao funeral.

Ninguém na aldeia fingia estar triste. Era verdade que aquela mulher havia sido enganada, desrespeitada, era verdade que seu casamento não havia passado de uma provação humilhante, mas desde sua última "visita" ninguém estava disposto a conceder-lhe a menor circunstância atenuante. O que seu marido a fizera passar durante seus breves anos de vida comum, de acordo com as pessoas na Blata, era mais do que merecido pela "xeica dos gafanhotos"; e enquanto ela era enterrada, a única coisa que algumas mulheres da aldeia tinham nos lábios era uma horrível imprecação: "Que Deus a afunde ainda mais!".

Murmurada em voz bem baixa, pois o xeique não teria apreciado tal severidade. Ele parecia mais compassivo, e em todo caso mais digno. Quando o mensageiro lhe trouxera a notícia, ele convocara os aldeões mais proeminentes para lhes dizer:

– Minha esposa lhes deu o restante de sua vida. Eu sei que sofremos com o que sua família cometeu, mas diante da morte essas coisas são esquecidas. Quero que me acompanhem para assistir ao funeral, e se alguém lá disser alguma palavra imprópria, não daremos ouvidos, seremos surdos, cumpriremos nosso dever e voltaremos.

A multidão do grande Jord os recebeu friamente, mas nenhum deles foi molestado.

Ao retornar, o xeique anunciou três dias adicionais de condolências, dessa vez em sua casa, no castelo; para os homens, na Sala dos Pilares, e para as mulheres no salão onde a xeica costumava se sentar cercada pelas aldeãs que buscavam refúgio das atenções do senhor, uma grande sala com paredes nuas, sem outros móveis além de bancos baixos cobertos de algodão azul.

Mas quem receberia as condolências? O autor da *Crônica montanhesa* explica que "a falecida, não tendo mãe, irmã, filha ou cunhada na aldeia naquele dia, cabia à esposa do intendente do castelo desempenhar o papel de anfitriã". O bravo monge não comenta o assunto e nos deixa a tarefa de imaginar a atmosfera reinante quando as aldeãs, por pura conveniência social, usando véus pretos ou brancos mas sem luto no coração, entravam na sala, olhavam para o lugar outrora ocupado pela xeica, descobriam que era Lâmia que estava lá, e então caminhavam em sua direção e se curvavam para abraçá-la, dizendo: "Que Deus lhe dê forças para suportar esta aflição!", ou "Sabemos o tamanho da sua dor!", ou alguma outra mentira de circunstância. Quantas dessas mulheres conseguiram realizar com seriedade e dignidade esse ritual cheio de armadilhas? Isso o cronista não esclarece.

As coisas foram muito diferentes entre os homens. Ali tampouco ninguém era tolo quanto aos sentimentos de seus vizinhos, mas era impensável comprometer as aparências. Por respeito ao xeique, e mais ainda por causa de seu filho Raad, de quinze anos, que ele havia trazido consigo do grande Jord e era a única pessoa sinceramente enlutada. Os aldeões – e mesmo seu próprio pai – olhavam para ele como um estranho. O que ele era, de fato, visto que não colocava os pés na aldeia desde a idade de um ano; sua família materna não o encorajava muito a fazê-lo, e o xeique não ousava insistir com medo de que seu sogro decidisse "escoltá-lo" à sua maneira...

Conhecer aquele jovem foi uma provação para os habitantes de Kfaryabda. Uma provação renovada toda vez que ele abria a boca e seu sotaque do Jord se fazia ouvir, o abominado sotaque dos "gafanhotos". Ele era inevitável, porque o menino sempre vivera lá. "Só Deus sabe o que se esconde por trás desse sotaque", pensavam eles, "e tudo o que a mãe deve ter colocado em sua cabeça a respeito da aldeia." As pessoas nunca tinham pensado nisso enquanto Raad estava longe, mas se davam conta naquele momento que seu senhor, perto dos sessenta anos, poderia morrer no dia seguinte, deixando suas terras e seus homens em mãos inimigas.

Se o xeique também tinha preocupações, ele não as deixava transparecer, e tratava o filho como o homem que ele estava se tornando e o herdeiro que ele era. Tendo-o colocado à sua esquerda para receber as condolências, ele às vezes lhe dizia o nome daqueles que entravam, e o vigiava com o canto do olho para verificar se ele havia observado corretamente os gestos paternos e se soubera reproduzi-los.

Pois não bastava receber cada visitante conforme sua posição, era preciso também respeitar as nuances dessa condição. Com o meeiro Bou-Nassif, que tentara trapacear uma vez com partes da colheita, era preciso permitir que se curvasse, pegasse a mão do senhor nas suas, lhe desse um longo beijo e depois se levantasse. Com o meeiro Toubiyya, servidor honesto da família senhorial, uma vez realizado o beija-mão, era preciso fingir ajudá-lo a se levantar, segurando-o pelo cotovelo.

O meeiro Chalhoub, companheiro de longa data na guerra e na caça, também se curvaria, mas com uma lentidão imperceptível, esperando ver o senhor retirar a mão e ajudá-lo a se levantar dando-lhe um breve abraço; então ele tomaria seu lugar, alisando o bigode. No caso do meeiro Ayyoub, que havia enriquecido e acabara de construir uma casa em Dayroun, era preciso ajudá-lo a se levantar e dar-lhe um breve abraço, mas somente depois que ele tivesse tocado levemente os dedos de seu senhor com os lábios.

Isso para os meeiros, e havia outras normas para as pessoas da cidade, o pároco, os notáveis, os companheiros de armas, os pares, os criados do castelo... Havia aqueles cujo nome devia ser mencionado, aqueles cuja fórmula de condolências pedia uma resposta, não a mesma para todos, obviamente, e não com a mesma entonação.

E então havia casos ainda mais particulares, como o de Nader, tropeiro e vendedor ambulante, expulso do castelo quatro anos antes, que aproveitava a ocasião para ser perdoado. Ele havia se misturado à multidão, parecendo mais afetado do que seria necessário; o xeique murmurara assim uma longa frase ao ouvido de seu filho; então o tropeiro se aproximara, se curvara, tomara a mão do xeique, a levara aos seus lábios e a deixara ali por um bom tempo.

Se o senhor não tivesse desejado tal reconciliação, algo excepcional em período de luto, ele teria se virado, fingindo falar com Gérios, que estava atrás dele, e teria continuado a ignorar o personagem até que ele se retirasse, ou até que fosse "ajudado" a se retirar. Mas o xeique só poderia adotar tal atitude em caso de falta extremamente grave, por exemplo se um indivíduo como Roukoz, considerado pelo senhor como um ladrão e traidor, viesse tranquilamente buscar uma fácil absolvição. A falta cometida por Nader não era "do mesmo quilate", como se diz na aldeia; assim, o xeique, depois de deixá-lo pendurado em sua mão por alguns segundos, acabou por tocar-lhe o ombro com um suspiro de cansaço.

– Que Deus o perdoe, Nader, mas como sua língua é grande!

– É de nascença, xeique!

Aos olhos do senhor, o tropeiro era culpado de uma grave impertinência. Ele havia sido um visitante regular do castelo, onde sua conversa e seu conhecimento eram apreciados; de fato, ele era um dos homens mais instruídos da Montanha, ainda que sua aparência e sua profissão não deixassem isso claro. Sempre à espreita de uma notícia ou novidade, ele gostava de ouvir os clientes mais instruídos. Mas ele sentia ainda mais prazer em ouvir a si mesmo, e pouco lhe importava a qualidade de sua audiência.

Dizem que ele costumava montar em sua mula com um livro apoiado no pescoço do animal, percorrendo as estradas nessa posição. Quando ouvia falar de alguma obra que o interessasse, em árabe ou turco – as únicas línguas que ele lia fluentemente –, se dispunha a pagar caro para adquiri-la. Ele costumava dizer que por isso nunca se casara, pois nenhuma mulher queria um homem que gastava na compra de livros cada piastra que ganhava. Os rumores na aldeia falavam outra coisa, uma preferência por jovens rapazes, mas ele nunca fora pego em flagrante. De todo modo, se o xeique estava irritado com ele, não era por essas inclinações não declaradas, mas por causa da Revolução Francesa.

Desde a infância, Nader fora um admirador incondicional da Revolução Francesa; por outro lado, o xeique e todos os seus pares viam-na como uma abominação, um desvio felizmente passageiro; "nossos" franceses perderam a cabeça, diziam eles, mas Deus não tardou em colocá-los de volta no caminho certo. Uma ou duas vezes o tropeiro havia feito alusões à abolição dos privilégios; o xeique respondera num tom ambíguo, meio cômico, meio ameaçador, e seu visitante entendera o recado. Um dia, porém, tendo ido vender suas mercadorias ao intérprete do consulado francês, ele ouvira uma notícia tão extraordinária que não conseguira guardá-la para si. Era 1831, e no ano anterior houvera uma mudança de regime na França, Luís Filipe subira ao trono.

— Nosso xeique nunca adivinhará o que um francês me contou na semana passada.

— Desembuche, Nader!

— O pai do novo rei era um partidário da Revolução, e até votou pela morte de Luís XVI!

O tropeiro tinha certeza de que havia marcado um ponto no interminável debate entre eles. Seu rosto redondo e imberbe brilhava de satisfação. Mas o xeique não achara graça. Ele se levantara para gritar melhor:

— Não admito que pronunciem palavras como essas. Suma daqui e nunca mais ponha os pés nesta casa!

Por que essa reação? Gebrayel, que me contou esse episódio, permanecia perplexo. Com certeza o xeique considerara as palavras de Nader altamente inadequadas, insolentes, talvez até subversivas na presença de seus súditos. A informação em si o chocara? Ele a considerara injuriosa para o novo rei dos franceses? Ou fora o tom que ele achara ofensivo? Ninguém ousou perguntar a ele, muito menos o tropeiro, que devia estar se mordendo de arrependimento, já que aquela era a sua aldeia, onde ele tinha sua casa e seus livros, e o xeique era um dos seus clientes mais generosos. Assim, ele aproveitara o primeiro dia de condolências para tentar ser perdoado.

Eu ainda não disse o mais importante a respeito desse homem: ele é o autor da única obra que oferece uma explicação plausível para o desaparecimento de Tânios-kishk.

Nader tinha o hábito de registrar em um caderno observações e máximas de sua autoria, longas ou concisas, transparentes ou obscuras, geralmente em verso ou em uma prosa bastante rebuscada.

Vários desses textos começam com "Eu disse a Tânios", ou "Tânios me disse", sem que se possa afirmar com certeza se este é um simples truque de apresentação ou um registro de conversas autênticas.

É provável que esses escritos não se destinassem diretamente à publicação. Foi somente muito tempo depois da morte de Nader que um acadêmico os encontrou e editou sob um título que traduzi como *A sabedoria do tropeiro*; recorrerei com frequência a seu valioso testemunho.

# I I I

Assim que foi perdoado, o tropeiro foi se sentar ao lado de Tânios e murmurou em seu ouvido:

— Vida maldita! Ter que recorrer ao beija-mão para não perder o ganha-pão!

Tânios concordou discretamente. Com os olhos fixos no grupo formado pelo xeique, seu filho e, um passo atrás deles, Gérios, ele fazia justamente a mesma reflexão e se perguntava se, dentro de alguns anos, estaria na mesma posição do intendente, curvado, obsequioso, aguardando as ordens de Raad. "Prefiro morrer", ele jurou para si mesmo, e seus lábios tremeram de tanta raiva.

Nader se aproximou ainda mais:

— A Revolução Francesa é que foi algo, com todas aquelas cabeças de xeiques rolando!

Tânios não reagiu. O tropeiro se agitava em seu assento, como se estivesse nas costas de sua mula e ela não avançasse rápido o suficiente. E, como um lagarto, ele torcia o pescoço para observar tanto os tapetes no chão quanto as arcadas do teto, os anfitriões e os visitantes, distribuindo pelo caminho caretas e piscadelas. Depois ele se inclinou novamente para o jovem vizinho.

— O filho do xeique não tem cara de vadio?

Tânios sorriu, mas acompanhou o sorriso com uma advertência:

— Você vai ser expulso uma segunda vez!

No mesmo instante, os olhos do rapaz cruzaram com os de Gérios, que o chamou com um sinal.

— Não fique ao lado de Nader! Vá ver se sua mãe precisa de alguma coisa!

Enquanto Tânios se perguntava se devia obedecer ou voltar para seu lugar com altivez, um clamor se elevou do lado de fora. Alguém sussurrou algumas palavras ao ouvido do xeique, que se dirigiu à saída, fazendo sinal para Raad segui-lo. Gérios os acompanhou.

Um visitante ilustre estava chegando, e a tradição exigia que se fosse a seu encontro. Era Said *beyk*, senhor druso da aldeia de Sahlain, vestido com uma longa *abaya* listrada, que caía dos ombros até os tornozelos, adicionando majestade a seu rosto adornado com um bigode loiro.

Segundo o costume, ele começou dizendo:

— Uma notícia se espalhou, espero que não seja verdade!

O xeique deu a resposta convencional:

— O Céu quis nos testar.

— Saiba que tem irmãos a seu lado na hora das provações.

— Desde que o conheço, Said *beyk*, a palavra vizinho é mais agradável a meus ouvidos do que a palavra irmão.

Fórmulas, mas não apenas fórmulas, o xeique só tivera problemas com sua própria parentela, enquanto suas relações com o vizinho eram desanuviadas havia vinte anos. Os dois homens se pegaram pelo braço e entraram juntos.

O xeique instalou o convidado à sua direita e o apresentou a Raad com as seguintes palavras:

— Saiba que no dia em que eu morrer, você terá outro pai para cuidar de você!

— Deus prolongue sua vida, xeique Francis!

Mais fórmulas. Eventualmente, porém, se chegou ao essencial. Ao curioso personagem que se mantinha afastado e que toda a assistência examinava da cabeça aos pés. Mesmo na sala das mulheres o rumor se espalhara, e algumas haviam acorrido para vê-lo. Ele não tinha barba nem bigode e usava uma espécie de chapéu achatado que lhe cobria a nuca e as orelhas. Os poucos cabelos que apareciam eram grisalhos, quase brancos.

Said *beyk* fez sinal para que ele se aproximasse.

— Este honrado homem que me acompanha é um pastor inglês. Ele fez questão de cumprir seu dever nesta dolorosa ocasião.

— Que seja bem-vindo!

— Ele veio morar em Sahlain com a esposa, uma mulher virtuosa, e só temos elogios a fazer sobre sua presença.

— É seu sangue nobre que está falando, Said *beyk*! — disse o pastor em árabe, o árabe um tanto afetado dos orientalistas.

Percebendo o olhar admirado do xeique, Said *beyk* explicou:

— O reverendo viveu sete anos em Alepo. E depois de conhecer essa bela metrópole, em vez de ir para Istambul ou Londres escolheu viver em nossa humilde aldeia, Deus saberá recompensá-lo por este sacrifício!

O pastor se preparava para responder quando o xeique lhe indicou um lugar para se sentar. Não muito perto de sua pessoa, o que não teria surpreendido ninguém, dado o caráter excepcional da visita, mas um pouco mais afastado, de lado. Porque, na verdade, o xeique já sabia de tudo o que acabara de ouvir — tudo o que acontecia em Sahlain era conhecido em Kfaryabda antes do fim do dia, e a chegada de um inglês, pastor ou não, que fixava residência na região, não era um acontecimento qualquer. Agora, nosso xeique precisava saber mais, sem que o reverendo pudesse ouvir. Sua cabeça e a de Said *beyk* se aproximaram uma da outra, todos na assembleia puderam apreciar a extensão de sua cumplicidade:

— Disseram-me que ele tem a intenção de abrir uma escola.

— Sim, eu lhe emprestei um local. Não temos escola em Sahlain, e já faz algum tempo que eu queria uma. Até meus filhos vão frequentá-la, ele prometeu ensinar inglês e turco, além de poesia árabe e retórica. Não quero falar por ele, mas acredito que gostaria muito que seu filho também a frequentasse.

— Ele não estaria tentando converter nossos filhos, por acaso?

— Não, nós conversamos sobre isso, e ele me prometeu que não.

— Você confia nele, então.

— Confio em sua inteligência. Se ele tentasse converter nossos filhos, seria expulso da aldeia na mesma hora, por que cometeria tal erro?

— Seus filhos e o meu, é verdade, ele não ousaria. Mas ele talvez tente converter nossos camponeses.

— Não, quanto a isso também, ele me fez uma promessa.

— Mas então quem ele vai converter?

— Não sei, alguns filhos de comerciantes, alguns ortodoxos... Há também Yaacoub, o judeu, e sua família.

— Se ele conseguir converter meu alfaiate, terá conseguido uma façanha... Mas não tenho certeza de que isso será do agrado de *bouna* Boutros; para ele, melhor judeu que herege!

O pároco estivera ali toda a manhã e partira uma hora antes, despedindo-se do xeique e dos presentes. Mas acabara de voltar, alguém devia ter avisado que o lobo estava no curral, e ele viera correndo. Havia retomado seu lugar e encarava sem pudores o pastor de chapéu engraçado.

— Na verdade — retomou Said *beyk* —, não tenho a impressão de que o reverendo esteja tentando converter as pessoas.

— Ah, bom — disse o xeique, surpreso pela primeira vez.

— Ele quer sobretudo que não tenhamos preconceito contra ele, e ele não fará nada que possa nos incomodar.

O xeique se inclinou um pouco mais.

— Talvez ele seja um espião.

— Também pensei nisso. Mas não guardamos os segredos do sultão em Sahlain. Não creio que ele vá escrever a seu cônsul para dizer que a vaca de Halim teve gêmeos!

Os dois amigos começaram a rir com a barriga, soltando ar sofregamente pelo nariz, mas mantendo lábios e mandíbulas com expressão de luto, até eles começarem a doer. Seus olhares cruzaram com o do pastor, que lhes dirigiu um sorriso respeitoso, ao qual eles responderam com acenos de cabeça benevolentes.

Depois de uma hora, quando Said *beyk* se levantou para partir, o xeique lhe disse:

— O projeto do pastor não me desagrada. Vou pensar a respeito. Hoje é terça-feira... Se ele vier me ver na manhã de sexta-feira, terá sua resposta.

— Tome seu tempo, xeique, eu direi a ele para vir mais tarde, se quiser.

— Não, não é necessário. Na quinta-feira à noite minha decisão estará tomada, eu a comunicarei na manhã seguinte, sem falta.

Quando o xeique voltou a se sentar, depois de acompanhar os ilustres visitantes até o alpendre, o pároco ocupava o lugar de honra, bem a seu lado.

— Um pastor inglês em nosso vilarejo! Como diz o provérbio, quem vive muito verá muitas maravilhas! Terei que voltar com água benta para purificar o castelo antes que aconteçam mais desgraças.

— Espere, *bouna*, não desperdice sua água. O pastor voltará a me ver na sexta-feira, e então você poderá passar com seu ramo de hissopo, em vez de se incomodar duas vezes!

— Ele veio hoje e voltará em três dias!

— Sim, ele deve ter gostado do clima da aldeia.

O padre começou a fungar ostensivamente.

– Haveria enxofre em nosso ar?

– Não se engane, *bouna*, dizem que ele é um homem santo.

– E o que veio fazer o homem santo?

– Apresentar suas condolências, como todos os outros!

– E na sexta-feira, o que ele virá fazer? Mais condolências? Ele previu outra morte? A minha, talvez?

– Que Deus não permita! Esse homem vai abrir uma escola em Sahlain...

– Eu sei.

– ... e apenas veio sugerir que eu enviasse meu filho para lá!

– Nada mais! E qual foi a resposta do nosso xeique?

– Eu disse que pensaria até quinta-feira à noite. E que daria minha resposta na sexta-feira.

– Por que até quinta-feira à noite?

Até então, o xeique esboçava um sorriso ligeiramente zombeteiro, provocar o pároco o divertia. Mas seu rosto de repente ficou mais sério.

– Vou lhe explicar tudo, *bouna*, para que não me acuse amanhã de tê-lo pegado de surpresa. Se, na quinta-feira, ao pôr do sol, seu patriarca ainda não tiver vindo me apresentar suas condolências, enviarei meu filho à escola dos ingleses.

Já fazia catorze anos – desde o nascimento de Tânios – que o prelado não visitava nossa aldeia. Ele tomara o partido da xeica até o fim, talvez porque o houvessem responsabilizado por aquele casamento desastroso, e porque ele culpava o xeique por tê-lo colocado em tal embaraço. Ele se mostrara tão parcial nesse conflito, tão insensível aos sofrimentos dos aldeões durante a expedição dos homens do grande Jord, que, sem consideração por sua barba branca ou sua posição, ele havia recebido o mesmo apelido que sua protegida; o "patriarca dos gafanhotos" prometera então nunca mais pisar em Kfaryabda.

As pessoas tinham se resignado à sua ausência. Era de bom-tom dizer que se passava muito bem sem ele, tanto na festa da Cruz quanto nas cerimônias de confirmação, quando a bofetada do prelado deveria deixar uma lembrança duradoura no rosto dos adolescentes; a de *bouna* Boutros era mais que suficiente. No entanto, essa espécie de maldição pesava sobre os ombros dos fiéis; sempre que ocorria uma morte, uma doença grave, a perda de uma colheita – essas desgraças comuns que levam à pergunta "o que fiz para merecer isso?" –, a disputa com o patriarca voltava como uma velha faca cutucando uma ferida antiga. Não seria o momento de acabar com aquilo? Aquelas condolências não seriam a ocasião ideal para uma reconciliação?

Durante o funeral da xeica no grande Jord, o prelado, que presidia a cerimônia, tivera diante do túmulo uma palavra de consolo para cada membro da família. Exceto para o xeique. Que, no entanto, tinha esquecido seus ressentimentos e os da aldeia para se juntar a eles, e que, afinal, era o esposo da falecida.

Ainda mais ofendido pelo fato de que a família de sua esposa e os notáveis de Kfaryabda tinham sido testemunhas daquela atitude desdenhosa, o xeique fora ver o sacristão do patriarca para avisá-lo, em tom quase ameaçador, que ele planejava três dias de condolências no castelo e que esperava ver *sayyedna*, o patriarca, caso contrário...

Durante todo aquele primeiro dia, enquanto os visitantes desfilavam, o xeique tivera uma única pergunta em mente: "Ele virá?". Ao pároco, ele reiterou a mensagem:

– Se seu patriarca não vier, não pense em me culpar pelo que vou fazer.

*Bouna* Boutros desapareceu da aldeia por dois dias. Uma missão de última hora que não levou a nada. Ele voltou dizendo que *sayyedna* estava em turnê pelas aldeias do grande Jord e que não conseguira alcançá-lo. É possível que o tivesse encontrado, mas que não conseguira convencê-lo. De todo modo, na quinta-feira à noite, quando o xeique deixou a sala de condolências cercado pelos últimos visitantes, não havia nenhuma mitra no horizonte.

O pároco dormiu pouco naquela noite. Dois dias inúteis no lombo de sua mula o haviam deixado cheio de dores, sem conseguir apaziguar seus tormentos.

– Com essa mula, ao menos sempre sabemos aonde ela vai – ele disse à *khouriyyé* –, ela nunca pensaria em marchar direto para o precipício. Mas esse xeique e esse patriarca, que carregam todos os cristãos nas costas, parecem bodes dando cabeçadas um no outro.

– Vá fazer uma oração na igreja – disse sua esposa. – Se Deus for bom conosco, amanhã ele colocará uma mula no castelo, e outra no patriarcado.

# QUARTA PASSAGEM

## *A escola do pastor inglês*

É uma alegria poder confirmar, em resposta à sua carta, que havia, entre os primeiros alunos da escola de Sahlain, um certo Tânios Gérios, de Kfaryabda.

O fundador de nosso estabelecimento, o reverendo Jeremy Stolton, se instalou na Montanha com a esposa no início dos anos 1830. Existe, em nossa biblioteca, uma pequena caixa onde são conservados seus arquivos, que incluem, para cada ano, efemérides com anotações diversas, bem como cartas.
Se desejar consultá-las, será bem-vindo, mas entenda que não podemos permitir que elas saiam daqui...

Trecho de uma carta do reverendo Ishaac,
atual diretor da Escola Inglesa de Sahlain.

# I

*Bouna* Boutros não devia ter rezado com fervor suficiente, pois no dia seguinte, quando entrou na Sala dos Pilares, com sua barba mal aparada, o xeique ainda estava lá, suas roupas não tinham se transformado em arreios, suas orelhas não tinham perfurado o topo de seu gorro e sob seu bigode grisalho seus lábios e maxilares não haviam se alongado...

Ele estava acordado havia bastante tempo, visivelmente, talvez nem tivesse conseguido dormir por causa de seus próprios tormentos. Já estavam com ele Gérios e alguns aldeões. O pároco saudou os presentes com um gesto rabugento e se sentou perto da entrada.

– *Bouna* Boutros, venha para perto de mim – o xeique quase gritou, num tom jovial. – O mínimo que podemos fazer é recebê-lo juntos.

O pároco sentiu uma ponta de esperança. Talvez uma de suas muitas orações tivesse sido atendida!

– Então ele vem!

– Claro que vem. Acabou de chegar, justamente.

Mas foi preciso perder as ilusões. Não era o patriarca que chegava, mas o pastor. Ele saudou seu anfitrião com várias fórmulas árabes bem elaboradas, sob o olhar perplexo dos aldeões. Depois, a um sinal do senhor, ele se sentou.

– O Céu faz bem as coisas, *bouna*, o reverendo se sentou no exato lugar que você acabou de deixar.

Mas o pároco não estava com ânimo para apreciar zombarias. Ele pediu para falar com o xeique em particular, no *liwan*.

– Se bem entendi, nosso xeique tomou sua decisão.

– Foi seu patriarca que a tomou por mim, eu fiz tudo o que podia, minha consciência está tranquila. Olhe para mim, pareço alguém que dormiu mal?

— Talvez tenha feito tudo o que podia em relação a *sayyedna*. Mas e quanto a seu filho, está fazendo o que seu dever exige? Pode realmente ficar com a consciência tranquila ao enviá-lo para aquela gente, que o fará ler um evangelho falsificado e que não respeita nem a Virgem nem os santos?

— Se Deus não quisesse que eu tomasse essa decisão, teria ordenado ao patriarca que viesse mostrar sua barba nas condolências!

*Bouna* Boutros ficava desconfortável quando o xeique falava de barbas, e ainda mais quando falava de Deus, pois seus comentários tinham um quê excessivamente familiar. Então ele disse, com ar digno:

— Às vezes Deus direciona suas criaturas para o caminho da perdição.

— Ele teria feito isso com um patriarca? – perguntou o xeique, no tom mais falso.

— Eu não estava pensando apenas no patriarca!

Terminado o conciliábulo, o pároco e o xeique voltaram para a Sala dos Pilares, onde o pastor os aguardava com alguma inquietude. Mas seu anfitrião o tranquilizou imediatamente.

— Refleti. Meu filho irá para sua escola, reverendo.

— Saberei me mostrar digno dessa honra.

— Ele deve ser tratado como todos os alunos, sem privilégios especiais, e não hesite em castigá-lo se ele merecer. Mas tenho duas exigências e preciso de uma promessa aqui mesmo, diante de testemunhas. A primeira é que não se fale de religião com ele; ele permanecerá na fé de seu pai e irá todo domingo à casa de *bouna* Boutros, aqui presente, para aprender o catecismo.

— Comprometo-me com isso – disse o pastor –, como já fiz com Said *beyk*.

— A segunda coisa é que meu nome é xeique Francis, e não xeique Ankliz, e quero que haja um professor de francês nessa escola.

— Isso também prometo, xeique Francis. Retórica, poesia, caligrafia, ciências, turco, francês, inglês. E cada um com sua religião.

— Nessas condições, não tenho mais nada a dizer. Me pergunto se *bouna* Boutros não estaria considerando enviar seus próprios filhos para sua escola, reverendo...

— No ano em que os figos amadurecerem em janeiro – murmurou o pároco sem descerrar os dentes.

Depois ele se levantou, enfiou o gorro na cabeça e se retirou.

– Enquanto esses figos não amadurecem – continuou o xeique –, conheço ao menos um rapaz que ficará feliz em acompanhar meu filho a essa escola. Não é, Gérios?

O intendente assentiu, como sempre, e agradeceu a seu senhor por sua constante benevolência para com ele e sua família. Internamente, porém, ele se sentia mais do que reticente. Retirar Tânios da escola do pároco, seu cunhado, para enviá-lo à escola do inglês, e enfrentar a ira da Igreja, não seria algo que ele faria de bom grado. No entanto, ele também não podia se opor à vontade do senhor e desprezar os favores que ele lhe concedia.

Ele esqueceu suas reservas ao ver as reações do rapaz. Quando relatou a sugestão do xeique, o rosto de Tânios se iluminou, e Lâmia aproveitou o momento para restabelecer um pouco do calor humano de seu lar:

– Não vai abraçar seu pai por essa notícia?

Tânios o abraçou, e também à mãe, como não fazia desde o incidente da fonte.

No entanto, ele não estava desistindo de sua revolta. Pelo contrário, sentia que sua metamorfose, provocada pelas palavras do louco e manifestada por sua visita a Roukoz, o banido, o havia libertado. Como se o Céu esperasse um ato de vontade de sua parte para lhe abrir os caminhos... Não era à escola do pastor que ele estava indo, mas às portas do vasto universo, cujas línguas logo falaria e cujos mistérios desvendaria.

Ele ainda estava ali, com Lâmia e Gérios, mas estava longe, contemplando a cena e vivendo-a como se já pudesse evocá-la em sua memória. Ele navegava para além daquele lugar, para além de suas amarras e de seus ressentimentos, para além de suas dúvidas mais dilacerantes.

Enquanto isso, a dois corredores dali, no edifício principal do castelo, o xeique se cansava tentando convencer o filho de que não seria humilhante para ele, mesmo aos quinze anos, aprender algo além do manejo das armas e da corrida de cavalos.

– Se um dia você receber, como nosso antepassado, uma mensagem do rei da França...

– Eu a faria traduzir por meu secretário.

– E se fosse uma mensagem confidencial, seria realmente prudente que seu secretário soubesse de seu conteúdo?

O pastor Stolton não demorou a notar a diferença entre os dois alunos que chegavam todas as manhãs de Kfaryabda, um trajeto de cerca de uma hora pelo atalho da floresta de pinheiros. Em suas efemérides do ano de 1835, pode-se ler a seguinte avaliação: "Tânios. Um imenso apetite por conhecimento e uma inteligência viva, comprometidos pelos sobressaltos de uma alma atormentada". E, duas páginas depois: "A única coisa que interessa profundamente a Raad é que se demonstre consideração por sua posição. Se um dos professores ou um dos alunos, em qualquer momento do dia, se dirigir a ele sem pronunciar a palavra 'xeique', ele se comporta como se não tivesse ouvido nada, ou começa a olhar para trás procurando o plebeu a quem tais palavras poderiam ser destinadas. Como aluno, temo que ele pertença à categoria mais desanimadora de todas, aquela cuja divisa parece ser: *Teach me if you can*! [Ensine-me se puder!]. Não me ocorreria lutar para que ele continue a frequentar este estabelecimento se as considerações escolares fossem as únicas que eu tivesse que levar em conta".

Esta última frase é quase uma confissão. Porque embora o pastor estivesse sinceramente preocupado com a formação das mentes mais jovens, ele não era indiferente à política oriental de Sua Graciosa Majestade.

Mas como diabos a escolarização de um adolescente em uma aldeia da Montanha poderia ter a menor importância aos olhos de uma potência europeia? Entendo que se queira rir, dar de ombros – eu mesmo fiz isso por muito tempo antes de consultar os arquivos. Mas os fatos são claros: a presença desses garotos na escola do pastor Stolton era conhecida e foi amplamente comentada até no escritório de lorde Ponsonby, embaixador junto à Sublime Porta, e sem dúvida também em Paris, na Câmara dos Deputados, por iniciativa de Alphonse de Lamartine – "é isso mesmo", indignava-se o mestre-escola Gebrayel, "o tosco Raad provavelmente nunca ouviu falar de seu contemporâneo Lamartine, mas Lamartine tinha ouvido falar de Raad!".

Por qual milagre? É preciso dizer que naqueles anos as chancelarias europeias estavam preocupadas com um acontecimento excepcional: Maomé Ali Paxá, vice-rei do Egito, havia começado a construir no Oriente uma nova potência que se estenderia dos Bálcãs até as fontes do Nilo, sobre os escombros do Império Otomano, e que controlaria a rota das Índias.

Os ingleses não queriam isso de forma alguma e estavam dispostos a tudo para impedi-lo. Os franceses, por outro lado, viam em Maomé Ali o homem providencial que tiraria o Oriente de sua letargia e construiria um novo Egito, tomando justamente a França como modelo. Ele mandara buscar médicos franceses, engenheiros franceses e até nomeara um antigo oficial de Napoleão para o estado-maior de seu exército. Utopistas franceses tinham ido viver no Egito na esperança de construir a primeira sociedade socialista, levando consigo projetos incríveis – como o de abrir um canal do Mediterrâneo até o Mar Vermelho. Decididamente, esse paxá tinha tudo para agradar aos franceses. Além disso, se irritava os ingleses, não podia ser de todo ruim. Era impensável deixar que Londres se livrasse dele.

Nessa batalha de gigantes, que peso poderiam ter os habitantes da minha aldeia, especialmente os dois alunos do pastor inglês?

Mais do que se poderia imaginar. Era como se seus nomes estivessem gravados no fiel da balança e bastasse nos inclinarmos o suficiente para lê-los. Foi isso que lorde Ponsonby fez. Ele se inclinou sobre o mapa e colocou o dedo num ponto específico: é aqui que o império de Maomé Ali será feito ou desfeito, é aqui que a batalha será travada!

Porque esse império em vias de formação tinha duas alas: uma ao norte – os Bálcãs e a Ásia Menor; a outra ao sul – o Egito e suas dependências. Entre as duas, uma única ligação, pela longa estrada costeira que ia de Gaza a Alexandreta, passando por Haifa, Acre, Sídon, Beirute, Trípoli e Lataquia. Era uma faixa de terra entre o mar e a Montanha. Se esta última escapasse ao controle do vice-rei, a estrada se tornaria impraticável, o exército egípcio seria separado de suas retaguardas, e o novo império seria dividido em dois. Natimorto.

Da noite para o dia, todas as chancelarias só tiveram olhos para aquele pedaço de montanha. Nunca se viram tantos missionários, comerciantes, pintores, poetas, médicos, damas excêntricas e entusiastas de pedras antigas. Os montanheses se sentiam lisonjeados. E quando entenderam, um pouco mais tarde, que ingleses e franceses travavam uma guerra em seu território para não terem que lutar diretamente entre si, eles se sentiram ainda mais lisonjeados. Um privilégio devastador, mas ainda assim um privilégio.

O objetivo dos ingleses era claro: incitar a Montanha a se rebelar contra os egípcios; coisa que estes últimos, com o apoio da França, evidentemente faziam de tudo para evitar.

Como relata a *Crônica montanhesa*, "quando as tropas egípcias chegaram às imediações de nossa região, seu general em chefe enviou um mensageiro ao emir pedindo-lhe que se juntasse a ele". Julgando que seria extremamente imprudente tomar partido naquele confronto que estava muito além de seu minúsculo principado e de suas escassas forças, o emir havia tentado tergiversar; então o general lhe enviara uma segunda mensagem dizendo: "Ou você se junta a mim com suas tropas, ou vou até você, destruo seu palácio e planto figueiras no local!".

O infeliz tivera que obedecer, e a Montanha ficara sob a autoridade do Egito. Infeliz em termos; ele ainda era um homem muito temido, camponeses e xeiques tremiam à simples menção de seu nome; mas diante do paxá e de seus representantes, era ele que tremia.

Maomé Ali esperava que, com o emir do seu lado, ele se tornaria o senhor do país. Isso poderia ser verdade em outros lugares, mas não ali. O emir tinha autoridade, claro, e influência, mas a Montanha não se reduzia a sua pessoa. Havia as comunidades religiosas, com seu clero, seus líderes, seus notáveis, havia as grandes famílias e os pequenos senhores. Havia os murmúrios nas praças públicas e as querelas de aldeia. Havia o fato de o xeique estar em desacordo com o patriarca, porque o patriarca estava convencido de que o xeique havia engravidado Lâmia, que ainda morava no castelo, e, nessas condições, o patriarca não queria pôr os pés no castelo, e o xeique, para mostrar que um homem de sua posição não era tratado daquela forma, havia mandado seu filho, por bravata, para a escola do pastor inglês!

Quando lorde Ponsonby se debruçara sobre esse minúsculo ponto do mapa, seus colaboradores não lhe explicaram as coisas com tantos detalhes. Eles disseram apenas que a comunidade drusa, hostil ao emir desde que ele havia mandado matar um de seus principais líderes, estava pronta para se revoltar contra ele e contra seus aliados egípcios, mas que tal revolta não daria em nada se os cristãos, que formavam a maioria da população, não participassem.

— E entre os cristãos nossos homens ainda não conseguiram fazer nada? – perguntou o embaixador.

Foi-lhe lembrado que para essa população, em grande maioria católica, o inglês era, acima de tudo, um herege.

— Nenhum dos nossos conseguiu estabelecer um contato significativo... com exceção de um pastor, que abriu uma escola.

— Uma escola nossa em uma aldeia católica?

— Não, ele teria sido expulso na hora ou seu prédio teria sido incendiado. Não, ele se instalou nas terras de um velho chefe druso, Said *beyk*, mas conseguiu inscrever em sua escola dois alunos católicos, um dos quais o próprio filho do xeique de Kfaryabda.

– Kfar o quê?

Foi preciso buscar um mapa mais detalhado para ler, com a ajuda de uma lupa, o nome de Kfaryabda e o de Sahlain.

– Interessante – disse lorde Ponsonby.

No relatório redigido para o Foreign Office, ele não citava nominalmente Kfaryabda, mas mencionava "sinais encorajadores". Que o descendente de uma das mais ilustres famílias católicas, uma família que se orgulhava havia três séculos de suas relações com a França, estivesse na escola do pastor inglês, era de fato um sucesso, uma conquista.

E obviamente estava fora de questão expulsar o xeique Raad por causa de uma nota baixa!

## II

Ninguém, do outro lado, queria levar a questão tão a sério quanto lorde Ponsonby. Nem o emir, nem Monsieur Guys, cônsul da França, nem Soliman Paxá, vulgo Octave Joseph de Sèves, que comandava em nome do Egito a praça de Beirute. Eles estavam envolvidos num conflito maior, e ninguém tinha tempo para se dedicar àquela querela de aldeia. Ninguém, exceto o patriarca. Ele era o único que insistia em explicar que não se deveria negligenciar o significado da presença dos dois meninos na escola do pastor; por fim, para não ofendê-lo, decidiu-se sancionar o xeique presunçoso: um agente do Tesouro do emir foi enviado até ele com uma lista interminável de impostos não pagos, aqueles de que, na verdade, ele conseguira até então se eximir com toda sorte de artimanhas; agora tudo era cobrado, e ainda haviam sido acrescentadas novas taxas, principalmente a *ferdé*, instituída pelo ocupante egípcio. O pretexto dessa ação era reabastecer os cofres do emir, esgotados pelas necessidades do conflito em curso. Mas ninguém se enganava sobre as verdadeiras razões. E caso alguém ainda tivesse alguma dúvida, o patriarca convocou o pároco para lhe dizer claramente que, se o xeique retirasse os dois meninos da escola herética, ele intercederia em seu favor junto ao emir...

O senhor de Kfaryabda estava com a corda no pescoço. A colheita daquele ano havia sido desastrosa, e a quantia que lhe era exigida – trezentas bolsas, ou seja, cento e cinquenta mil piastras – superava em muito o que ele poderia reunir, mesmo se obrigasse todos os seus súditos a entregar suas economias.

Impossível pagar, portanto, mas a outra solução era duplamente humilhante: o xeique começaria por perder a moral ao retirar os meninos da escola do pastor inglês, depois ele teria que implorar aos pés do "patriarca dos gafanhotos" para que ele se dignasse a falar com o emir.

Antes de deixar a aldeia com sua escolta, o funcionário do Tesouro especificou que se as quantias devidas não fossem integralmente pagas no mês seguinte, as terras do xeique seriam confiscadas e anexadas ao domínio do emir. Perspectiva que não agradava muito aos habitantes de Kfaryabda, conscientes de terem, na pessoa de seu xeique, o menos pior dos senhores.

O mais peculiar foi a maneira como Tânios viveu esses acontecimentos. Eles o reconciliaram por um tempo com a aldeia e até, poderíamos dizer, com sua suposta bastardia. Pois o que ocorria diante de seus olhos adolescentes constituía, na verdade, a continuação daquela mesma querela que outrora provocara a invasão dos "gafanhotos", uma querela cuja causa havia sido seu próprio nascimento. Agora ele a entendia perfeitamente, sabia por que o patriarca reagia daquele jeito, compreendia também a atitude do xeique e a dos aldeões. E a compartilhava. Nem que fosse por uma razão: a escola. A seus olhos, ela era o que mais importava. Ele estudava com afinco, com raiva, absorvia como uma esponja seca cada palavra, cada migalha de saber, não queria ver mais nada além daquela ponte entre ele, Tânios e o resto do universo. Por essa razão, ele se colocava ao lado dos aldeões, ao lado do xeique, contra todos os inimigos da aldeia, contra o emir, contra o patriarca... Ele abraçava todas as causas presentes e passadas.

Ele se distanciara até mesmo de Roukoz, que lhe dissera: "Por que eu deveria me lamentar se as terras do xeique forem confiscadas? Você não quer, como eu, abolir os privilégios feudais?". O adolescente havia respondido: "É meu desejo mais ardente, mas não quero que aconteça dessa maneira!". O antigo intendente sentenciara: "Quando você tem um desejo muito ardente, cuja realização o encheria de felicidade, você pode pedir a Deus que o atenda. Mas você não pode ditar a maneira como Ele deve agir. Eu pedi ao Céu que punisse o xeique de Kfaryabda. Cabe a Ele decidir o instrumento que vai usar, um cataclismo, os gafanhotos ou os exércitos do Egito!".

Esse raciocínio havia deixado Tânios desconfortável. Ele de fato desejava abolir os privilégios do xeique, e certamente não queria se encontrar, dentro de quinze anos, ajudando Raad a tirar os sapatos... Mas na prova de força que se desenrolava, ele sabia perfeitamente de que lado estava e quais desejos queria ver realizados.

"Hoje ao meio-dia", escreveu o pastor em suas efemérides na data de 12 de março de 1836, "Tânios veio me ver em meu gabinete para explicar a situação dramática em que se encontrava sua aldeia, que ele comparou a um mangusto capturado numa armadilha à espera da lâmina do caçador... Recomendei-lhe que orasse e prometi fazer o que estivesse ao meu alcance.

"Escrevi imediatamente a nosso cônsul uma carta detalhada que espero entregar amanhã a algum viajante a caminho de Beirute."

Foi muito provavelmente em resposta a essa carta, um verdadeiro pedido de ajuda, que um estranho visitante chegou ao castelo. Em Kfaryabda, ainda hoje se fala da visita do cônsul da Inglaterra. Segundo os registros, Richard Wood ainda não era cônsul – ele se tornaria mais tarde; na época, era o emissário oficioso de lorde Ponsonby e fazia algumas semanas que morava em Beirute com a irmã, que por acaso era esposa do verdadeiro cônsul da Inglaterra. Mas esse detalhe não tem nenhum impacto sobre os acontecimentos, nem na maneira como eles foram relatados.

"Aquele ano", diz a *Crônica montanhesa*, "nossa aldeia recebeu a visita do cônsul da Inglaterra, portador de preciosos presentes que encheram de alegria grandes e pequenos. Ele foi recebido como nenhum visitante jamais havia sido, assistiu à santa missa, e houve festejos por três dias e três noites."

Excessivo, não é mesmo, para a visita de um pseudocônsul, tantas festividades, tantos superlativos? Não quando se sabe a natureza desses "preciosos presentes". O monge Elias não diz nada além disso, mas o próprio Wood mencionou sua visita numa carta enviada pouco depois ao pastor Stolton e conservada nos arquivos deste último, na escola de Sahlain. O emissário permanece vago sobre o objeto de sua missão, que o correspondente conhece, ao que tudo indica, tão bem quanto ele; mas explica em detalhes a natureza dos presentes que havia levado e a maneira como foi recebido. O pastor certamente mencionara em sua própria carta a quantia exata que o Tesouro do emir exigia, pois Wood começou por fazer com que colocassem na grande sala do castelo, logo atrás do narguilé de seu anfitrião, sacos contendo exatamente cento e cinquenta mil piastras. O xeique fez menção de querer protestar; seu visitante não lhe deu tempo de fazê-lo.

– O que acaba de ser colocado a seus pés não é nosso presente para o senhor, mas para seu tesoureiro, para que ele possa atender às exigências do emir sem precisar importunar sua senhoria.

O senhor de Kfaryabda aceitou a oferta com dignidade, mas seu coração lisonjeado saltitava como o de uma criança.

Havia três outros presentes "genuínos", que Wood descreve em sua carta. "Para o xeique, um relógio monumental com as armas da Casa de Hanôver, transportado de Beirute em dorso de camelo." Por que um relógio e não um puro-sangue, por exemplo? Mistério. Talvez devesse ser visto como o símbolo de uma amizade duradoura.

Os outros dois presentes eram para os alunos do pastor. Para Tânios, "um magnífico estojo de escrita de madrepérola, que ele imediatamente prendeu ao cinto". E para Raad – que já possuía um estojo de escrita de ouro, que ele escondia ao sair da escola, com medo de que sussurrassem que o xeique se rebaixara à condição de secretário –, "uma espingarda de caça, uma Forsyth de percussão digna de uma caçada real, que seu pai se apressou a tirar de suas mãos para pesar e acariciar com inveja – talvez fosse melhor ter dado o presente a ele, em vez de ao filho, ele teria ficado encantado e a arma ficaria em mãos mais seguras".

Uma frase que não tinha nada de profética, mas que leva a pensar, quando sabemos os infortúnios à espera na ponta daquela espingarda.

O "cônsul" chegou numa tarde de sábado, e o xeique lhe propôs passar a noite no castelo com sua comitiva. As mulheres da aldeia se esforçaram para preparar os pratos mais requintados – Wood menciona um pescoço de cordeiro recheado, e elogia um "*kebbé* de bergamota", o que certamente resulta de uma confusão, pois embora exista uma carne moída com laranjas amargas, a bergamota é desconhecida na culinária da Montanha. O emissário também menciona que o xeique Francis deu um sorriso divertido ao vê-lo adicionar água ao vinho...

No dia seguinte, após uma breve conversa amigável no *liwan*, de frente para o vale, em torno de um café e algumas frutas secas, o senhor de Kfaryabda pediu permissão para se ausentar por uma hora.

– A missa vai começar. Eu não deveria deixar meu convidado desta forma, mas Deus foi bom comigo nos últimos dois dias, Ele quase realizou milagres e quero Lhe render graças.

– Eu o acompanharei, se não houver inconveniente...

O xeique se contentou em sorrir. Ele não via nenhum inconveniente, mas temia um escândalo de *bouna* Boutros se ele entrasse na igreja na companhia de um inglês.

O pároco os esperava na porta do edifício. Cortês, mas firme:
– Nossa aldeia é grata pelo que o senhor fez. Por isso, se me honrar com uma visita, minha esposa preparou um café para o senhor em minha humilde casa. A entrada é pelos fundos. Ela lhe fará companhia, junto com meu filho mais velho, até que eu termine de celebrar a santa missa. Depois me juntarei a vocês.

Ele lançou um breve olhar ao xeique, como se dissesse: "Mais educado que isso com seus amigos ingleses, impossível!".

Mas o "cônsul" respondeu, em seu árabe aproximativo:
– Não preciso de tratamento especial, padre, também sou católico, vou seguir a missa com os outros fiéis.

– Inglês e católico, o senhor é a oitava maravilha do mundo – não pôde deixar de dizer *bouna* Boutros.

Então convidou o fiel a entrar.

Enviar a essa nação católica um agente irlandês foi a suprema habilidade de lorde Ponsonby, habilidade que valeria a "esses malditos Ankliz", por muito tempo, a admiração dos montanheses.

# I I I

Naquela noite, o patriarca dormiu "com a cara no chão", como dizem os habitantes de Kfaryabda, e as orações que murmurava não tinham nada de caritativo; ele condenava tantas almas e tantos corpos ao Inferno que era de se perguntar a qual Reino ele tentava servir. O bigode do xeique era como um espinho na cama do prelado, ele se virava e revirava, mas só conseguia se enredar ainda mais.

No entanto, ele estava no auge de seu poder. Era o intermediário reconhecido entre o emir, o estado-maior egípcio, os diplomatas franceses e os principais senhores da Montanha, o pivô da coalizão e também seu curandeiro, pois era necessário reparar constantemente as fraturas. O cônsul da França tinha uma péssima opinião de Maomé Ali, "um déspota oriental que se faz passar por reformador para enganar as boas almas da Europa"; e quando lhe perguntavam sobre Sèves, seu antigo compatriota, ele dizia: "Soliman Paxá? Ele serve fielmente a seus novos senhores", e seu nariz se retorcia numa careta. O emir, por sua vez, se alegrava secretamente com os infortúnios de seus protetores egípcios, que diziam a seu respeito, quase em voz alta, que ele continuaria sendo o mais fiel aliado enquanto as tropas mantivessem suas tendas sob as janelas de seu palácio.

O patriarca às vezes tinha a impressão de manter unida essa coalizão instável pela força de seus próprios pulsos, e em toda a Montanha ele era respeitado, às vezes venerado. Nenhuma porta lhe era fechada, nenhum favor lhe era recusado. Exceto em minha aldeia. Em Kfaryabda, até mesmo o pároco lhe dava as costas.

Sua noite foi inquieta, portanto, mas ao amanhecer ele parecia mais confiante.

— Farei com que recitem o ato de contrição — ele prometeu ao sacristão que o ajudava a se vestir. — Eles cairão a meus pés como uma moeda de prata no cofre da igreja. Para todo mal existe um tratamento, e eu tenho o que eles precisam.

Poucos dias depois, um mensageiro do grande Jord chegou ao castelo para dizer que a avó de Raad estava morrendo e desejava vê-lo. O xeique não tentou se opor à viagem, pelo contrário, viu nela a oportunidade de se reconciliar com a família da falecida esposa, e enviou pelo filho uma carta de bons votos, redigida por Gérios, e alguns pequenos presentes.

Se a avó estava morrendo, ela o fazia sem nenhuma pressa. A *Crônica* só mencionará sua morte cento e trinta páginas – e dezessete anos – depois, aos setenta e quatro anos. Não importa; ela talvez quisesse muito rever o neto. Mas era sobretudo o patriarca que havia insistido para chamar Raad. Ele tinha coisas sérias a lhe dizer.

A conversa começou como um enigma para crianças na aula de catecismo:

— Se você fosse um cavaleiro do Messias e se encontrasse de repente prisioneiro na casa de Satanás, o que faria?

— Eu tentaria fugir, mas não sem antes destruir tudo, sem deixar pedra sobre pedra!

— Essa é uma bela resposta, digna de um verdadeiro cavaleiro.

— E eu massacraria Satanás e toda a sua progênie!

— Não exageremos, xeique Raad, nenhum mortal pode matar Satanás. No entanto, podemos semear a confusão em sua casa assim como ele semeia a confusão na nossa. Mas seu fervor me agrada, eu fiz bem em confiar em você, e tenho certeza de que sua fé e seu sangue nobre inspirarão suas ações como inspiraram suas palavras.

Segurando as mãos do menino entre as suas e fechando os olhos, o prelado murmurou uma longa oração. Raad não entendia uma palavra, mas tinha a impressão de sentir o incenso subir até suas narinas. O quarto não tinha janelas, estava mergulhado na escuridão, e a barba branca do patriarca era a única fonte de luz.

— Você está na casa de Satanás!

O jovem xeique não entendia. Ele começou a olhar ao redor, visivelmente assustado.

— Não estou falando da casa de seu avô.

— O castelo...

– Também não estou falando da casa de seu pai, Deus o perdoe. Estou falando da escola inglesa, foco de heresia e depravação. Todas as manhãs, você vai para a casa de Satanás e não sabe.

Seu rosto estava grave como uma lápide. Pouco a pouco, porém, um sorriso se desenhou.

– Mas eles também não sabem quem você é. Eles pensam estar lidando apenas com o xeique Raad, filho do xeique Francis; eles não sabem que em você se esconde o cavaleiro do castigo.

Quando Raad voltou para a aldeia alguns dias depois e tomou como de costume o atalho que atravessa a floresta de pinheiros, Tânios notou que ele tinha no queixo uma barbicha incipiente e nos olhos um olhar que não era o seu.

Na escola do reverendo Stolton, as aulas eram ministradas na parte mais antiga do prédio, o *kabou*, formado por duas salas abobadadas, quase idênticas, alongadas, um tanto escuras para lugares de estudo. Mais tarde, outras salas seriam adicionadas, mas na época de Tânios não havia mais do que trinta alunos e a escola se resumia a essas duas salas e uma terceira, adjacente, onde o pastor tinha seus livros e seu gabinete. No andar superior ficavam seus aposentos privados. A casa não era grande, mas com as telhas do telhado dispostas em pirâmide perfeita, as varandas simétricas, as janelas de arcadas finas e a hera cobrindo as paredes, ela conseguia dar uma impressão de doçura misturada com solidez. Além disso, dispunha de um vasto terreno fechado onde os alunos podiam se distrair e onde, anos depois, seriam construídos, por razões muito louváveis – a chegada de cerca de mil alunos –, edifícios bem menos agradáveis, infelizmente. Mas essa é outra história...

Em uma parte desse terreno, a esposa do pastor se dedicava à única verdadeira paixão de sua vida: a jardinagem. Ela tinha uma pequena horta, bem como canteiros de flores – narcisos, cravos, um leito de lavandas e todo um tabuleiro de rosas. Os alunos nunca frequentavam aquele lado; a esposa do pastor havia até construído com suas próprias mãos uma mureta, nada além de algumas pedras sobrepostas, que formavam uma cerca simbólica.

Raad, porém, se apressou a pular aquela cerca no dia de seu retorno à escola. Ele foi direto aos roseirais, que, naquele mês de abril, começavam a florescer; então, tirando um canivete do cinto, começou a colher as flores mais belas, cortando-as bem perto das pétalas, como se as decapitasse.

A esposa do pastor não estava longe, na horta. Ela via tudo, mas o aluno agia com tanta confiança, tanta insolência, que ela permaneceu muda por um bom tempo antes de gritar uma frase ininteligível. O jovem xeique não ficou impressionado. Ele continuou sua tarefa até a última cabeça de rosa cair em seu lenço aberto. Então, guardando o canivete, pulou tranquilamente a cerca de volta para mostrar seu butim aos colegas.

O pastor acorreu, encontrou a esposa em lágrimas e convocou o culpado a seu gabinete. Ele o encarou por um longo momento, tentando detectar qualquer expressão de remorso. Até que disse, com sua voz de pregador:

— Você percebeu o que acabou de acontecer com você? Ao chegar aqui esta manhã, você era um xeique respeitado, agora se tornou um ladrão!

— Não cometi nenhum roubo.

— Minha esposa o viu pegar suas rosas, como você pode negar?

— Ela me viu, e eu vi que ela me viu. Portanto não foi um roubo, mas uma pilhagem!

— Qual a diferença?

— Roubos são cometidos por miseráveis, enquanto a pilhagem, assim como a guerra, é desde sempre praticada pelos nobres, pelos cavaleiros.

— Acho que estou ouvindo outra pessoa falar por sua boca, quem o ensinou a responder assim?

— Por que eu precisaria de alguém para me ensinar uma coisa dessas? Eu sei disso desde que nasci!

O pastor suspirou. Refletiu. Pensou no xeique. No sr. Wood. Em lorde Ponsonby. Talvez até em Sua Graciosa Majestade. Ele suspirou de novo. E disse, com uma ênfase agora marcada pela resignação:

— Saiba, de todo modo, que a pilhagem, supondo que ela possa ser praticada, só deveria existir às custas dos inimigos, daqueles cujas terras foram conquistadas ou cuja porta foi forçada por um ato de guerra. E certamente não nas casas onde se é acolhido como amigo.

Raad pareceu meditar intensamente, e o pastor, na falta de algo melhor, considerou essa atitude como um gesto de arrependimento. Ele pediu ao jovem xeique que não se considerasse mais em estado de guerra com a escola e decidiu esquecer o incidente.

Trair desse jeito sua missão de educador para não trair os interesses da Coroa? Nas entrelinhas de suas efemérides, o pastor Stolton parecia sentir um pouco de vergonha de fazer isso.

Nos dias seguintes, Raad pareceu mais calmo. Mas o demônio – perdão, o anjo – tentador não o deixaria em paz.

Dessa vez, o instrumento da Providência foi um passatempo de madeira preciosa que o filho de um comerciante de Dayroun havia levado para a escola; ele tinha a particularidade de, ao ser manuseado, ou melhor, ao ser recolhido em bola e esfregado entre as palmas das mãos, liberar um perfume de almíscar. Raad queria aquele passatempo a todo custo, mas quando o colega sugeriu vendê-lo, ele ficou ofendido. Seria muito mais simples se apropriar dele por uma nobre pilhagem! Ou então, como sugeriu um aluno brincalhão, ele poderia ganhá-lo. Por meio de um jogo comum entre os alunos, chamado *aassi*, que em tradução livre significa "desafio". Consistia em impor a alguém um desafio que, se cumprido, levava o prêmio.

O xeique Raad disse *aassi*! e seus colegas, felizes com a distração, repetiram *aassi*! *aassi*! até que o proprietário do precioso objeto finalmente pronunciou a palavra mágica, seguida do desafio:

– *Aassi* que você vai até onde está a sra. Stolton, levanta o vestido dela com as duas mãos até a altura da cabeça, como se procurasse algo, e grita: onde está aquele passatempo, não consigo encontrar!

O filho do comerciante ficou todo contente com sua ideia. Ele tinha certeza de ter inventado o desafio supremo, que nenhum aluno conseguiria cumprir. Mas Raad deu alguns passos na direção indicada. Os outros – eles eram sete – o seguiram à distância, convencidos de que ele logo voltaria atrás. A esposa do pastor estava debruçada sobre seus canteiros de flores, usava um vestido muito comprido, com a barra suja de lama. O valoroso xeique agarrou a barra do vestido com as duas mãos e o levantou com um gesto tão brusco que a mulher caiu para a frente, com a cabeça nas flores.

– Onde está aquele passatempo, não consigo encontrar! – proclamou ele, num tom de vitória.

Ninguém mais ria.

Dessa vez, o pastor, esquecendo os interesses superiores de sua pátria, gritou na cara do delinquente, em inglês:

– Fora! Saia imediatamente deste estabelecimento e nunca mais ponha os pés aqui! Sua presença é uma desgraça para todos nós. E mesmo que o rei William viesse pessoalmente a Sahlain para me pedir que você ficasse, eu responderia: nunca, nunca, nunca e nunca!

De que outra maneira ele poderia ter reagido? Que respeito teria conservado por si mesmo e por sua missão? No entanto, nas horas que se seguiram, o remorso começou a crescer dentro dele, um remorso dilacerante, a sensação de ter demolido com as próprias mãos o edifício que ele se propusera a construir. Ele sentiu a necessidade de se explicar com Said *beyk*, seu anfitrião e protetor.

O senhor de Sahlain, que já ouvira rumores do incidente, não fez nada para tranquilizar seu visitante.

– Deus não deu a ninguém todas as qualidades, reverendo. O senhor tem inteligência, conhecimento, integridade, virtude, devoção... Só lhe falta paciência.

Paciência? O pastor suspirou longamente e tentou esboçar um sorriso.

– O senhor tem razão, Said *beyk*. Mas é necessária uma variedade muito particular de paciência para suportar o xeique Raad. E essa variedade, temo, não cresce na Inglaterra.

– Nossa Montanha é assim, reverendo. O senhor pensou que estava punindo um aluno insolente, mas apenas puniu seu pai, que é seu amigo e precisou enfrentar metade do universo por causa da amizade que tem pelo senhor.

– Isso eu lamento sinceramente, e se pudesse reparar o mal que foi feito... Talvez eu devesse ir vê-lo.

– É tarde demais. A única maneira de mostrar sua amizade é não lhe guardar rancor pelo que ele terá que dizer para sair dessa situação.

# IV

Trecho da *Crônica montanhesa*:

"No final do mês de abril, pouco depois da Grande Festa, o xeique Francis, senhor de Kfaryabda, decidiu retirar seu filho, o xeique Raad, da escola dos ingleses heréticos. Diz-se que um incidente havia ocorrido alguns dias antes, durante o qual o pastor surpreendera sua esposa com o jovem xeique numa posição comprometedora. A carne é fraca na primavera da natureza e também no outono.

"No terceiro dia, que caiu numa sexta-feira, *sayyedna*, o patriarca, chegou à aldeia com uma comitiva importante. Fazia quinze anos que não a visitava, e todos ficaram felizes com seu retorno. Ele disse que vinha ouvir a confissão do xeique Raad, assim como havia sido o confessor de sua mãe.

"O xeique Francis e o patriarca se abraçaram diante do povo reunido na Blata, e em seu sermão *sayyedna* falou de perdão e reconciliação, e amaldiçoou a heresia e a perversão, causas de divisão e discórdia entre os fiéis.

"Houve festejos na aldeia até o amanhecer. E no dia seguinte o patriarca e o xeique partiram juntos para o palácio de Beiteddine para renovar sua aliança com o emir, governador da Montanha, e anunciar sua reconciliação. Ele os recebeu com honras."

"Deus, como me sinto um estranho no meio dessa festa!" Os sentimentos de Tânios haviam mudado, mais uma vez, decididamente para o lado da raiva e do desprezo. De vez em quando, para se distrair de seus pensamentos sombrios, ele imaginava a esposa do pastor nos braços de Raad, ou este último no confessionário, recebendo os calorosos cumprimentos do prelado pelos pecados que reivindicava. O filho de Lâmia se pegava rindo alto, mas logo voltava à sua indignação silenciosa.

E ele caminhava, caminhava, como sempre que a raiva o agitava.

– Então, Tânios, pensando com os pés?

O rapaz não estava de humor a se deixar abordar dessa forma, mas aquela voz era familiar, e a silhueta ainda mais. Não tanto a de Nader, mas a de sua inseparável mula, carregada até a altura de um homem.

Tânios foi espontaneamente abraçar o tropeiro, antes de se lembrar da reputação daquele homem e dar um passo para trás. Mas o outro continuava:

– Eu também penso com os pés. Só podia, porque a única coisa que faço é percorrer estradas. As ideias que forjamos com os pés e que sobem para a cabeça nos reconfortam e estimulam, as que descem da cabeça para os pés nos tornam pesados e nos desencorajam. Não sorria, você deveria me ouvir com seriedade... Mas na verdade pode sorrir, como os outros. Ninguém quer minha sabedoria. É por isso que sou obrigado a vender minhas bugigangas. Antigamente, entre os árabes, se dava um camelo como recompensa por cada palavra de sabedoria.

– Ah, se você pudesse vender suas palavras, Nader...

– Eu sei, falo bastante, mas você precisa entender que quando vou de uma aldeia a outra, muitas coisas passam pela minha cabeça sem que eu possa falar com ninguém. Então quando chego, compenso essa falta.

– Você compensa tanto que acaba sendo expulso...

– Isso aconteceu algumas vezes, mas não acontecerá mais. Não conte comigo para ir dizer na Blata que o xeique Raad foi expulso da escola porque massacrou as rosas e levantou como um delinquente o vestido daquela senhora. E também não direi que seu pai lhe deu uma bofetada de um lado e outro do rosto e depois o fez desfilar como um herói entre os vivas da aldeia.

Tânios se virou e cuspiu três vezes. Gesto que Nader desaprovou.

– Você estaria errado em culpar as pessoas! Elas sabem o que aconteceu, como você e eu, e julgam Raad como você e eu o julgamos. Mas a disputa com o patriarca e com o emir estava se tornando custosa e perigosa, a aliança com os ingleses era pesada de carregar, era preciso sair dela, e era preciso fazer isso de cabeça erguida...

– De cabeça erguida?

– Um sedutor audacioso pode ser criticado, mas nunca desprezado. Assim é. O pai dele pode falar de seus feitos rindo.

— Eu não tenho vontade de rir. Quando penso na sra. Stolton, nos rumores que vão chegar a ela, sinto vergonha.

— Não se preocupe com a esposa do pastor, ela é inglesa.

— E daí?

— Ela é inglesa, estou dizendo; a pior coisa que pode acontecer a ela é ser obrigada a deixar este país. Já para você e para mim, deixar este país é a melhor coisa que pode nos acontecer.

— Vá embora, Nader, já estou triste o suficiente sem sua sabedoria de coruja!

Tânios ainda encontrava um certo conforto na indignação, na vergonha, na tristeza, nesses sentimentos que as celebrações da aldeia despertavam nele, o conforto de saber que estava certo contra todos, e que mantinha os olhos bem abertos enquanto os outros, todos os outros, se deixavam cegar pela covardia e pela complacência. Segunda-feira de manhã, prometeu a si mesmo, assim que estivesse novamente na escola iria ver a sra. Stolton, beijaria sua mão como faziam os fidalgos das histórias inglesas que ele lia nos livros, lhe expressaria "seu mais profundo respeito e afeição filial" ou alguma fórmula bem elaborada do tipo, e também lhe diria que toda a aldeia sabia a verdade sobre o que havia acontecido...

Nem por um momento Tânios percebeu que ele também estava cego, não de complacência, mas de esperança. A esperança de deixar o castelo cedo na manhã seguinte para encontrar a fresca serenidade de sua sala de aula. Nem por um momento ele suspeitou de uma coisa simples, evidente: não havia mais motivo para um filho da aldeia frequentar a escola do pastor inglês. O xeique e o patriarca haviam claramente sinalizado isso a Gérios antes de partirem juntos para o palácio do emir.

Desde então, o intendente adiava dia a dia, hora a hora, o momento temido em que teria que anunciar a notícia a Tânios. Talvez o rapaz compreendesse a coisa por si mesmo e se resignasse... Não, isso era impossível, impensável para ele. Aquela escola era toda a sua esperança para o futuro, toda a sua alegria, ele vivia apenas por ela. Fora a escola do pastor que o reconciliara com a família, com o castelo, com a aldeia, com ele mesmo, com seu nascimento.

Na noite de domingo, a família estava reunida em torno de um prato de *kishk*, mergulhando pedaços de pão na sopa espessa. Gérios contava o que havia aprendido sobre o conflito entre o paxá do Egito e a Sublime Porta; falava-se de uma batalha que se preparava às margens do Eufrates.

Lâmia às vezes fazia algumas perguntas e dava instruções à jovem que os servia. Tânios se contentava em balançar a cabeça, pensando em outra coisa, no dia seguinte, no que ele diria ao pastor e à sua esposa ao vê-los pela primeira vez após o incidente.

— Talvez você devesse dizer a Tânios... — sugeriu a mãe quando houve um momento de silêncio.

Gérios balançou a cabeça.

— Vou repetir o que me disseram, mas não vou dizer nenhuma novidade, um rapaz tão inteligente como ele não precisa de muitas explicações, ele certamente já entendeu tudo sozinho.

— Do que vocês estão falando?

— Da escola inglesa. Preciso dizer que já não pode voltar para lá?

Tânios começou a tremer de repente, como se uma torrente de água fria tivesse invadido a sala. Com grande dificuldade, ele conseguiu pronunciar a palavra "*laych?*" – "por quê?".

— Depois do que aconteceu, nossa aldeia não pode mais manter laços com essa escola. Nosso xeique me disse isso claramente antes de partir. Na presença de nosso patriarca.

— Que o xeique decida pelo idiota do seu filho, mas não por mim.

— Não permito que você fale desse jeito enquanto estivermos sob seu teto.

— Raad nunca quis aprender nada, ia para a escola contra a vontade, porque seu pai o obrigava, e está muito contente de não precisar voltar. Eu vou para estudar, aprendi muito e quero continuar aprendendo.

— O que você aprendeu é suficiente. Acredite na minha experiência, se estudar demais, não suportará viver entre os seus. Você precisa se instruir apenas o suficiente para ocupar plenamente seu lugar. Isso é sabedoria. Você vai me ajudar no meu trabalho, vou lhe ensinar tudo. Você é um homem agora. Está na hora de começar a ganhar seu pão.

Tânios se levantou como um morto.

— Não comerei mais pão.

Ele subiu então para a alcova elevada onde costumava dormir, deitou-se e não se moveu mais.

No início, pensaram que era birra de criança. Mas quando o sol do dia seguinte nasceu e se pôs sem que Tânios tivesse aberto a boca, nem para falar, nem para comer, nem mesmo para beber um gole de água, Lâmia entrou em pânico. Gérios foi se trancar em seu gabinete com o pretexto de colocar seus registros em dia, mas sobretudo para esconder sua angústia. E a notícia se espalhou pela aldeia.

Na noite de quarta-feira, no quarto dia de seu jejum, Tânios tinha a língua áspera, os olhos fixos e secos, e os habitantes da aldeia desfilavam em sua cabeceira, alguns tentando falar com ele – em vão, ele não queria ouvir –, outros vinham assistir ao estranho espetáculo de um jovem que se deixava escorregar suavemente para a morte.

Tentou-se de tudo. O terror do Inferno que espera o suicida, a proibição de sepultamento... ele não acreditava em mais nada, parecia esperar a morte como se ela fosse um maravilhoso embarque.

Mesmo quando Gérios, em lágrimas, lhe prometeu que o deixaria voltar à escola do pastor se ele aceitasse apenas aquele copo de leite, ele respondeu, sem nem mesmo olhar para ele:

– Você não é meu pai! Eu não sei quem é meu pai!

Algumas pessoas o ouviram, e uma delas se apressou a dizer: "O coitado está delirando!". Porque elas agora temiam ver Gérios se matar – de tristeza e de vergonha – junto com Tânios.

Era quinta-feira, já o quinto dia de jejum, e alguns visitantes propuseram abrir a boca do rapaz à força para alimentá-lo, mas outros desaconselharam esse método com medo de que ele sufocasse.

Todos estavam desnorteados. Todos, até mesmo o pároco. Mas não a *khouriyyé*. Quando Lâmia, sua jovem irmã, veio chorar e se aconchegar em seus braços como fazia quando criança, ela se levantou e disse:

– Há uma única coisa a fazer, e sou eu quem vai fazê-la. Lâmia, me dê seu filho!

Sem esperar resposta, ela disse aos homens:

– Preciso de uma carroça.

Tânios foi transportado, quase inconsciente, e deitado na parte traseira. A *khouriyyé* pegou as rédeas da carroça e seguiu a estrada que contornava a colina do castelo.

Ninguém ousou segui-la, a não ser com o olhar, até que a poeira do caminho baixou.

A tarde estava seca e os pistacheiros cobertos de veludo rosado.

A esposa do pároco só parou no portão da escola inglesa. Ela mesma carregou o filho de sua irmã e avançou em direção ao prédio. O pastor e a sra. Stolton saíram a seu encontro.

– Ele vai morrer em nossas mãos. Fiquem com ele. Ao ver que está aqui, com vocês, voltará a se alimentar.

Ela o depositou nos braços estendidos do casal e foi embora sem sequer ter cruzado o umbral da casa deles.

# QUINTA PASSAGEM

## *Cabeça-branca*

*Nos dias que se seguiram a essa súbita chegada, a sra. Stolton e eu observamos um fenômeno dos mais estranhos. Os cabelos de Tânios, até então de cor preta com reflexos avermelhados, começaram a embranquecer a uma velocidade preocupante. Estávamos quase sempre à sua cabeceira para cuidar dele e, de uma hora para outra, às vezes tínhamos a impressão de que o número de cabelos brancos em sua cabeça se multiplicara. Em menos de um mês, esse rapaz de quinze anos tinha os cabelos tão brancos quanto os de um ancião.*

*Não sei se esse prodígio pode ser explicado pela provação da fome que ele infligira a si mesmo ou por alguma outra razão natural. Mas as pessoas viam nisso um sinal, para o próprio Tânios e talvez para toda a região. De bom ou mau agouro? Não havia consenso sobre isso. A superstição deles parecia permitir interpretações muito contraditórias, às quais preferi não dar muita atenção.*

*Creio haver entendido, no entanto, que existe nesta parte da Montanha uma lenda sobre personagens com cabelos prematuramente brancos, que, desde a aurora dos tempos, apareciam episodicamente em certos períodos conturbados, para logo depois desaparecerem. Eles são chamados de "cabeças-brancas" ou ainda "sábios-loucos". Segundo alguns, se trataria de um personagem único que reencarnaria indefinidamente. É verdade que no país druso a metempsicose é uma crença firmemente estabelecida.*

Efemérides do reverendo Jeremy Stolton,
ano de 1836.

# I

Se o Paraíso é prometido aos fiéis que morrem, Tânios havia obtido, com seu esboço de morte, um esboço de Paraíso, sem que o Altíssimo aparentemente lhe guardasse rancor por sua vontade de suicídio. O castelo do xeique era vasto, certamente, mas seu universo estava cercado por altos muros e reverências. Os estojos de escrita eram escondidos de vergonha e os passatempos eram exibidos. Na casa do pastor, o respeito andava de mãos dadas com o conhecimento. Tânios ainda se encontrava no degrau mais baixo da escada, mas sentia-se capaz de subir todos eles. Ao alcance de sua mão, a biblioteca; suas obras viviam em encadernações preciosas, ele gostava de abri-las, de ouvir seu farfalhar, mesmo aquelas que ele não poderia entender por alguns anos. Um dia, ele as teria lido todas, isso era uma certeza para ele.

Mas sua nova vida não se limitava a essa biblioteca, ao gabinete do reverendo, nem às abóbadas das salas de aula. Ele tinha, no andar de cima, seu próprio quarto. Até então reservado aos visitantes de passagem, geralmente ingleses ou americanos da União, os Stolton logo disseram a seu inesperado hóspede que ele agora seria seu. Tinha uma cama. Uma cama com dossel. Tânios nunca havia dormido em uma cama.

Nos primeiros dias, ele estava fraco demais, pouco consciente para apreciar seu conforto. Muito rapidamente, porém, se acostumara a ele, a ponto de se perguntar como poderia dormir novamente no chão, com o medo constante das cobras, dos escorpiões sob a coberta, do lagarto amarelo *bou-braïss* de mordida dolorosa, e, sobretudo, do pior de todos os flagelos, o terror de sua infância, a "mãe quarenta e quatro", ou seja, a centopeia, que diziam se esgueirar para dentro do ouvido do dorminhoco e se agarrar ao cérebro!

Em seu tranquilo quarto na casa dos Stolton havia uma estante com pequenos livros, um armário pregado na parede, um aquecedor a lenha e uma janela envidraçada com vista para os canteiros floridos da reverenda.

Ele havia interrompido seu jejum assim que abrira os olhos numa cama e vira a esposa do pastor lhe estendendo uma xícara. No dia seguinte, sua mãe o espiou do corredor, sem entrar no quarto, e foi embora mais tranquila. Três dias depois, quando Lâmia e a *khouriyyé* bateram novamente à porta do pastor, foi Tânios quem abriu. A primeira lhe saltou no pescoço, cobrindo-o de beijos, enquanto a outra o puxou para fora, porque ainda não queria transpor o umbral dos heréticos.

– Então você conseguiu o que queria!

As mãos do rapaz fizeram um gesto de falsa impotência, como para dizer: "É assim que sou!".

– Eu, quando me contrariam – disse-lhe a *khouriyyé* –, grito mais alto que todos, e todo mundo se cala, até mesmo *bouna* Boutros...

– Eu, quando me contrariam, baixo a voz.

Ele tinha um sorriso astuto, e sua tia balançou a cabeça várias vezes, fingindo desespero.

– Pobre Lâmia, você não soube criar seu filho! Se ele estivesse na minha casa, com quatro irmãos mais velhos e quatro mais novos, teria aprendido a gritar, a usar os cotovelos, teria aprendido a estender a mão para a panela sem precisar ser convencido! Mas enfim, ele está vivo, e sabe lutar à sua maneira, isso é o mais importante.

O rapaz sorria de orelha a orelha, e Lâmia julgou o momento oportuno para dizer:

– Amanhã, voltaremos com seu pai.

– Com quem?

Tendo dito essas palavras frias, ele girou nos calcanhares e entrou num corredor escuro da casa do pastor. E as duas mulheres foram embora.

Ele logo retornara às aulas, e todos os alunos que tinham algum pedido a fazer agora vinham falar com ele, como se ele fosse "o filho da casa". Em pouco tempo o pastor o encarregou – "em razão de suas capacidades, e em contrapartida por seus estudos e por sua hospedagem", como especificam suas efemérides – de exercer a função de tutor sempre que um aluno estivesse atrasado devido a uma ausência ou dificuldade de compreensão. Assim, ele era levado a desempenhar o papel de mestre-escola de colegas mais velhos que ele.

Foi provavelmente para parecer mais maduro no exercício de sua nova função que ele pensou em deixar crescer um contorno de barba; talvez também para marcar a independência finalmente conquistada em relação ao xeique e a toda a aldeia. Uma barba ainda rala, pouco mais densa que uma penugem, mas que ele cortava, escovava, ajustava e monitorava para garantir sua perfeição. Como se ela fosse o ninho de sua alma.

"Mas ele tinha nos traços, no olhar, e também nas mãos, uma suavidade um pouco feminina", disse-me Gebrayel. "Ele se parecia com Lâmia como se tivesse nascido apenas dela."

Sua mãe passou a visitá-lo a cada quatro ou cinco dias, frequentemente com a irmã. Nenhuma das duas ousava sugerir que ele as acompanhasse à aldeia. Somente depois de vários meses elas tentaram uma abordagem nesse sentido, não diretamente com Tânios, mas por intermédio do pastor. Que concordou em persuadi-lo; e embora estivesse feliz em acolher seu aluno mais brilhante em sua casa e lisonjeado por sentir de sua parte tanto afeto propriamente filial, o reverendo Stolton sabia que sua Missão seria melhor aceita na região onde se estabelecera depois que Tânios se reconciliasse com sua família, com o xeique, com sua aldeia.

– Que fique bem claro. Quero que você visite Kfaryabda, que veja seu pai e todos os seus. Depois que volte para viver nesta casa, onde permanecerá como um pensionista e não mais como um refugiado. O incidente com Raad seria, assim, parcialmente superado, e a situação se tornaria mais confortável para todos.

Chegando à Blata no lombo de um burro, Tânios teve a impressão de que as pessoas da aldeia se dirigiam a ele com precaução, com certo terror até, como se ele tivesse ressuscitado. E todos fingiam não ter notado sua cabeça branca.

Ele se inclinou sobre a fonte, bebeu a água fria com as mãos em concha, e nenhum curioso se aproximou. Depois, subiu sozinho até o castelo, puxando sua montaria.

Lâmia o esperava à porta, para conduzi-lo até Gérios, suplicando-lhe que fosse o mais amável possível com ele e que beijasse respeitosamente sua mão. Um momento penoso, pois o homem claramente começara a beber, e muito. Ele cheirava a *arak*, e Tânios se perguntou se, nessas condições, o xeique ainda o manteria por muito tempo em seu serviço. O álcool não o tornava loquaz, ele não disse quase nada ao filho pródigo. Parecia mais do que nunca fechado em si mesmo, um homem endurecido e atormentado. O rapaz sentiu durante todo o encontro silencioso uma culpa sufocante que o fez se arrepender de ter voltado, de ter partido... e talvez até de ter aceitado se alimentar novamente.

Foi uma sombra, mas a única sombra. Raad estava fora da aldeia; caçando ou na casa dos avós, Tânios não quis saber, feliz demais por não ter que encontrá-lo. Disseram-lhe apenas que entre o senhor e seu herdeiro as relações eram tumultuadas, e que este último até pensava em reclamar sua parte dos domínios do pai, como o costume permitia.

Lâmia insistiu em levar o filho até o xeique. Este o abraçou como quando ele era criança, apertou-o contra si, depois o mediu de alto a baixo. Parecia emocionado em revê-lo, mas não pôde deixar de dizer:

— Você deveria raspar essa barba, *yabné*, é uma erva daninha!

Esperando tais comentários, Tânios prometera a si mesmo não demonstrar irritação. Ele deixaria que falassem, e faria o que bem entendesse. Preferia ouvir comentários sobre sua aparência do que sobre a escola do pastor. Questão que o xeique aparentemente não tinha intenção de abordar; sem dúvida devia pensar que era melhor, afinal, manter aquele tênue vínculo com os ingleses. Ninguém, aliás, parecia inclinado a trazer à tona um assunto tão espinhoso. Nem mesmo *bouna* Boutros, que se limitou a chamar o sobrinho à parte para fazê-lo jurar que nunca se deixaria perverter pela heresia.

O dia seguinte a seu retorno caiu num domingo, e o rapaz assistiu à missa; todos puderam então verificar que ele ainda fazia o sinal da cruz da mesma maneira diante da imagem da Virgem com o Menino. Nesse aspecto, todos se tranquilizaram, ele não se deixara "anglizar".

Saindo da igreja, Tânios viu chegar do lado da praça principal o vendedor ambulante, puxando sua mula carregada de quinquilharias.

— Nader, o ímpio, sempre dá um jeito de nos encontrar no final da missa — disse a esposa do pároco. — Ele deve ter a consciência tão pesada que não ousa mais entrar na casa de Deus.

— Engano seu, *khouriyyé*, eu sempre me esforço para chegar na hora, mas é minha mula que não quer. Quando ela ouve o sino de longe, para de avançar. Deve ser ela que tem pecados na consciência.

— Ou então foi testemunha de muitas coisas que a horrorizaram... Se o pobre animal pudesse falar, você já estaria na prisão. Ou no Purgatório.

– No Purgatório eu já estou. Você achava que aqui era o Paraíso?

Essa conversa era uma tradição, os fiéis estavam tão acostumados a ela quanto ao carrilhão da igreja, no qual os braços fortes dos camponeses se exercitavam aos domingos. E quando o tropeiro às vezes estava em viagem longe de Kfaryabda, todos sentiam que faltava algo à missa que ele boicotava.

Ele mesmo usava esse diálogo picante como um carrilhão, justamente, para atrair a clientela, e se às vezes a *khouriyyé* se esquecia de aguilhoá-lo, era ele mesmo que a interpelava, provocava, até forçá-la a responder; somente então os fiéis, de almas apaziguadas e sorrisos nos lábios, abriam suas bolsas.

Alguns endomingados, no entanto, se afastavam com suas famílias, ofendidos de ver a esposa do pároco rindo tão complacentemente com aquele personagem perverso. Mas a irmã de Lâmia tinha uma serena filosofia. "Toda aldeia precisa ter um louco e um descrente!"

Enquanto os compradores se apinhavam em torno dele naquele dia, Nader fez sinal a Tânios para que esperasse; e ele tamborilou os dedos na barriga da mula para lhe dizer que tinha um presente para ele.

O jovem ficou intrigado. Mas teve que esperar até que o tropeiro tivesse vendido o último lenço com estampa de pata de leão e a última pitada de tabaco antes de se aproximar. Nader pegou então uma linda caixa de madeira polida, que obviamente continha um objeto precioso.

– Mas não é aqui que deve abri-la. Siga-me!

Eles atravessaram a praça da aldeia e dirigiram-se à falésia que dominava o vale. Na direção de um rochedo com aparência de trono majestoso. Suponho que ele devia ter um nome à época, mas ninguém mais o recorda desde que o rochedo foi associado à memória de Tânios.

O rapaz escalou, seguido de Nader, que carregava a caixa embaixo do braço. Ele só a abriu quando estavam ambos sentados e recostados. Era uma luneta. Esticada, tinha o tamanho de um braço estendido, e na ponta, a espessura de um punho de criança.

Desse "trono" inclinado à beira da falésia, quando se olha para o oeste, onde a montanha encontra o verde escuro do vale, avista-se o mar.

– Veja, é um sinal. Ele parece estar passando só para os seus olhos!

Apontando a luneta, Tânios pôde distinguir na água um navio de três mastros com as velas desfraldadas.

É muito provavelmente a essa cena que se referem as seguintes linhas de *A sabedoria do tropeiro*:

"Eu disse a Tânios, quando estávamos juntos no rochedo: Se de novo as portas se fecharem diante de você, lembre-se de que não é sua vida que está acabando, apenas a primeira de suas vidas, e que outra está impaciente para começar. Embarque então em um navio, uma cidade o espera.

"Mas Tânios já não falava em morrer, ele tinha um sorriso no coração, e nos lábios um nome de mulher."

Ele havia murmurado: "Asma". No momento seguinte, se arrependera. Confiar-se assim a Nader, o maior tagarela da Montanha e do Litoral?

Tânios e Asma.

Estava escrito que seus amores quase infantis não permaneceriam escondidos por muito tempo; mas a língua do tropeiro não teria nada a ver com isso.

# I I

Se Tânios queria guardar seu segredo, não era apenas por simples pudor. De que forma ele, que acabava de se reconciliar com o xeique, com Gérios, com a aldeia, poderia confessar que amava a filha do "ladrão", daquele que, em todo caso, eles haviam banido?

Desde aquele dia, dois anos antes, em que o filho de Lâmia cruzara com Roukoz e sua escolta na estrada e escolhera saudá-lo, eles tinham vivido momentos de afeto recíproco e outros de afastamento. Quando Tânios quisera se distanciar da aldeia e, de certa forma, recusar seus dois "pais", ele se sentira próximo do antigo intendente; em contrapartida, durante o conflito com o patriarca sobre a escola inglesa, o rapaz se solidarizara com a aldeia e seu xeique, e as palavras do banido o haviam exasperado. Ele havia decidido deixar de frequentá-lo, e, durante os primeiros meses de sua estadia com o pastor, não pensara uma única vez em visitá-lo.

Uma tarde, porém, depois das aulas, saindo para caminhar na estrada que ia de Sahlain a Dayroun, ele o vira à distância, cercado por seus guardas como de costume. O jovem inicialmente ficara tentado a se esconder em alguma trilha sob as árvores. Mas depois mudara de ideia – "Por que devo fugir como o chacal que tem medo de sua própria sombra?" – e assim continuara sua caminhada, decidido a mostrar-se cortês, mas com pressa.

O outro, no entanto, o avistara, descera do cavalo e correra em sua direção com os braços abertos.

– Tânios, *yabné*, eu já tinha perdido a esperança de voltar a vê-lo. Felizmente o acaso ignora nossas hesitações...

Quase à força, ele o levara consigo, fizera-o visitar sua casa, que ele não cessava de expandir, e também seu novo lagar de azeite, seus dois viveiros de bicho-da-seda, seus campos de amoreiras brancas, explicando em detalhes o momento certo para colher as folhas para obter a melhor qualidade de seda dos bichos-da-seda... O rapaz tivera que se desvencilhar de suas mãos e de sua verborragia para voltar para casa a uma hora decente. Não sem antes prometer voltar no domingo seguinte para almoçar e passear de novo...

Todos sabiam que a maior alegria de Roukoz era conduzir seus convidados por sua propriedade. Com Tânios, no entanto, não se tratava apenas de exibir sua riqueza. Talvez na primeira vez, mas nas vezes seguintes, com tantas explicações pacientes, especialmente perto dos viveiros, em meio ao cheiro pestilento dos vermes em decomposição, já não se tratava mais de vaidade, ostentação, o rapaz se sentira cercado por uma solicitude renovada, à qual não era insensível.

Asma com frequência os acompanhava nessas caminhadas. Tânios às vezes lhe estendia a mão para ajudá-la a saltar por cima de um arbusto espinhoso ou uma poça d'água; quando os terraços cultivados não eram altos, ela pulava como os homens de um para outro e se apoiava no peito de seu pai ou no ombro de Tânios. Por um breve momento, apenas o tempo de se firmar sobre os dois pés.

O rapaz se prestava a tudo isso, sem desagrado; mas ao voltar para casa – para a casa dos Stolton – ele não pensava mais no assunto. Ele raramente dirigia a palavra àquela moça e evitava deixar seus olhos se demorarem nela, pois teria a impressão de trair a confiança de seu anfitrião. Seria porque, como acreditava o pastor, "trata-se de uma sociedade onde a cortesia suprema em relação às mulheres consiste em ignorá-las"? Parece-me que havia sobretudo, da parte de Tânios, a juventude e sua timidez.

Foi apenas no domingo anterior a seu retorno à aldeia e a seu encontro com Nader no rochedo que Tânios tivera uma outra visão de Asma. Ele havia ido à casa de Roukoz e não o encontrara. No entanto, como frequentador do lugar, entrara mesmo assim, e passeara de sala em sala para ver como estavam as obras. O antigo intendente estava construindo uma sala de audiência digna de um palácio, digna, sobretudo, de suas ambições, pois era ainda mais vasta do que a Sala dos Pilares do xeique, de quem ele se considerava rival. Ela ainda estava inacabada. Os marceneiros haviam revestido as paredes com painéis de madeira damasquinada, mas o chão ainda não estava ladrilhado; e da fonte prevista para o meio da sala só se via um octógono desenhado a giz.

Era ali que Tânios estava quando Asma foi a seu encontro. Eles começaram a admirar juntos a minúcia dos artesãos da madrepérola. O chão estava atulhado de baldes, longos panos, ladrilhos de mármore empilhados e uma cesta de utensílios pontiagudos que a menina quase acertou com o pé. Tânios pegara sua mão para fazê-la contornar o obstáculo. E como a cada passo ela quase tropeçava, ele mantivera sua mão firmemente na dele.

Eles estavam assim havia algum tempo, passeando, se maravilhando, com os olhos no teto, quando ouviram passos no corredor.

Asma rapidamente recolheu sua mão.

– Alguém poderia nos ver!

Tânios se virou para ela.

Ela tinha doze anos e era uma mulher. Com lábios delineados e um perfume de jacinto selvagem.

Eles continuaram o passeio pela sala inacabada, mas já nenhum dos dois via o que pretendia admirar. E quando os passos no corredor se afastaram, suas mãos se reaproximaram. Já não eram as mesmas mãos que se seguravam. A de Asma pareceu a Tânios quente e trêmula como o corpo de um pássaro. Como o passarinho caído do ninho que um dia ele recolhera e que parecia ao mesmo tempo assustado por aquela mão estranha e aliviado por já não estar perdido.

Eles olharam juntos para a porta. Depois um para o outro. Então abaixaram os olhos, rindo de emoção. Eles se olharam novamente. Suas pálpebras se fecharam. Seus hálitos tateavam no escuro.

*Suas bocas se roçaram, depois se afastaram,*
*Como se vocês tivessem esgotado sua parte de felicidade e tivessem medo de invadir a dos outros,*
*Vocês eram inocentes? De que protege a inocência?*
*Até o Criador nos diz para sacrificar os cordeiros para nossas alegrias,*
*Jamais os lobos...*

Se Tânios tivesse lido, naqueles dias, os versos do tropeiro ímpio, ele mais uma vez teria amaldiçoado sua "sabedoria de coruja". E teria razão em fazê-lo, pois conheceria a felicidade na casa de Asma. Felicidade passageira? Todas são; durem uma semana ou trinta anos, choramos as mesmas lágrimas quando chega o último dia, e venderíamos a alma para ter direito ao amanhã.

Ele amava aquela menina; ela o amava, e seu pai claramente aprovava. Havia palavras que ele agora entendia de outra forma. Assim, quando Roukoz o chamava de "Meu filho!", não era "filho" que se devia ouvir, mas "genro", "futuro genro". Como ele não tinha percebido isso antes? Se o antigo intendente lhe contava tanto de seus negócios, era porque via nele o futuro marido de sua única filha. Em um ano, ela teria treze anos, e ele, dezesseis, quase dezessete, eles poderiam noivar, e em dois anos se casar para dormir um ao lado do outro.

Suas visitas a Roukoz nas semanas seguintes só reforçaram essas impressões. Seu anfitrião lhe dizia, por exemplo, no meio de uma frase: "Quando for sua vez de dirigir esse negócio...", ou mesmo, mais diretamente: "Quando você estiver nesta casa...", de maneira casual, como se fosse algo já combinado.

Seu futuro lhe pareceu subitamente traçado, e pela mão mais benevolente, que lhe prometia amor, amplo conhecimento e, de bônus, fortuna.

Que obstáculo ainda havia em seu caminho? Gérios e Lâmia? Ele saberia obter seus consentimentos, ou então os desconsideraria. O xeique? É certo que ele não atrairia seus favores casando-se com a filha de seu inimigo, mas por que precisaria de seus favores? A casa de Roukoz não ficava em suas terras, no fim das contas, e se o antigo intendente soubera desafiá-lo por tantos anos, o que havia a temer?

Tânios estava confiante; foi ao observar mais de perto seu "sogro" que ele voltou a se inquietar.

Impressionado com a fortuna de Roukoz, com seus domínios que não paravam de se expandir, com a opulência de sua morada, com as cartas de proteção que ele exibia, e, talvez mais do que tudo, com sua violência verbal contra os feudais, o rapaz se deixara persuadir de que o pai de Asma não era mais um banido em busca de reabilitação, mas um sério rival para o xeique, e mesmo seu igual.

Era exatamente isso que Roukoz almejava se tornar – e, enquanto isso, aparentar ser. Pela riqueza, ele já era; mas o resto tardava a chegar. Com o passar dos anos, o senhor de Kfaryabda, menos ávido por dinheiro do que por prazeres, lentamente empobrecera; seus cofres estavam regularmente vazios, e se a intervenção pontual do emissário inglês lhe permitira lidar com um pagamento inesperado, era com grande dificuldade que pagava os impostos anuais, que, naqueles anos de guerra, não paravam de aumentar. Na grande sala do castelo, alguns pilares adquiriam uma aparência bastante descascada, por causa da água que se infiltrava pelo telhado. Enquanto isso, Roukoz, cada dia mais próspero, graças ao bicho-da-seda, trouxera os artesãos mais habilidosos para lhe construir um *majlis* de paxá; a sala podia acomodar cento e vinte pessoas sentadas sem aperto.

Mas esses visitantes ainda precisavam aparecer... Quanto mais o salão de Roukoz se ampliava, mais se notava que ele estava vazio; quanto mais ele se embelezava, mais parecia supérfluo. Tânios acabara percebendo isso e, um dia, quando o antigo intendente lhe abrira o coração, ele ainda vira um coração de proscrito.

— O patriarca me protegia do xeique, mas se reconciliou com ele. Juntos, eles foram ao emir, como para me privar de meu segundo protetor. Desde então, vou para a cama todas as noites dizendo que talvez seja minha última.

— E seus guardas?

— Dobrei seus salários na semana passada. Mas se entre os doze apóstolos havia um Judas... Hoje só posso contar com o paxá do Egito, que Deus prolongue sua vida e expanda seu império! Mas ele tem, não é mesmo, outras preocupações além da minha pessoa...

"Foi por insistência do *khwéja* Roukoz, o antigo intendente do castelo, que as tropas egípcias estabeleceram em Dayroun um posto de comando com duzentos homens, requisitando para alojá-los três grandes casas com seus jardins; os oficiais viviam dentro delas, e os soldados, em tendas. Até então, as tropas do paxá não tinham vindo à nossa vizinhança, exceto para incursões passageiras, embora já tivessem quartéis na maioria das grandes cidades da Montanha.

"Suas patrulhas agora se espalhavam da manhã à noite pelas ruas de Dayroun, Sahlain e Kfaryabda..."

O monge Elias relata essa versão ainda ouvida nos dias de hoje, que, no entanto, me parece pouco verossímil. Roukoz tinha vivido alguns anos no Egito, conhecia o dialeto do país e havia comprado algumas complacências, dentre as quais a famosa carta de proteção; mas daí a deslocar os exércitos do paxá segundo sua conveniência... Não. Se as tropas egípcias se aproximaram de minha aldeia, foi porque previram se implantar aos poucos em todos os recantos da Montanha para reforçar seu domínio.

Dito isto, é claro que o pai de Asma viu nisso uma bênção, a resposta a suas preces, sua chance de salvação. E quem sabe até um pouco mais do que isso...

# III

Tânios estava em visita à casa do pai de Asma quando viu chegar, num dia de dezembro, o comandante da guarnição de Dayroun, Adel efêndi, acompanhado por dois outros oficiais com gorros de feltro verde, de barbas abundantes e bem cuidadas. A primeira reação do rapaz foi de desconfiança e preocupação, mas seu anfitrião sussurrou-lhe, sorrindo:

– São amigos, não se passam mais de três dias sem que venham me ver.

No entanto, Roukoz fizera um sinal para que Asma saísse discretamente, nunca é bom mostrar uma filha a soldados.

Tomada essa precaução, sua acolhida foi calorosa. Para Tânios, ele se referiu aos oficiais como "irmãos, e mais que irmãos"; para eles, apresentou o rapaz como "tão querido a meu coração como se fosse meu próprio filho".

"Uma verdadeira reunião de família", ironiza o pastor Stolton em um relato detalhado desse encontro, relato inspirado no que seu pupilo – por uma razão que logo será compreendida – lhe contou assim que voltou a Sahlain.

O que Tânios notou de imediato nesses oficiais do exército egípcio foi que nenhum era egípcio; Adel efêndi era de origem cretense, e entre seus adjuntos havia um austríaco e outro circassiano. Nada de surpreendente nisso, visto que o próprio Maomé Ali havia nascido na Macedônia de pais albaneses. Todos, porém, falavam árabe com sotaque egípcio e pareciam devotados a seu senhor e à sua dinastia.

Bem como a seus ideais. Segundo o que diziam, não estavam travando uma guerra de conquista, mas uma luta pela renascença dos povos do Oriente. Falavam de modernização, equidade, ordem e dignidade. Tânios ouvia com interesse, às vezes balançando a cabeça em sinal de sincera aprovação. Como agir de outra forma se aqueles homens enérgicos criticavam a incúria otomana, falavam de abrir escolas em toda parte, de formar médicos, engenheiros.

O rapaz ficou igualmente impressionado quando o comandante prometeu acabar com toda a discriminação entre comunidades religiosas e abolir todos os privilégios. Nesse ponto do discurso, Roukoz ergueu sua taça à saúde dos oficiais, à vitória de seu senhor, e jurou arrancar o bigode do xeique como contribuição à abolição dos privilégios. Tânios não teve escrúpulos em beber um gole de *arak* imaginando a cena – ele de bom grado teria adicionado a barbicha de Raad; e mais um gole quando Adel efêndi prometeu abolir, em seguida, "os privilégios dos estrangeiros".

O comandante logo se lançou numa diatribe inflamada, com muitos exemplos; o assunto claramente o entusiasmava.

– Ontem, eu estava de ronda pelas aldeias, e onde quer que meu cavalo me levasse, eu me sentia em casa. Eu podia entrar em qualquer casa, ela estava aberta para mim. Até o momento em que passei diante da residência de um pastor inglês. A bandeira de seu rei estava no portão. E eu me senti insultado.

Tânios, de repente, não conseguiu engolir seu *arak*, e não ousou levantar os olhos com medo de se trair. Ao que tudo indicava, o oficial não sabia, não suspeitava que aquela casa proibida por uma bandeira estrangeira também era a sua.

– É normal – insistia Adel efêndi – que os estrangeiros sejam mais favorecidos, mais respeitados, mais temidos que os filhos da terra?

Lembrando-se de que ele próprio não era exatamente um filho da terra – nem um filho do Egito, nem especialmente um filho daquela Montanha que ele havia conquistado –, julgou necessário esclarecer:

– Eu mesmo não nasci aqui, dirão vocês. (Ninguém ousaria lhe dizer isso.) Mas me coloquei a serviço desta gloriosa dinastia, adotei a língua do país, sua religião, seu uniforme, lutei sob sua bandeira. Enquanto esses ingleses, mesmo vivendo entre nós, só procuram servir à política da Inglaterra e só respeitam a bandeira inglesa, eles pensam que isso os coloca acima de nossas leis...

Roukoz se apressou a dizer, em voz alta, que não havia absolutamente como comparar Adel efêndi com aqueles estrangeiros, porque aqueles ingleses eram a raça mais arrogante que existia, porque Sua Excelência obviamente não era um estrangeiro, mas um irmão. Tânios não disse nada.

"Meu pupilo, no entanto, ficou perplexo, mais do que ele quis admitir", notaria o pastor.

"De um lado, havia sua sincera afeição por mim e pela sra. Stolton, e seu apego à nossa obra educativa. Mas, ao mesmo tempo, ele não podia ser totalmente insensível ao fato de que os estrangeiros pudessem se beneficiar de privilégios aos quais as pessoas da região não tinham acesso. Seu senso de equidade ficou um pouco abalado.

"Compreendendo sua perplexidade, expliquei-lhe que, regra geral, os privilégios eram escandalosos em uma sociedade fundada no direito, mas que, ao contrário, numa sociedade onde reinava o arbítrio, os privilégios às vezes constituíam uma barreira contra o despotismo, tornando-se assim, paradoxalmente, oásis de direitos e equidade. Esse é certamente o caso da sociedade oriental de hoje, seja ela otomana ou egípcia. O escandaloso não é que os soldados não possam entrar livremente em nossa Missão de Sahlain ou na residência de um inglês. O que é verdadeiramente escandaloso é eles se arrogarem o direito de entrar à vontade em qualquer escola e em qualquer casa do país. O escandaloso não é eles não poderem prender uma pessoa de nacionalidade britânica, mas eles poderem dispor como quiserem de todas as pessoas que não se beneficiem da proteção de uma Potência.

"Concluí dizendo que, se aqueles homens quisessem abolir os privilégios, a maneira correta de proceder não seria submeter os estrangeiros ao destino pouco invejável da população local, mas, ao contrário, tratar todas as pessoas da maneira como são tratados os estrangeiros. Pois estes são tratados simplesmente como deve ser tratada qualquer pessoa humana...

"Temo ter me exaltado um pouco ao formular minha resposta, e a sra. Stolton me repreendeu por isso, mas me parece que meu pupilo foi sensível a meu ponto de vista."

O pastor foi menos ouvido quando aconselhou seu pensionista a evitar, no futuro, visitar uma casa frequentada pelos militares egípcios. Isso sem dúvida seria o que a sabedoria teria ordenado. Mas, em contrapartida a essa sabedoria, havia o sorriso de Asma, e todo o caminho futuro que esse sorriso iluminava. Por nada no mundo Tânios teria renunciado a eles.

O delicado assunto que havia sombreado o primeiro encontro com os oficiais não voltaria a ser mencionado. Nas duas ou três vezes em que Tânios ainda os encontrou na casa de Roukoz, falou-se sobretudo das peripécias da guerra, da inevitável vitória do senhor do Egito sobre o sultão otomano e de novo da abolição dos privilégios, mas apenas dos senhores feudais, com uma atenção especial para o caso do xeique Francis e o destino prometido a seu bigode.

Tânios não se incomodou em beber de novo a essa alegre perspectiva. Ele havia chegado a uma espécie de acordo consigo mesmo sobre a questão dos privilégios: manter os dos cidadãos estrangeiros, abolir os dos xeiques. O que permitia conciliar tanto as preocupações do pastor quanto as aspirações do pai de Asma, assim como suas próprias inclinações.

Não havia, de fato, entre os dois tipos de privilégio, uma diferença de natureza? Se as concessões feitas aos ingleses por ora constituíam uma barreira contra o despotismo – ele estava disposto a admiti-lo –, os privilégios exagerados das famílias feudais, que se exerciam havia gerações sobre uma população resignada, não serviam a nenhuma causa identificável.

Esse acordo convinha a seu coração e à sua inteligência, o rapaz se sentiu em paz quando o encontrou. Tão em paz que não viu outra diferença entre os dois tipos de privilégios, que deveria ter saltado a seus olhos: contra as Potências estrangeiras, os oficiais do vice-rei do Egito pouco podiam fazer além de resmungar, praguejar e beber. Contra o xeique, não. Seu bigode era mais fácil de arrancar do que a juba do leão britânico.

# SEXTA PASSAGEM

∼

## *Uma estranha mediação*

*Estava escrito que as desgraças que atingiram nossa aldeia deveriam culminar em um ato abominável, trazendo maldição: o assassinato do patriarca triplamente venerado, por mãos que, no entanto, não pareciam de forma alguma feitas para o crime.*

*Crônica montanhesca,*
obra do monge Elias.

# I

O ano de trinta e oito foi calamitoso desde o início; no dia 1º de janeiro houve um terremoto. Suas marcas permanecem na pedra e na memória.

A aldeia estava adormecida sob uma espessa camada de neve havia semanas, as copas dos pinheiros estavam pesadas, e as crianças no pátio da escola afundavam até mais que os joelhos. Mas o tempo estava claro naquela manhã. Nenhuma nuvem. "O sol do urso" – muita luz, sem calor.

Por volta do meio-dia, ou pouco antes, ouviu-se um estrondo. Como um rugido vindo das entranhas da terra, mas os aldeões começaram a olhar para o céu, conversando de uma casa para outra. Talvez fosse um trovão distante ou uma avalanche...

Alguns segundos depois, outro estrondo, mais violento. As paredes tremeram, e as pessoas correram para fora, gritando: "*Hazzé*! *Hazzé*!". Alguns corriam para a igreja. Outros se ajoelhavam onde estavam, rezando em voz alta. Enquanto isso, outros já morriam sob os escombros. As pessoas se lembraram que os cães não paravam de uivar desde o amanhecer, assim como os chacais do vale, que normalmente permaneciam silenciosos até a noite.

"Os que estavam próximos da fonte então testemunharam", diz a *Crônica*, "um espetáculo que os aterrorizou. A fachada do castelo se fissurava diante de seus olhos, a rachadura se propagava como se sob a ação de gigantescas tesouras. Lembrando-se de um trecho das Escrituras Sagradas, várias pessoas desviaram os olhos com medo de serem transformadas em estátuas de sal se contemplassem a ira de Deus."

O castelo não desabou naquele ano, nem nenhuma de suas alas; exceto pela fissura, ele pouco sofreu. Além disso, coisa notável, a parede rachada está de pé até hoje. De pé com sua rachadura, enquanto outras paredes do castelo, mais antigas ou mais novas, desabaram desde então.

De pé no meio das ervas daninhas, como se, por ter anunciado o infortúnio, tivesse sido preservada. Ou como se a mensagem ainda não tivesse sido plenamente cumprida.

Na aldeia, no entanto, contaram-se cerca de trinta vítimas.

– Mais grave ainda – disse-me Gebrayel –, a casa do tropeiro desabou. Uma velha construção onde ele havia acumulado milhares de livros de todos os tipos. Um tesouro, que lástima! A memória da nossa Montanha! Nader estava em viagem, longe de Kfaryabda. Quando voltou, uma semana depois, a neve havia derretido, e toda a sua biblioteca estava se decompondo na lama. Dizem que ele tinha, entre seus livros...

Eu já não estava ouvindo havia algum tempo, tinha ficado preso em sua primeira frase.

– Mais grave ainda, você disse? Mais grave do que as trinta vítimas?

Ele tinha um brilho provocador no olhar.

– Igualmente grave, ao menos. Quando um cataclismo acontece, eu penso, claro, nas pessoas e em seus sofrimentos, mas também tremo pela destruição dos vestígios do passado.

– As ruínas tanto quanto os homens?

– No fim, as pedras lavradas, as folhas sobre as quais penou o autor ou o copista, as telas pintadas e os mosaicos também são fragmentos da humanidade, justamente a parte de nós que esperamos ser imortal. Que pintor gostaria de sobreviver às suas telas?

Apesar das singulares preferências de Gebrayel, não foi a destruição dos livros do tropeiro que rendeu àquele ano o título de calamitoso. Nem o terremoto, aliás, que foi apenas a praga anunciadora. Nem mesmo o assassinato do patriarca. "O ano inteiro, de ponta a ponta, não passou de uma sequência de desgraças", diz a *Crônica*. "Doenças desconhecidas, nascimentos monstruosos, deslizamentos e, acima de tudo, fome e extorsões. O imposto anual foi coletado duas vezes, em fevereiro e novamente em novembro; e, como se não bastasse, foram inventadas novas taxas, sobre pessoas, cabras, moinhos, sabão, janelas... As pessoas não tinham mais nenhuma piastra furada, nem provisões nem gado.

"E quando se soube que os egípcios pretendiam confiscar os animais de carga e de tração, os habitantes de Kfaryabda não tiveram outra escolha a não ser atirar seus burros e mulas do alto da falésia..."

Aquele não era, apesar das aparências, um ato de desespero, nem mesmo de resistência. Apenas uma precaução, explica o cronista, pois uma vez localizados e tomados os animais, os homens do comandante Adel efêndi apreendiam o proprietário para obrigá-lo a conduzir o animal "recrutado". "O pior dos governantes não é aquele que te espanca, é aquele que te obriga a te espancares a ti mesmo", conclui ele.

Nesse mesmo sentido, o monge Elias relata que os habitantes de Kfaryabda passaram a se impor o hábito de não sair de casa em certos horários. Os homens do paxá do Egito circulavam por toda parte, no barbeiro, na mercearia, no café da Blata jogando *tawlé*, e à noite eles apareciam em grupos, bêbados, para cantar e gritar na praça e nas ruas adjacentes, de forma que ninguém mais frequentava esses lugares, não por bravata, mas mais uma vez por sensata precaução, pois os soldados se encarregavam todos os dias de abordar um passante e humilhá-lo sob algum pretexto.

A partir de meados de fevereiro, foi a vez do xeique de decidir se trancar em seu castelo e não sair nem até o alpendre; ele acabara de saber que Said *beyk*, seu igual em Sahlain, passeando por seus domínios, havia sido interceptado por uma patrulha que lhe pedira para se identificar...

O incidente havia mergulhado o senhor de Kfaryabda numa profunda melancolia. Aos súditos que subiam para vê-lo, trazendo suas queixas, e que suplicavam para que ele interviesse junto ao comandante egípcio, ele respondia com fórmulas compassivas, às vezes com algumas promessas; mas não saía do lugar. Alguns viam nisso uma confissão de impotência, outros uma marca de insensibilidade. "Quando é o filho de uma grande casa que sofre uma opressão, o xeique se sente ofendido; quando somos nós, os meeiros, que sofremos..."

O pároco teve que lhe fazer algumas críticas:

— Nosso xeique se mostra altivo com os egípcios, e estes talvez vejam nisso desdém, o que os incita a se tornarem cada vez mais ferozes.

— E o que devo fazer, *bouna*?

— Convidar Adel efêndi para o castelo, demonstrar-lhe um pouco de consideração...

— Para agradecer por tudo o que ele nos fez? Se é isso que as pessoas querem, não me oporei. *Khwéja* Gérios lhe escreverá uma carta hoje mesmo para dizer que ficarei honrado em recebê-lo e ter uma conversa com ele. Veremos.

No dia seguinte, no final da manhã, um soldado chegou com a resposta, que Gérios abriu ao sinal do senhor e leu com os olhos. A multidão grave dos dias ruins enchia a sala de audiência. Todos viram que o marido de Lâmia ficou com o rosto subitamente congestionado, sem que dessa vez o *arak* fosse a única causa.

— Adel efêndi não quer vir, xeique.

— Ele insiste que eu me desloque até seu acampamento, imagino...

— Não, ele quer que nosso xeique vá encontrá-lo esta tarde... na casa de Roukoz.

Os olhares estavam agora todos fixos na mão do senhor, que se fechou sobre seu passatempo.

— Não irei. Se ele tivesse proposto que eu fosse a Dayroun, eu teria pensado: é uma queda de braço, cada um cede um pouco, depois nos recompomos. Mas ele não está buscando uma conciliação, ele só quer me humilhar.

Os aldeões se entreolharam em silêncio, e o pároco falou em nome deles.

— Se esse encontro for necessário para dissipar os mal-entendidos e evitar mais sofrimentos...

— Não insista, *bouna*, nunca pisarei naquela casa construída com o dinheiro que me foi roubado.

— Nem mesmo para salvar a aldeia e o castelo?

Raad havia feito essa pergunta. Seu pai o fixou num silêncio mortal. Seus olhos se tornaram severos. Depois ultrajados. Depois desdenhosos. Depois se desviaram dele para voltar ao pároco. A quem o xeique, após um tempo, se dirigiu com voz cansada.

— Eu sei, *bouna*, é orgulho, ou chame como quiser, mas não posso agir de outra forma. Que me tirem o castelo, a aldeia, não quero nada da vida. Mas que me deixem meu orgulho. Vou morrer sem ter cruzado o umbral daquela casa de ladrões. Se minha atitude coloca a aldeia em perigo, que me matem, que arranquem meu colete e vistam meu filho com ele para colocá-lo em meu lugar. Ele aceitará ir à casa de Roukoz.

Em sua testa, as veias inchavam. E seu olhar endureceu a ponto de ninguém querer tomar a palavra.

Foi então que Gérios, encorajado pelo álcool que ele vinha misturando a seu sangue ao longo de todo o dia, teve uma iluminação:

– Por que falar de morte e luto? Que Deus prolongue a vida de nosso xeique e o mantenha acima de nossas cabeças, mas nada o impede de delegar seu filho e herdeiro para substituí-lo nesse encontro.

O xeique, ainda irritado com a intervenção de Raad, não disse nada, o que foi interpretado como um assentimento. Ele deixou que pensassem isso e se retirou para seu quarto com seu passatempo.

A reunião na casa de Roukoz foi breve. Não teve outro objetivo que o de macular um pouco o bigode do xeique, e a presença de seu filho foi considerada por todos uma humilhação suficiente. Raad conseguiu dizer de sete maneiras diferentes que a aldeia só era leal ao vice-rei do Egito e seu fiel aliado, o emir. E o oficial prometeu que seus homens seriam menos severos com os habitantes da aldeia. Depois de meia hora, ele se retirou alegando outro compromisso.

O jovem xeique, em contrapartida, sem pressa para voltar e enfrentar seu pai, aceitou percorrer a propriedade ao lado do "ladrão", do "criminoso", do "banido"...

Entre os dois homens nasceria se não uma amizade, ao menos uma complacência. Ao mesmo tempo, o conflito até então latente entre Raad e seu pai veio à tona. Durante algumas semanas, o castelo foi sede de duas cortes rivais, e mais de uma vez esteve à beira das vias de fato.

No entanto, a situação não durou. Aqueles que tinham se reunido em torno do jovem xeique na esperança de que ele mostrasse mais sabedoria do que seu pai diante dos egípcios se desiludiram. Sua leviandade e sua inconsistência saltaram aos olhos. Em pouco tempo, o jovem não manteve a seu lado mais que cinco ou seis companheiros de desatino, bêbados e desordeiros, que eram desprezados pela maioria dos aldeões. Deve-se dizer também que ele foi prejudicado não apenas por suas inabilidades e incoerências, mas também pelo seu sotaque, o abominado sotaque dos "gafanhotos" do Jord, do qual ele nunca conseguira se livrar, e que levantava uma barreira entre seus súditos e ele.

Tânios não apreciava a relação entre Roukoz e Raad. Que o último fosse um instrumento na luta contra o xeique, ele podia entender. Mas não tinha a menor vontade de fazê-lo. Sua desconfiança em relação ao antigo colega estava intacta, e ele nunca perdia uma oportunidade de advertir o pai de Asma contra ele. Quando às vezes chegava à casa dele, vindo da escola do pastor, e via o cavalo de Raad e as pessoas de sua escolta na frente da casa, ele seguia seu caminho sem se deter, mesmo que só fosse ver Asma uma semana depois.

Uma única vez ele foi pego de surpresa. Ele chegara pela manhã, encontrara sua amiga sozinha na grande sala, e eles tinham passado um tempo juntos. Quando se preparava para sair, ele deu de cara com Roukoz e Raad, que tinham as roupas cobertas de lama, este último empunhando uma jovem raposa ensanguentada.

– A caçada foi boa, pelo que vejo.

O tom de Tânios era deliberadamente desdenhoso, o que ele manifestou com clareza ao continuar andando enquanto falava. Mas os dois homens não se ofenderam de forma alguma. Roukoz até o convidou, em seu tom mais amável, para ficar e comer algumas frutas com eles. Tânios se desculpou, alegando ser esperado na aldeia. Então, contra todas as expectativas, Raad se aproximou e colocou a mão em seu ombro:

– Eu também vou voltar para o castelo. Preciso me lavar e descansar. Faremos o caminho juntos.

Tânios não pôde recusar, aceitou até mesmo um cavalo emprestado, e se viu cavalgando lado a lado com Raad e dois vagabundos de seu grupo.

– Eu precisava falar com você – disse o jovem xeique num tom muito suave.

Tânios percebeu. Ele esboçou um sorriso educado.

– Você é amigo de *khwéja* Roukoz, e eu mesmo me tornei amigo dele, é hora de esquecermos o que possa ter nos separado quando éramos crianças. Você foi estudioso e eu fui turbulento, mas ambos crescemos.

Tânios tinha dezessete anos e uma barba incipiente; Raad tinha dezoito e uma barbicha no queixo, à moda do patriarca, mas preta e pouco sedosa. Foi nela que os olhos de Tânios se fixaram, antes de se desviarem pensativamente para a estrada.

– Roukoz me disse que sempre fala com você com grande confiança e que ouve suas opiniões com atenção. Ele acha que eu deveria fazer o mesmo.

O tom de Raad era de confidência, agora, mas os dois homens que o acompanhavam escutavam atentamente cada palavra da conversa. O filho de Lâmia fez um gesto de resignação.

– Claro, nada nos impede de falar com sinceridade...

– Estou tão feliz que sejamos amigos de novo!

Amigos? Amigos de novo? Durante meses, eles tinham seguido todas as manhãs para a mesma escola pelo mesmo caminho e quase nunca tinham se dirigido a palavra! Tânios, aliás, não tinha nenhum pensamento amigável naquele momento. "Irritante quando quer ser desagradável, irritante quando quer ser agradável", pensava ele... Raad, enquanto isso, sorria com satisfação.

— Já que voltamos a ser amigos, você pode me dizer: é verdade que tem intenções com a filha de Roukoz?

Então era essa a razão de todas aquelas gentilezas. Tânios sentia ainda menos vontade de se abrir diante da proximidade cada vez maior dos homens do jovem xeique, que pareciam cães esfomeados.

— Não, eu não tenho intenções com essa menina. Não poderíamos falar de outra coisa?

Ele puxou a rédea, e seu cavalo empinou.

— Claro — disse Raad —, vamos falar de outra coisa agora mesmo, eu só precisava que você me tranquilizasse a respeito de Asma. Acabei de pedir a mão dela a seu pai.

# I I

A primeira reação de Tânios foi de desprezo e incredulidade. Ele ainda tinha nos olhos a expressão de Asma e nos dedos suas carícias. E ele também sabia o que Roukoz, no fundo de si mesmo, pensava de Raad. Usar aquele fantoche para enfraquecer seu pai, sim; mas o antigo administrador era esperto demais para se ligar a ele pelo resto da vida.

No entanto, quando o jovem xeique voltou a cavalgar a seu lado, Tânios não pôde evitar questioná-lo, num tom que tentava ser descontraído.

— E qual foi a resposta dele?

— Roukoz? Ele respondeu como deve responder qualquer homem do povo quando seu senhor o honra com interesse por sua filha.

Tânios não tinha mais nada a dizer àquele sujeito detestável. Ele apeou do cavalo emprestado e voltou sobre seus passos. Direto para a casa de Roukoz. Que encontrou encurvado em sua posição habitual no novo salão, sozinho, sem visitantes, guardas ou criadas, rodeado por fumaça de tabaco e café. Ele parecia meditativo e um tanto desiludido. Ao ver Tânios, porém, teve um acesso de jovialidade e o recebeu com abraços, embora eles tivessem se separado havia apenas três quartos de hora.

— Estou tão feliz com seu retorno! O xeique Raad o levou à força, enquanto eu queria calmamente estar com você para falar como a um filho, o filho que Deus me deu na velhice.

Ele pegou a mão de Tânios entre as suas.

— Tenho uma grande notícia para você. Vamos casar sua irmã Asma.

Tânios retirou a mão. Seu corpo inteiro recuou até quase se colar, colidir com a parede. A fumaça ficou densa das palavras de Roukoz a ponto de se tornar sufocante.

— Eu sei, você e eu sofremos com os xeiques, mas esse Raad não é como seu pai. Prova disso é que ele aceitou vir a esta casa pelo bem da aldeia, enquanto o outro se obstinou. Mas não nos importamos com o velho xeique, temos o herdeiro a nosso lado, temos o futuro.

O jovem havia se recomposto um pouco. Ele encarava fixamente os olhos fundos de Roukoz, que pareceu desmoronar.

– Pensei que o futuro, para você, era o desaparecimento dos xeiques...

– Sim, essa é a minha convicção, e não vou mudar. Os senhores feudais devem desaparecer e, você vai ver, eu os farei desaparecer. Mas qual melhor maneira de conquistar uma fortaleza do que garantir aliados do lado de dentro?

No rosto de Roukoz, Tânios não conseguia ver senão as marcas de varíola ainda profundas, como buracos de vermes.

Houve um momento de silêncio. Roukoz aspirou uma baforada de seu narguilé. Tânios viu as brasas ficarem vermelhas e depois se apagarem.

– Asma e eu nos amamos.

– Não diga bobagens, você é meu filho e ela é minha filha, não vou dar a mão de minha filha a meu filho!

Aquilo era demais para o rapaz, hipocrisia demais.

– Eu não sou seu filho, e quero falar com Asma.

– Você não pode falar com ela, ela está no banho. Está se preparando. Amanhã as pessoas vão receber a notícia e virão nos parabenizar.

Tânios deu um pulo, correu para fora do salão e atravessou o corredor até uma porta que sabia ser a do quarto de Asma. Porta que abriu e empurrou com um gesto brusco. A jovem estava lá, sentada nua em sua banheira de cobre, uma criada derramava água quente sobre seus cabelos. Elas gritaram juntas. Asma cruzou os braços sobre o peito e a criada se abaixou para pegar uma toalha.

Com os olhos fixos no que ainda podia ver da pele de sua amada, Tânios não se movia. E quando Roukoz e seus capangas, que chegaram correndo, o agarraram para puxá-lo para trás, ele aparentava um quase êxtase, não se debateu e nem sequer tentou se defender dos golpes.

– Por que estão tão agitados? Se somos irmãos, qual o mal em vê-la nua? A partir de hoje, vamos dormir todas as noites no mesmo quarto, como todos os irmãos e irmãs da região.

O pai de Asma o agarrou pelos cabelos brancos.

– Eu o honrei demais ao chamá-lo de filho. Ninguém nunca soube quem era seu pai. Eu não quero um bastardo como filho nem como genro.

Tirem-no daqui! Não o machuquem, mas se algum de vocês o vir rondando novamente os arredores da propriedade, pode quebrar seu pescoço!

Como se o corpo nu de Asma tivesse aberto seus olhos, Tânios recuperara a lucidez. Marcada de raiva contra si mesmo e de remorso, mas também de serenidade.

Ele se culpava, sem dúvida, por não ter previsto aquela traição. Obcecado pela ascensão social, Roukoz não teria desejado terminar sua carreira na posição onde a começara, dando sua única filha a um filho de intendente – ou, pior, a um bastardo – quando poderia oferecê-la ao herdeiro de uma "Casa". E para Raad, que devia ser assombrado todos os dias pelo espectro da ruína, colocar a mão na fortuna prometida a Asma só podia ser uma bênção.

Na estrada para Kfaryabda, Tânios primeiro se dedicara a se recriminar por sua própria cegueira. Depois começara a ruminar. Não uma vingança infantil, mas a maneira certa de ainda poder impedir aquele casamento.

A coisa não lhe parecia impossível. Se Roukoz fosse um arrivista como tantos outros, burgueses ou meeiros enriquecidos, o velho xeique talvez se resignasse com aquele casamento desigual. Mas aquele claramente não era o caso; ele nem sequer aceitara se rebaixar a transpor o umbral do "ladrão", como poderia consentir com uma união daquelas? Tânios sabia que encontraria nele um aliado hábil e determinado.

Ele começou a caminhar cada vez mais rápido, e cada passo acentuava uma dor nas pernas, nas costelas, no ombro, no couro cabeludo. Mas ele não pensava naquilo, uma única coisa importava, até a obsessão: Asma seria dele, mesmo que ele tivesse que passar por cima do corpo de seu pai.

Ao chegar à aldeia, ele seguiu à direita por trilhas que, através dos campos e depois pela orla da floresta de pinheiros, levavam ao castelo, evitando a Blata.

Chegando lá, ele não foi ao encontro do xeique, mas de seus pais. Aos quais pediu solenemente que o ouvissem, fazendo-os prometer de antemão que não tentariam argumentar com ele, sob pena de vê-lo partir para sempre.

O que ele disse a seguir foi relatado mais ou menos nos mesmos termos pelo monge Elias em sua *Crônica* e pelo pastor Stolton em uma folha solta inserida nas efemérides de 1838, provavelmente redigida muito mais tarde. É esta última que reproduzo, porque deve corresponder ao que Tânios deve ter relatado com suas próprias palavras.

"Saibam que amo essa moça e ela me ama, e que seu pai me fez acreditar que me daria sua mão. Mas Roukoz e Raad me enganaram, e perdi toda a esperança. Antes do fim desta semana, se eu não estiver noivo de Asma, ou mato Raad ou me mato, e vocês sabem que não hesitarei em fazê-lo. 'Tudo menos isso', disse sua mãe, que nunca havia se recuperado totalmente da greve de fome do filho dois anos antes. Ela pegou a mão do marido, suplicante, e ele, igualmente abalado, disse a Tânios a seguinte frase: 'O casamento que você teme não acontecerá. Se eu não conseguir impedi-lo, não sou seu pai!'."

Essa maneira enfática de fazer um juramento não era incomum entre as pessoas da região, mas naquelas circunstâncias – tanto pelo drama que se desenrolava quanto pela origem de Tânios –, aquelas palavras, longe de serem risíveis, se tornavam patéticas.

"O destino apertava seus nós", diz a *Crônica*, "e a morte rondava."

Tânios tinha a impressão de que era a seu redor que ela rondava. E não tinha certeza de querer afastá-la. Gérios, por sua vez, em geral tão fraco, parecia decidido a lutar contra a Providência e a se colocar em seu caminho.

Aqueles na aldeia que nunca tinham tido a menor compaixão por esse homem – entre eles "meu" Gebrayel e vários outros anciãos – afirmam que o intendente do castelo teria se mostrado muito menos determinado se as aspirações de Tânios não coincidissem com as do xeique e se ele tivesse que se chocar com este último. Mas isso é negligenciar a mudança que se operava na alma de Gérios no outono de uma vida de fracassos e ruminações. Ele se sentiu envolvido numa operação de resgate. Resgate de seu filho, mas também de sua própria dignidade de homem, de marido, de pai, havia muito tempo ultrajada.

Na mesma noite, pouco depois do retorno de Tânios e da conversa entre eles, Gérios foi até o xeique e o encontrou na grande sala do castelo, caminhando de um pilar a outro, sozinho, com a cabeça descoberta, branca e despenteada. Na mão, um passatempo de contas que ele desfiava em rompantes sucessivos, como se pontuasse seus suspiros.

O intendente se postou próximo à porta. Sem dizer nada, exceto por sua presença, que uma lâmpada próxima amplificava.

– O que houve, *khéja* Gérios? Você parece tão preocupado quanto eu.

– É meu filho, xeique.

– Nossos filhos, nossa esperança, nossa cruz.

Eles se sentaram, um perto do outro, exaustos.

– Seu filho também não é fácil – continuou o xeique –, mas pelo menos você tem a impressão de que ele entende quando você fala com ele.

– Ele entende, talvez, mas só faz o que quer. E toda vez que está contrariado, fala em se deixar morrer.

– Por que motivo, desta vez?

– Ele está apaixonado pela filha de Roukoz, e aquele cachorro o fez acreditar que a daria a ele. Quando descobriu que ele também a prometera ao xeique Raad...

– Então é só isso? Tânios pode ficar tranquilo. Você vai lhe dizer, de minha parte, que enquanto eu estiver vivo esse casamento não acontecerá, e que se meu filho persistir, eu o deserdarei. Ele quer a fortuna de Roukoz? Que se torne genro de Roukoz! Mas ele não terá meus domínios. O homem que me roubou nunca mais pisará neste castelo, nem ele nem sua filha. Diga isso a seu filho, palavra por palavra, ele voltará a ter apetite.

– Não, xeique, não vou dizer isso a ele.

O senhor se surpreendeu. Nunca aquele devotado servidor lhe respondera daquele jeito. Normalmente, começava a concordar antes mesmo que suas frases estivessem concluídas; aquele "não" nunca aflorava de seus lábios. Ele começou a observá-lo, intrigado, quase bem-humorado. E desorientado.

– Não entendo...

O outro só olhava para o chão. Enfrentar o xeique já era difícil; ele não podia, além disso, sustentar seu olhar.

– Não vou repetir a Tânios as palavras de nosso xeique porque já sei o que ele vai me responder. Ele vai me dizer: "Raad sempre consegue o que quer, não importa os desejos de seu pai. Ele quis deixar a escola inglesa, arranjou uma maneira de fazê-lo da pior forma e ninguém o censurou. Ele quis ir até Roukoz para encontrar o oficial, foi, e ninguém conseguiu impedi-lo. Com esse casamento, vai ser a mesma coisa. Ele quer essa moça, ele a terá. E em breve nosso xeique estará embalando um neto chamado Francis, como ele, e que também será neto de Roukoz".

Gérios se calou. Suas próprias palavras o haviam atordoado. Ele mal conseguia acreditar que havia falado com seu senhor naqueles termos. E esperava, com os olhos fixos no chão e a nuca suada.

O xeique, igualmente silencioso, hesitava. Deveria repreendê-lo? Reprimir com raiva ou desprezo aquelas veleidades de revolta? Não, ele colocou a mão em seu ombro inquieto.

– *Khayyé* Gérios, o que acha que devo fazer?

Ele havia dito *khayyé*? "Meu irmão"? O intendente conteve duas lágrimas de alegria e se endireitou imperceptivelmente para indicar o caminho que, em sua opinião, deveria ser seguido.

– O patriarca não nos avisou que viria domingo ao castelo? Ele é o único que pode fazer Roukoz e o xeique Raad ouvirem a voz da razão...

– Ele é o único, verdade. Desde que ele queira...

– Nosso xeique saberá encontrar as palavras para convencê-lo.

O senhor do castelo assentiu e, em seguida, se levantou para se retirar para seus aposentos. Estava ficando tarde. Gérios também se levantou, beijou a mão de seu senhor para se despedir e também para agradecer por sua atitude. Ele começou a se dirigir para o corredor que levava à ala onde morava, quando o xeique mudou de ideia, chamou-o e pediu que o acompanhasse com uma lamparina até seu quarto. Lá, colocou a mão embaixo de seu edredom e retirou uma espingarda. Aquela que fora oferecida a Raad por Richard Wood. Ela brilhava sob a chama como uma joia monstruosa.

– Esta manhã, eu a vi nas mãos de um desses vagabundos que meu filho frequenta. Ele me disse que Raad a havia dado a ele depois de não sei que aposta. Eu a confisquei, dizendo que era propriedade do castelo e um presente do cônsul da Inglaterra. Eu gostaria que você a guardasse à chave no cofre, junto com nosso dinheiro. Cuidado, ela está carregada.

Gérios levou a arma, apertando-a contra o peito. Ela tinha um cheiro de resina quente.

# I I I

Os habitantes de minha aldeia sentiam pela mitra do patriarca tanto desconfiança quanto veneração. E quando, em seu sermão na igreja, ele os exortou a rezar pelo emir da Montanha e também pelo vice-rei do Egito, os lábios de todos começaram a rezar – mas só Deus sabe que palavras e que desejos se escondiam sob seu murmúrio uniforme.

O xeique permaneceu sentado em sua poltrona durante toda a missa; ele tivera um leve mal-estar durante a noite e só se levantou uma vez, na hora da comunhão, para receber na língua o pão embebido no vinho. Raad o seguiu, sem piedade aparente, e ficou a seu lado observando de maneira indecente as veias inchadas da testa paterna.

Depois da cerimônia, o xeique e o prelado se encontraram na Sala dos Pilares. Enquanto fechava os batentes da grande porta para deixá-los a sós, Gérios teve tempo de ouvir da boca do patriarca:

– Tenho um pedido, e sei que não sairei desapontado de uma casa tão nobre.

O marido de Lâmia esfregou as mãos. "Deus nos ama!", ele pensou. "Se *sayyedna* veio pedir um favor, ele não poderá nos recusar aquele que pedirmos!" E ele procurou Tânios com o olhar para lhe sussurrar sua esperança no ouvido.

Na grande sala, o xeique estremeceu e alisou os bigodes com as duas mãos, porque tivera exatamente o mesmo pensamento que seu intendente. Enquanto isso, o patriarca continuava:

– Acabo de voltar de Beiteddine, onde passei um dia inteiro com nosso emir. Encontrei-o preocupado. Os agentes da Inglaterra e da Sublime Porta estão ativos em toda a Montanha, e muitos homens se deixaram corromper. O emir me disse: "É em tais circunstâncias que se distingue o leal do traidor". E como estávamos falando de lealdade, o primeiro nome mencionado foi naturalmente o seu, xeique Francis.

– Que Deus prolongue sua vida, *sayyedna*!

– Não escondo que o emir tinha algumas reservas. Ele ficara com a impressão de que esta aldeia havia dado ouvido ao canto dos ingleses. Eu lhe assegurei que tudo isso era coisa do passado e que agora éramos irmãos como sempre deveríamos ter permanecido.

O xeique meneou a cabeça, mas seus olhos traíam preocupações. O que seu astuto visitante pediria depois daquele preâmbulo ambíguo, cheio de advertências e elogios?

– Antigamente – continuou o prelado –, esta aldeia soube mostrar sua bravura em momentos difíceis, a coragem de seus homens é proverbial. Hoje, eventos graves se preparam, e nosso emir de novo precisa de soldados. Em outras aldeias da Montanha, os homens foram recrutados à força. Aqui, há tradições. Eu disse a nosso emir que Kfaryabda lhe enviaria mais voluntários do que ele poderia conseguir com seus recrutadores. Eu me enganei?

O xeique não gostou daquela perspectiva, mas teria sido imprudente mostrar-se recalcitrante.

– Você pode dizer a nosso emir que reunirei meus homens como antes, e que eles serão os mais valentes de seus soldados.

– Eu não esperava outra coisa de nosso xeique. Com quantos homens o emir pode contar?

– Com todos os homens saudáveis e válidos, e eu mesmo os liderarei.

O patriarca se levantou, avaliando a expressão de seu anfitrião, que parecia restabelecido e fez questão de se levantar como um jovem, sem se apoiar. Mas daí a poder liderar as tropas em combate...

– Que Deus o mantenha sempre tão vigoroso – disse o prelado.

E com o polegar, traçou uma cruz em sua testa.

– Antes de *sayyedna* partir, eu teria um favor a lhe pedir. É uma questão sem grande importância, até mesmo fútil diante de tudo que acontece no país. Mas ela me preocupa, e eu gostaria de vê-la resolvida antes de partir em campanha...

Ao sair da reunião, o patriarca avisou sua escolta que gostaria de "passar na frente da casa de *khwéja* Roukoz", o que lhe valeu da parte de Gérios um ardente beija-mão que intrigou algumas pessoas presentes.

"Passar na frente" era apenas um eufemismo. O prelado entrou na casa do antigo intendente, sentou-se no salão com painéis de madeira, conheceu

Asma, conversou longamente com ela e depois sozinho com seu pai, por quem foi guiado através da vasta propriedade. A visita durou mais de uma hora, mais do que a que ele havia feito ao castelo. E ele foi embora com o rosto radiante.

O tempo parecia interminável para Tânios, para Lâmia e para Gérios, que não pôde se impedir de tomar alguns goles de *arak* seco para aliviar a ansiedade.

De volta à casa do xeique, o patriarca fez um gesto tranquilizador, indicando que a questão estava essencialmente resolvida, mas pediu para falar a sós primeiro com Raad. Quando reapareceu, Raad não o acompanhava, havia saído por uma porta escondida. "Amanhã ele não pensará mais nisso", afirmou o prelado.

Então, sem se sentar, contentando-se em apoiar o ombro num dos pilares da grande sala, em voz baixa informou seu anfitrião do resultado de sua mediação e da engenhosa solução que havia encontrado.

Lâmia havia feito um café sobre as brasas e o bebia em goles quentes. Vozes e ruídos chegavam até ela pela porta entreaberta, mas ela só tinha ouvidos para os passos de Gérios, esperando ler em seu rosto o que havia acontecido. De tempos em tempos, ela murmurava uma curta súplica à Virgem e apertava o crucifixo com força.

"Lâmia era jovem, e ainda bonita, e seu pescoço era o de um cordeiro ingênuo", comentava Gebrayel.

Tânios, aguardando a sentença, havia subido para a alcova onde, na infância, encontrava tanta paz. Ele havia desenrolado seu fino colchão e se deitado sobre ele, com uma coberta sobre as pernas. Talvez ele tivesse a intenção de nunca mais se mexer e recomeçar a greve de fome se a mediação falhasse. Mas talvez ele apenas precisasse sonhar acordado para burlar sua impaciência. Seja como for, não demorou a adormecer.

Na grande sala, o patriarca falara. Logo depois se despedira, pois o desvio inesperado pela casa de Roukoz lhe causara um atraso que ele precisava recuperar.

O xeique o acompanhara até o alpendre, mas não descera as escadas com ele. E o prelado não se virara para acenar. Ele recebera ajuda para montar e sua escolta partira.

Gérios estava de pé perto da porta, com um pé dentro do castelo e outro no alpendre. E a mente cada vez mais embaralhada. Com o *arak* das horas de espera, com as explicações do patriarca e também com as palavras que seu senhor acabara de pronunciar bem perto de seus ouvidos:

– Eu me pergunto se devo rir ou estrangulá-lo – dissera o xeique, numa voz seca como uma cuspida.

Ainda hoje, quando se conta na aldeia esse episódio inesquecível, ficamos divididos entre a indignação e o riso: o venerável prelado, que fora pedir a mão de Asma para Tânios, mudara de ideia ao vê-la dotada de graça e fortuna, e conseguira a mão da moça para... seu próprio sobrinho!

Ah, mas o santo homem tinha uma explicação: o xeique não queria a moça para Raad, e Roukoz não queria mais ouvir falar de Tânios; então, como ele mesmo tinha um sobrinho para casar...

O senhor de Kfaryabda se sentia enganado. Ele tentara colocar o antigo intendente em seu devido lugar e agora via aquele "ladrão" aliado à família do patriarca, o chefe supremo de sua comunidade!

Gérios, por sua vez, já não estava em condições de raciocinar em termos de ganhos ou perdas. Com os olhos fixos no cavalo cinza do patriarca, que se afastava a passos lentos, ele só tinha uma ideia em mente, uma farpa, uma tortura. As palavras escaparam de seu peito:

– Tânios vai se matar!

O xeique ouviu apenas um rosnado. Ele começou a medir seu intendente de cima a baixo.

– Você está fedendo a *arak*, Gérios! Vá embora, desapareça! E não volte a me ver até estar sóbrio e perfumado!

Encolhendo os ombros, o senhor se dirigiu para seu quarto. De novo sentia uma espécie de tontura, precisava muito se deitar por alguns momentos.

No mesmo instante, Lâmia começara a chorar. Ela não saberia dizer por que, mas estava convencida de ter motivos para chorar. Ela se inclinou para a janela e avistou, entre as árvores, o cortejo do prelado se afastando.

Não aguentando mais, ela decidiu ir até a grande sala para obter notícias. Enquanto o patriarca estivera lá, ela preferira não aparecer; sabia que ele nunca tivera apreço por ela e que hostilizara o xeique por sua causa; ela temia que ele ficasse irritado ao vê-la e que Tânios sofresse as consequências.

Precaução supérflua, avalia o autor da *Crônica montanhesa*: "O próprio nascimento daquele rapaz sempre fora insuportável para nosso patriarca, devido às coisas que se diziam... Como ele poderia pedir a mão de uma jovem para ele?".

Ao atravessar o corredor que levava da ala do intendente à parte central do castelo, Lâmia teve uma estranha visão. No outro extremo do estreito corredor, pensou ter visto a silhueta de Gérios correndo com uma espingarda na mão. Ela apertou o passo, mas não o viu mais. Não estava completamente certa de tê-lo reconhecido, na penumbra. Por um lado, pensava que era ele; não saberia dizer por qual sinal ou gesto o reconhecera, mas, afinal, vivia com ele havia quase vinte anos, como poderia se enganar? Por outro lado, aquela maneira de correr não lembrava em nada seu marido, que desempenhava suas funções no castelo com tanta gravidade e obsequiosidade, e que até se proibia de rir para não perder a dignidade. Apressar-se, sim, mas correr? E com uma espingarda?

Chegando à Sala dos Pilares, encontrou-a deserta, embora ela estivesse cheia de visitantes alguns minutos antes. Também não havia ninguém no pátio externo.

Ao sair para o alpendre, ela pensou ter visto Gérios se afastando entre as árvores. Uma visão ainda mais breve e fugaz do que a anterior.

Deveria correr atrás dele? Ela começou a levantar as saias do vestido, mas, mudando de ideia, voltou para seus aposentos. Chamou Tânios e, sem esperar resposta, subiu os degraus da pequena escada que levava ao local onde ele dormia, para sacudi-lo:

— Levante-se! Vi seu pai correndo como um louco, com uma espingarda na mão. Você precisa alcançá-lo!

— E o patriarca?

— Não sei de nada, ninguém me disse nada ainda. Mas seja rápido, alcance seu pai, ele deve saber, ele lhe dirá.

O que mais havia a dizer? Lâmia havia entendido. O silêncio, o castelo vazio, seu marido correndo.

O caminho pelo qual ela vira Gérios se esgueirar era um dos menos frequentados entre o castelo e o vilarejo. Os habitantes de Kfaryabda tinham — eu já disse — o hábito de usar as escadas que subiam da Blata, atrás da fonte; carroças e cavaleiros preferiam a estrada larga — hoje desmoronada em alguns pontos – que se estendia e serpenteava em torno da colina do castelo. E também havia aquele atalho, pela face sudoeste, a mais íngreme e rochosa, um atalho para alcançar rapidamente, na saída do vilarejo, a estrada que vinha da praça principal. Ao aventurar-se por lá, era necessário apoiar-se constantemente em árvores e rochas. No estado em que se encontrava, Gérios corria o risco de quebrar o pescoço.

Correndo atrás dele, Tânios em vão o procurava com os olhos sempre que precisava fazer uma pausa, com a palma contra algum paredão rochoso. Mas foi no último instante que o avistou, o derradeiro, quando já não podia fazer mais nada, enquanto seu olhar abrangia a cena toda – os homens, os animais, seus gestos, suas expressões, o patriarca avançando em seu cavalo, seguido de sua escolta, uma dezena de cavaleiros e igual número de homens a pé. E Gérios atrás de um rochedo, com a cabeça descoberta, a arma no ombro.

Um tiro foi disparado. Um estrondo ecoado pelas montanhas e pelos vales. Atingido na face, entre as sobrancelhas, o patriarca caiu como um tronco. Seu cavalo apavorado começou a galopar reto em frente, arrastando seu cavaleiro pelo pé vários metros antes de perdê-lo.

Gérios saiu de seu esconderijo – um rochedo vertical e liso, cravado no chão como um imenso estilhaço de vidro, e que desde aquele dia passou a ser chamado de "Emboscada". Ele segurava a espingarda com as duas mãos acima da cabeça, para se render. Mas os companheiros do prelado, acreditando-se atacados por um grupo de rebeldes emboscados, fugiram todos em direção ao castelo.

E o assassino ficou sozinho, no meio da estrada, com os braços ainda no ar, segurando a espingarda de reflexos avermelhados, presente do "cônsul" da Inglaterra.

Então Tânios se aproximou e o pegou pelo braço.

– *Bayyé*!

"Meu pai!" Fazia anos que Tânios não o chamava assim. Gérios olhou para seu filho com gratidão. Ele precisara se transformar em assassino para merecer ouvir de novo aquela palavra. *Bayyé*! Naquele momento, ele não se arrependia de nada e não queria mais nada. Ele havia reconquistado seu lugar, sua honra. Seu crime havia redimido sua vida; tudo o que restava era redimir seu crime. Ele só precisava se entregar e se mostrar digno na hora do castigo.

Colocou a arma no chão com cuidado, como se temesse riscá-la. Então se virou para Tânios. E tentou explicar o motivo de sua ação. Mas permaneceu em silêncio. Sua garganta o traía.

Ele abraçou o rapaz por um breve instante. Depois se virou para voltar ao castelo. Mas Tânios o puxou pelo braço.

— *Bayyé*! Vamos ficar juntos, você e eu. Dessa vez, você escolheu estar do meu lado e eu não o deixarei voltar para o xeique!

Gérios se deixou levar. Eles saíram da estrada e pegaram uma trilha íngreme que levava ao fundo do vale. Atrás deles, o clamor da aldeia aumentava. Mas, descendo a Montanha, de árvore em árvore, de rocha em rocha, pisando nos espinheiros, eles não ouviam mais nada.

# IV

"Perpetrado seu crime, o intendente Gérios apressou-se a descer a colina na companhia do filho. Eles se furtaram aos olhares, e o xeique precisou desistir da perseguição.

"Chegando ao fundo do vale, caminharam até o anoitecer e depois a noite toda, seguindo o riacho, em direção ao mar.

"Com o primeiro raio de sol, eles atravessaram a ponte sobre o rio do Cão para alcançar o porto de Beirute, onde, no cais, dois grandes barcos se preparavam para desatracar. O primeiro rumo a Alexandria, mas eles o evitaram, pois o governante do Egito teria se apressado a entregá-los ao emir para que eles expiassem o abominável crime. Preferiram embarcar no outro, que partia para a ilha de Chipre, onde atracaram depois de um dia, uma noite e mais um dia no mar.

"Lá, disfarçados de comerciantes de seda, encontraram abrigo no porto de Famagusta, numa estalagem administrada por um homem originário de Alepo."

Essas linhas sóbrias extraídas da *Crônica* do monge Elias não expressam adequadamente o grande medo dos habitantes de minha aldeia, nem o extremo constrangimento do xeique.

A maldição estava clara, muito clara daquela vez, estendida na estrada perto do rochedo da emboscada. E quando o corpo foi transportado ao toque de finados até a igreja, os fiéis, que haviam odiado o defunto e ainda o odiavam, choravam como culpados e procuravam nas mãos úmidas as marcas de seu sangue.

Culpado o xeique sabia que era, pois também havia odiado "o patriarca dos gafanhotos", a ponto de expressar, poucos minutos antes do assassinato, seu desejo de vê-lo estrangulado. E mesmo sem levar em conta a frase imprudente ao ouvido de Gérios, como ele poderia se eximir da responsabilidade de um crime cometido em suas terras, pelas mãos de seu homem de confiança, e com uma arma que ele mesmo lhe entregara? Arma oferecida, lembremos, por Richard Wood, "cônsul" da Inglaterra, que havia servido justamente para derrubar um dos detratores da política inglesa.

Coincidência! Uma simples coincidência? O senhor de Kfaryabda, que devido a seus privilégios com frequência era levado a exercer o papel de juiz, não podia deixar de pensar que, se tivesse reunido tantas suspeitas contra um homem, com certeza o teria condenado por incitação ao assassinato ou por cumplicidade. No entanto, Deus sabe que ele não havia desejado aquele crime e que teria nocauteado Gérios com suas próprias mãos se tivesse suspeitado de seus planos.

Quando os companheiros do patriarca voltaram para informar ao xeique sobre o drama que acabara de ocorrer diante de seus olhos, ele lhes parecera desamparado e mesmo próximo do desespero, como se naquele momento tivesse vislumbrado todas as desgraças que se seguiriam. Mas ele não era homem de se deixar distrair de suas obrigações de chefe. Recuperando-se rapidamente, reunira os habitantes de seu domínio para organizar batidas.

Aquele era seu dever, e o que a sabedoria ditava: ele precisava mostrar às autoridades e, principalmente, à escolta do prelado, que havia feito tudo o que podia para capturar os assassinos. Sim, os assassinos. Gérios e também Tânios. O jovem era inocente, mas, se tivesse sido capturado naquela noite, o xeique não teria escolha senão entregá-lo à justiça do emir, ainda que para ser enforcado. Dada a aparência das coisas.

Em um caso tão grave, que ultrapassava de longe seu domínio e extrapolava até mesmo o do emir, o senhor de Kfaryabda não tinha as mãos livres, estava obrigado a respeitar escrupulosamente a aparência das coisas. Mas foi exatamente isso que lhe recriminaram. Alguns companheiros do patriarca, depois o emir e o comando egípcio. Ter apenas mantido as aparências.

Ele havia sido visto se agitando no castelo até o amanhecer, num alvoroço de cavalgadas, ordens esbravejadas, exortações e xingamentos. Mas, segundo seus detratores, não passavam de gesticulações. Os próximos do prelado assassinado alegaram que o xeique, em vez de tomar imediatamente as medidas necessárias, começara por interrogá-los longamente sobre as circunstâncias do assassinato; depois, que ele se mostrara incrédulo quando lhe disseram que acreditavam ter reconhecido Gérios, e que até mesmo enviara seus homens para chamar o intendente em sua casa; quando estes haviam retornado de mãos vazias, ele dissera:

– Então procurem Tânios, preciso falar com ele.

Depois, o xeique se isolara por um momento com Lâmia, na pequena sala contígua à Sala dos Pilares; eles haviam saído alguns minutos depois, ela em lágrimas e ele com o rosto congestionado; mas ele dissera, simulando grande confiança:

– Tânios saiu à procura de seu pai, ele sem dúvida o trará de volta.

E como os amigos do patriarca se mostrassem céticos, ele havia ordenado a seus homens que realizassem batidas em todas as direções – na aldeia, na floresta de pinheiros, nas antigas cavalariças e até em algumas partes do castelo. Por que procurar em todos os lugares, em vez de enviar todos os homens em direção ao vale, pelo caminho que, ao que tudo indicava, Gérios e Tânios haviam seguido? Sob o pretexto de vasculhar tudo, o xeique não havia procurado em lugar algum, pois queria dar aos culpados o tempo necessário para escapar!

Mas que interesse ele poderia ter nisso? Interesse nenhum, muito pelo contrário, ele corria os riscos mais graves com seu domínio, com sua própria vida e também com a salvação de sua alma. Mas se Tânios fosse seu filho...

Sim, sempre a mesma dúvida, que pairava sobre o xeique e Lâmia, sobre o castelo, sobre aquele canto da Montanha, como uma nuvem de chuvas pegajosas e maléficas.

Trecho das efemérides do reverendo Stolton:

"No dia seguinte ao assassinato, um destacamento do exército egípcio apresentou-se em nosso portão, comandado por um oficial que me pediu autorização para vasculhar o terreno da Missão. Eu lhe disse que isso não seria possível, mas lhe dei minha palavra de homem e de pastor de que ninguém estava escondido aqui. Por alguns momentos, temi que ele não se contentasse com minha palavra, pois pareceu bastante contrariado. Mas, ao que tudo indica, havia recebido ordens. Assim, depois de patrulhar o perímetro externo, procurando detectar alguma presença suspeita, acabou por se afastar com seus soldados.

"A população de Kfaryabda não teve direito ao mesmo tratamento. A aldeia foi ocupada por uma força composta por várias centenas de homens, pertencentes ao exército do vice-rei e ao do emir. Começaram proclamando na praça principal que estavam à procura do assassino e de seu filho – meu pupilo –, embora todos soubessem que eles já deveriam estar longe. Então fizeram questão de vasculhar as casas uma por uma. Em nenhuma encontraram o que diziam estar procurando, é claro, mas de nenhuma saíram de mãos vazias; os 'culpados' apreendidos se chamavam joias, mantos, tapetes, toalhas, dinheiro, bebidas e provisões.

"No castelo, a peça que servia de gabinete a Gérios foi revistada, e o cofre que lá havia foi devidamente arrombado. Foi possível verificar, assim, que o intendente não estava escondido em seu interior... Também foram vasculhados os cômodos onde viviam os pais de Tânios, mas sua mãe havia deixado o castelo, na véspera, por conselho do xeique Francis, para ir morar com sua irmã, esposa do pároco.

"Os abusos desses guardiões da ordem foram numerosos... Felizmente, se é que se pode dizer assim, a região está em guerra; requisitados em outros lugares, para outras gloriosas tarefas, os soldados foram retirados ao cabo de uma semana. Não sem antes cometer uma última injustiça."

De fato, para garantir que o xeique não relaxasse em seus esforços para encontrar os culpados e entregá-los – "pai e filho", especificara o emir –, os militares levaram consigo um "suspeito", que na realidade era um refém: Raad. É verdade que ele era o proprietário da arma do crime; ele também parecia ter dirigido ao oficial que o interrogava comentários imprudentes, dizendo que o patriarca, depois de sua estranha mediação, só podia culpar a si mesmo pelo que lhe acontecera.

A relação do xeique com seu filho continuava tempestuosa. Mas ao vê-lo assim conduzido pelos soldados, com as mãos amarradas atrás das costas como um criminoso, o velho homem sentira vergonha de seu sangue.

Antes do fim daquele ano calamitoso, o castelo se esvaziara. De seus personagens, de suas disputas, de suas expectativas, de suas intrigas.

Com a carcaça rachada e o futuro em ruínas; mas os fiéis aldeões ainda subiam todas as manhãs para "ver" a impotente mão do xeique de Kfaryabda.

# SÉTIMA PASSAGEM

## *Laranjas na escada*

*Tânios me disse: "Eu conheci uma mulher. Não falo a
língua dela e ela não fala a minha, mas ela espera por mim
lá no alto da escada. Um dia, voltarei a bater à sua porta para dizer
que nosso barco está prestes a partir".*

Nader,
*A sabedoria do tropeiro.*

# I

Em Famagusta, enquanto isso, os dois fugitivos começavam sua nova existência em meio a terrores e remorsos, mas ela também seria feita de ousadias, prazeres e despreocupações.

A estalagem do alepino era uma espécie de caravançarai para comerciantes de passagem, um labirinto de tendas, terraços e balaustradas incertas; vetusta, quase sem móveis, e ainda assim a estalagem menos inóspita da cidade. Da varanda do quarto, situado no terceiro andar, Gérios e Tânios tinham vista para a alfândega, as rampas e os barcos atracados – mas não para o mar.

Nas primeiras semanas, eles viveram no temor de serem reconhecidos. Permaneciam escondidos da manhã à noite, e somente quando escurecia saíam – juntos ou Tânios sozinho – para comprar comida em alguma banca fumegante. No resto do tempo, ficavam na varanda, sentados de pernas cruzadas, observando a animação das ruas, o vaivém dos carregadores e dos viajantes, mastigando as escuras alfarrobas cipriotas.

Às vezes, os olhos de Gérios se turvavam, as lágrimas escorriam. Mas ele não falava. Nem de sua vida perdida, nem do exílio. No máximo, soltava um suspiro:

– Sua mãe! Não pude nem lhe dizer adeus.

Ou ainda:

– Lâmia! Nunca mais a verei!

Tânios então passava o braço por cima de seus ombros e o ouvia dizer:

– Meu filho! Se não fosse para ver você, eu nem abriria os olhos!

Quanto ao crime em si, nem Gérios nem Tânios o comentavam. Obviamente, os dois pensavam nele o tempo todo, no tiro único, no rosto ensanguentado, no cavalo assustado fugindo a galope, levando seu cavaleiro; depois, na corrida ofegante até o fundo do vale, até o mar e além.

Eles com certeza reviviam tudo aquilo em suas longas horas de silêncio. Mas, por uma espécie de temor profundo, não falavam nada.

E ninguém jamais falara a respeito na presença deles. Eles haviam fugido tão rápido que não tinham ouvido nenhuma voz gritar "O patriarca morreu, Gérios o matou!", nem o sino da igreja. Eles tinham avançado sem olhar para trás, sem encontrar ninguém, até Beirute. Onde a notícia ainda não havia chegado. No porto, os soldados egípcios não procuravam nenhum assassino. E, no barco, os viajantes que comentavam os últimos acontecimentos evocavam os combates nas montanhas da Síria e no Eufrates, um atentado contra partidários do emir numa aldeia drusa, e a atitude das Potências. Mas não falavam nada sobre o patriarca. Depois, em Chipre, os fugitivos se entocaram...

Privado dos ecos de seu ato, Gérios às vezes chegava a duvidar de sua realidade. Como se tivesse deixado cair um cântaro no chão e ele tivesse se quebrado sem que ele ouvisse o barulho da quebra.

Foi sobretudo por causa desse silêncio insuportável que eles foram descobertos.

Gérios começava a ter um comportamento estranho. Seus lábios se moviam cada vez com mais frequência, em longas conversas silenciosas. E às vezes palavras escapavam deles, em voz audível, sem coerência. Então ele se sobressaltava e, virando-se para Tânios, sorria com tristeza.

– Falei no meu sonho.

Mas, o tempo todo, seus olhos tinham permanecido abertos.

Temendo vê-lo afundar na loucura, o jovem resolveu levá-lo para fora da estalagem.

– Ninguém tem como saber quem somos. E, de todo modo, estamos no território dos otomanos, que estão em guerra contra o emir. Por que nos esconder?

No começo, foram passeios breves e cautelosos. Eles não estavam acostumados a caminhar pelas ruas de uma cidade estrangeira, nenhum deles conhecia outros lugares além de Kfaryabda, Sahlain e Dayroun. Gérios não conseguia evitar manter a mão direita constantemente levantada, como se estivesse prestes a tocar a testa para saudar as pessoas com que cruzava, e seu olhar varria os rostos dos passantes.

Sua própria aparência havia mudado um pouco, ele não seria reconhecido à primeira vista. Havia deixado de fazer a barba durante as semanas anteriores e agora estava decidido a mantê-la. Tânios havia se livrado da sua e de seu gorro aldeão, e usava na cabeça um lenço de seda branca, temendo que seus cabelos o denunciassem. Eles também haviam comprado túnicas de mangas largas, como convinha a comerciantes.

Eles não estavam com o dinheiro contado. Ao pegar a arma do crime no cofre do castelo, o intendente também retirara a bolsa que havia deixado lá anteriormente – suas economias, nenhuma piastra a mais. Ele planejava deixá-la para a esposa e o filho, mas na pressa a levara consigo, dentro de suas roupas. Uma quantia considerável, toda em moedas de ouro de alta qualidade, que os cambistas de Famagusta acariciavam com prazer antes de trocar cada uma por uma boa quantidade de moedas novas. Para Gérios, diligente e pouco inclinado ao luxo, havia o suficiente para sobreviver dois ou três anos sem passar necessidade. Tempo suficiente para ver o sol da liberdade nascer sobre eles.

Os passeios se tornaram cada vez mais longos e mais confiantes. Uma manhã, eles tiveram a audácia de se sentar num café. Eles haviam notado aquele lugar no dia da chegada à ilha; os homens lá dentro se divertiam tanto que os dois fugitivos tinham encolhido a cabeça entre os ombros, de vergonha e inveja.

O café de Famagusta não tinha uma placa, mas era visível de longe, até dos barcos. O proprietário, um grego jovial e obeso chamado Elefthérios, se mantinha à entrada, sentado numa cadeira de vime, com os pés na calçada. Atrás dele, sua principal ferramenta, a brasa, sobre a qual fumegavam constantemente quatro ou cinco cafeteiras, e que ele também usava para acender os narguilés. Ele não servia mais nada, exceto água fresca em moringas. Quem quisesse um xarope de alcaçuz ou tamarindo precisava chamar um vendedor de rua; o proprietário não se importava.

Os clientes se sentavam em bancos e os habitués tinham direito a jogos de *tawlé*, idênticos aos que se encontravam em Kfaryabda e em toda a Montanha. Muitas vezes os clientes jogavam por dinheiro, mas as moedas passavam de mão em mão sem jamais tocar a mesa.

Gérios nunca havia ido ao único café de sua aldeia, na Blata, exceto talvez na adolescência – de qualquer forma, muito antes de obter seu cargo no castelo. E o *tawlé* nunca o interessara, e tampouco outros jogos de azar. Naquele dia, porém, Tânios e ele começaram a acompanhar a partida disputada na mesa ao lado com olhos tão atentos que o proprietário lhes levara um jogo idêntico dentro de uma caixa retangular de madeira escura. E eles tinham começado a lançar os dados, a mover as peças ruidosamente, triquetraque, com palavrões e sarcasmos.

Para seu próprio espanto, riam. Eles não conseguiam se lembrar da última vez que haviam rido.

No dia seguinte, voltaram cedo e se sentaram à mesma mesa; e também no dia seguinte. Gérios parecia ter saído completamente de sua melancolia, mais rápido do que Tânios esperava. Estava até fazendo amigos.

Foi assim que, um dia, no meio de uma partida bastante disputada, um homem se aproximou deles, desculpando-se por abordá-los daquela forma, mas ele era como eles, explicou, originário da Montanha, e havia reconhecido o sotaque. Ele se chamava Fahim e tinha no rosto, e sobretudo na forma de seu bigode, uma certa semelhança com o xeique. Ele lhes disse o nome de sua aldeia, Barouk, no coração da terra drusa; uma região conhecida por sua hostilidade ao emir e a seus aliados, mas Gérios, ainda cauteloso, se apresentou sob um nome falso e disse ser um comerciante de seda, de passagem por Chipre com o filho.

— Eu não posso dizer o mesmo, infelizmente! Não sei quantos anos vão se passar até que eu possa retornar a minha terra. Todos os membros de minha família foram massacrados, e nossa casa foi incendiada. Eu mesmo só consegui escapar por milagre. Fomos acusados de armar uma emboscada aos egípcios. Minha família não teve culpa, mas nossa casa tinha o azar de ficar na entrada da aldeia; meus três irmãos foram mortos. Enquanto o ogro estiver vivo, não verei a Montanha novamente!

— O ogro?

— Sim, o emir! É assim que os opositores o chamam, não sabiam?

— Opositores, você disse?

— Há centenas deles, cristãos e drusos, espalhados por toda parte. Eles juraram não descansar até derrubá-lo. (Ele baixou a voz.) Até mesmo entre os aliados do ogro, e dentro de sua própria família. Eles estão em toda parte, agindo nas sombras. Mas um dia ouviremos falar de seus feitos. E nesse momento voltarei para casa.

— E quais as notícias de lá? — perguntou Gérios após um silêncio.

— Um dos conselheiros próximos do ogro foi morto, o patriarca... mas vocês certamente já sabem disso.

— Ouvi falar desse assassinato. Obra dos opositores, sem dúvida.

— Não, foi o intendente do xeique de Kfaryabda, um certo Gérios. Um homem respeitável, dizem, mas o patriarca o prejudicara. Até agora, ele conseguiu escapar. Dizem que foi para o Egito, e as autoridades de lá o procuram para entregá-lo. Ele também teria interesse em não voltar à sua terra enquanto o ogro estiver vivo. Mas estou falando demais — deteve-se o homem —, e interrompi sua partida. Continuem, por favor, eu jogarei contra o vencedor. Cuidado, sou formidável, na última vez que perdi uma partida, tinha a idade deste jovem.

Aquelas bravatas aldeãs ajudaram a relaxar a atmosfera, e Tânios, que já estava cansado de jogar, cedeu voluntariamente seu lugar ao recém-chegado.

Foi naquele dia, enquanto Gérios jogava suas primeiras partidas de *tawlé* com Fahim, de quem viria a ser amigo inseparável, que ocorreu na vida de Tânios o episódio conhecido como "das laranjas", ao qual as fontes se referem apenas indiretamente, embora ele tenha sido, a meu ver, determinante para o restante de seu percurso, bem como, acredito, para seu enigmático desaparecimento.

Tânios deixara os dois jogadores e se dirigira à estalagem, para guardar algum objeto em seu quarto. Ao abrir a porta para sair de novo, ele vira pela fresta uma mulher de aparência jovem, com a cabeça coberta por um véu que ela havia puxado até a parte inferior do rosto. Seus olhares se cruzaram. O rapaz sorriu educadamente, e os olhos da desconhecida lhe sorriram em retorno.

Ela carregava um jarro de água na mão esquerda, e com a direita levantava a borda do vestido para evitar tropeçar, enquanto segurava, com o cotovelo dobrado, uma cesta cheia de laranjas. Vendo-a equilibrar aqueles objetos na escada, Tânios pensou em ajudá-la. No entanto, temeu ver surgir de alguma porta um marido ciumento e se limitou a segui-la com os olhos.

Ele estava no terceiro andar e ela continuava subindo, quando uma laranja escorregou da cesta, depois outra, rolando pela escada. A mulher fez um gesto de querer parar, mas estava impossibilitada de se agachar. O jovem acabou correndo para pegar as laranjas. Ela sorriu para ele, sem no entanto parar. Tânios não sabia se ela se afastava assim para evitar falar com um estranho, ou se o convidava a segui-la. Na dúvida, ele a seguiu, mas num passo tímido e um tanto preocupado. Eles subiram até o quarto andar, depois até o quinto, o último.

Ela finalmente parou na frente de uma porta, colocou o jarro e a cesta no chão, tirou uma chave do decote. O jovem se mantinha a alguns passos de distância, com as laranjas visíveis nas mãos para que não houvesse dúvidas sobre suas intenções. Ela abriu a porta, reuniu suas coisas e, ao entrar, virou-se para ele e sorriu novamente.

A porta ficou aberta. Tânios se aproximou. A desconhecida fez um gesto indicando a cesta que havia colocado no chão, perto de um fino colchão. E enquanto ele colocava as frutas no lugar, ela se apoiou na porta, como se estivesse exausta. A porta se fechou. O quarto era pequeno, sem outra abertura além de uma claraboia perto do teto; e quase vazio, sem cadeira, sem armário, sem enfeites.

Ainda calada, a mulher indicou a Tânios com um gesto que estava sem ar. Pegando a mão de seu visitante, ela a colocou contra seu coração. Ele fez uma careta, como se estivesse surpreso com a força dos batimentos, e manteve sua mão onde ela a havia colocado. Ela tampouco a retirou. Ao contrário, com deslizamentos quase imperceptíveis, fez com que a mão passasse para baixo de seu vestido. Sua pele exalava um perfume de árvores frutíferas, o cheiro dos passeios de abril pelos pomares.

Tânios teve então a audácia de pegar a mão dela e colocá-la sobre seu coração. Ele corou com o próprio atrevimento, e ela percebeu que era sua primeira vez. Ela se levantou, tirou o pano de sua cabeça, passou a mão por seus cabelos precocemente brancos, várias vezes, rindo sem malícia. Depois puxou a cabeça dele até seu peito nu.

Tânios não sabia nada sobre os gestos que devia fazer. Ele estava convencido de que sua ignorância era evidente a cada momento, e não estava errado. Mas a mulher das laranjas não se importava. A cada uma de suas desajeitadas ações, ela respondia com uma carícia atenciosa.

Quando os dois ficaram nus, ela trancou a porta e então conduziu seu visitante para a cama, guiando-o com a ponta dos dedos pelos mornos caminhos do prazer.

Eles ainda não tinham trocado uma única palavra, nenhum deles sabia qual língua o outro falava, mas eles dormiram como um só corpo. O quarto dava para o oeste, e pela claraboia penetrava agora um sol quadrado no qual dançavam filamentos de pó. Ao acordar, Tânios ainda sentia aquele cheiro de pomar e, sob sua bochecha direita, os batimentos lentos e tranquilos do macio seio de uma mulher.

Os cabelos que o véu não escondia mais eram ruivos, como aquelas terras ferruginosas nos arredores de Dayroun. E a pele era rosada, com sardas. Apenas os lábios e a ponta dos seios eram de um marrom claro.

Sob o olhar que passeava por seu corpo, ela abriu os olhos, se levantou e olhou pela claraboia para saber que horas eram. Então puxou o cinto de Tânios e, acompanhando o gesto com um sorriso constrangido, deu uma leve batidinha no lugar onde as moedas tilintavam. Presumindo que as coisas sempre aconteciam daquele jeito, o jovem começou a desenrolar o cinto, interrogando a anfitriã com os olhos. Ela fez o número seis com três dedos de cada mão, e ele lhe deu uma moeda de seis piastras de prata.

Depois que ele se vestiu, ela lhe ofereceu uma laranja. Ele fez menção de recusar, mas ela a colocou no bolso dele. Depois o acompanhou até a porta, atrás da qual ela se escondeu quando ele saiu, pois não estava coberta.

De volta a seu quarto, ele se deitou de costas e começou a atirar a laranja para o alto e a pegá-la, pensando na coisa maravilhosa que acabara de lhe acontecer. "Foi necessário que eu partisse para o exílio, atracasse sem esperança nesta cidade estrangeira, nesta estalagem, e subisse até o último andar seguindo os passos de uma desconhecida... foi necessário que as ondas da vida me lançassem muito longe para que eu tivesse direito a este momento de felicidade? Intenso como se fosse o motivo da minha aventura. E seu desfecho. E minha redenção."

Os personagens de sua vida desfilavam em sua mente, e ele se deteve longamente em Asma. Surpreendeu-se de ter pensado tão pouco nela desde que partira. Não tinha sido por causa dela que o assassinato havia sido cometido, por causa dela que haviam fugido? No entanto, ela havia desaparecido de seus pensamentos como por um alçapão. Claro, os pequenos jogos infantis entre eles, os dedos e os lábios que se tocavam e se esquivavam como antenas de caracóis, os encontros fugazes, os olhares cheios de promessas – nada disso se parecia com aquele prazer supremo que ele agora conhecia. Mas, na época, eles tinham sido sua felicidade. Se ele confessasse a Gérios que simplesmente havia parado de pensar na jovem por quem ameaçara se matar, aquela que o fizera se transformar em assassino!

Ele tentou encontrar uma explicação. Da última vez que vira Asma, quando forçara a porta de seu quarto, o que ela estava fazendo? Ela se arrumava, para receber os parabéns pelo anúncio do noivado com Raad. Sem dúvida, a jovem era obrigada a obedecer ao pai. Ainda assim, quanta docilidade!

    E quando vira Tânios chegar correndo à sua casa, ela gritara. Ele tampouco poderia razoavelmente censurá-la por fazer isso. Que jovem teria agido de outra forma se alguém irrompesse em seu quarto enquanto ela tomava banho? Mas aquela imagem de Asma gritando, seguida pela corrida dos guardas e de Roukoz, que queriam agarrá-lo e jogá-lo para fora, ele não conseguia apagá-la. Aquela era, em sua mente, a última imagem que guardava daquela que tanto havia amado. Na época, tomado pela raiva e pelo orgulho ferido, ele só tivera uma ideia em mente: recuperar, de qualquer maneira, o que lhe havia sido traiçoeiramente roubado; agora, ele tinha uma visão mais justa das coisas; em relação a Asma, sentia sobretudo amargura. E pensar que, por causa dela, havia arruinado sua vida e a de toda sua família!

    Ele não deveria pedir perdão a Gérios? Não, melhor deixá-lo com a ilusão de ter cometido um crime nobre e necessário.

# 11

No final daquele dia, Gérios voltou muito tarde para casa. E saiu na manhã seguinte, logo depois de se levantar. Todos os dias passaram a ser assim. Tânios o seguia com os olhos, dissimulando um sorriso, como se lhe dissesse: "Em vez de afundar na loucura, você está afundando na imprudência!".

Chegando aos cinquenta anos, depois de uma vida de trabalhador obsequioso, com a consciência pesada por um crime do tamanho de uma montanha, perseguido, banido, proscrito, condenado, todas as manhãs o intendente Gérios pensava apenas em correr para o café do grego para jogar triquetraque com seu companheiro de fuga.

No castelo, ele às vezes jogava uma partida de *tawlé* quando o xeique estava sem parceiro e o convocava; ele fingia se divertir e dava um jeito de perder. Mas em Famagusta ele não era mais o mesmo. Seu crime o havia transfigurado. Ele se alegrava no café, jogava com toda a sua alma, e, apesar das fanfarronadas do inseparável Fahim, era ele, na maioria das vezes, quem ganhava. E, se cometia alguma imprudência, os dados rolavam a seu socorro.

Os dois amigos causavam mais alvoroço no café do que todos os outros clientes; às vezes um pequeno grupo se formava em torno deles, e o proprietário ficava encantado com aquela animação. Tânios quase não jogava mais. Mantinha-se apenas como espectador e, rapidamente entediado, levantava-se para dar uma volta. Gérios tentava detê-lo:

— Seu rosto me traz sorte!

Mas ele saía mesmo assim.

Certa manhã de outubro, porém, ele havia voltado a se sentar. Não para dar sorte ao pai — alguma vez lhe dera sorte na vida? —, mas porque um homem se aproximava deles, um homem de grande estatura, com um fino bigode, vestido à moda dos notáveis da Montanha. A julgar pelas marcas de tinta em seus dedos, um erudito. Ele disse se chamar Salloum.

– Estou ouvindo vocês há algum tempo e não pude resistir à vontade de cumprimentar compatriotas. Em minha aldeia, eu passava os dias diante do *tawlé*, jogando partida após partida. Mas sinto ainda mais prazer assistindo aos outros, quando isso não os incomoda.

– Está em Chipre há muito tempo? – perguntou Fahim.

– Cheguei apenas anteontem. E já sinto falta de casa.

– Vai ficar algum tempo entre nós?

– Só Deus sabe. O tempo necessário para resolver um ou dois assuntos...

– E como vai nossa Montanha?

– Enquanto Deus não nos abandonar, tudo acaba se ajeitando.

Fórmula prudente. Muito prudente. A conversa não iria além. O jogo podia recomeçar. Gérios precisava de um duplo seis. Pediu a Tânios que soprasse os dados. Eles rolaram. Duplo seis!

– Pelas barbas do ogro! – praguejou Fahim.

O dito Salloum pareceu se divertir com a expressão.

– Ouvi todos os tipos de imprecações, mas essa eu não conhecia. Eu nem suspeitava que os ogros podiam ter barba.

– Aquele que vive no palácio de Beiteddine tem uma, muito comprida!

– Nosso emir! – murmurou Salloum, ofendido.

No mesmo instante, ele se levantou, com o rosto pálido, e se despediu.

– Acho que o magoamos – comentou Gérios enquanto o via se afastar.

– É culpa minha – reconheceu Fahim. – Não sei o que me deu, falei como se estivéssemos sozinhos. De agora em diante, vou manter a língua sob controle.

Nos dias seguintes, Gérios e Fahim cruzaram com o homem várias vezes no bairro do porto, cumprimentaram-no educadamente e ele retribuiu o cumprimento, mas de longe, e apenas com um aceno. Tânios pensou vê-lo uma vez nas escadas da estalagem, conversando com o proprietário alepino.

O jovem ficou preocupado, mais do que seus dois companheiros mais velhos. Aquele Salloum era, claramente, um partidário do emir. Se descobrisse suas verdadeiras identidades e a razão de suas presenças no Chipre, eles já não estariam seguros. Não deveriam considerar se esconder em outro lugar? Mas Fahim o tranquilizou. "Afinal, estamos em território otomano, e, mesmo que esse homem quisesse nos prejudicar, não conseguiria. Seu emir não tem o braço tão comprido! Salloum ouviu de minha boca palavras que lhe desagradaram, então nos evita, só isso. E se temos a impressão de vê-lo em toda parte, é porque todos os viajantes estrangeiros circulam pelas mesmas ruas."

Gérios se deixou convencer. Ele não tinha muita vontade de correr de um porto de exílio para outro. "Só sairei daqui", dizia ele, "para rever minha esposa e minha terra."

Perspectiva que parecia se aproximar a cada dia. Fahim, por meio de seus contatos com os opositores, trazia notícias cada vez mais encorajadoras. A influência dos egípcios sobre a Montanha diminuía, e os inimigos do emir ganhavam força. Regiões inteiras estavam em estado de insurreição. Além disso, dizia-se que o "ogro" estava gravemente doente; ele tinha setenta e três anos! "Um dia, que não está longe, seremos recebidos em nossas aldeias como heróis!"

Enquanto aguardavam essa apoteose, os dois amigos continuariam a rolar seus dados no café de Elefthérios.

Tânios também não teria gostado se tivesse que partir para outro lugar de exílio. Embora tivesse algumas preocupações, ele também tinha uma razão poderosa para prolongar sua estadia na cidade e no caravançarai: a mulher das laranjas, que agora precisa ser chamada pelo nome, que o livro de Nader, até onde sei, é o único a mencionar: Thamar.

Em árabe, essa palavra significa "fruto"; mas Thamar é também o nome mais prestigioso das mulheres da Geórgia, pois foi o nome da grande soberana desse país. Depois que ficamos sabendo que aquela moça não falava nem árabe nem turco, e que, em todo o império otomano, algumas das mulheres mais bonitas eram antigas escravas georgianas, a dúvida já não é possível.

No início, Tânios só experimentara pela venal mulher de cabelo cor de laranja as sensações de seu corpo. Aos dezoito anos, preso a suas frustrações aldeãs, carregando consigo uma ferida amorosa, e também uma ferida mais antiga, desiludido, assustado, ele havia encontrado nos braços daquela desconhecida... mais ou menos o mesmo que havia encontrado naquela cidade desconhecida, naquela ilha tão próxima de sua terra e ao mesmo tempo tão distante: um porto de espera. Espera de amor, espera de retorno, espera da verdadeira vida.

Aquilo que, naquela ligação, poderia parecer sórdido – a moeda de prata – deve ter parecido a ele, ao contrário, tranquilizador. A título de testemunho, uma frase de *A sabedoria do tropeiro*:

"Tânios me disse: todas as volúpias se pagam, não menospreze aquelas que dizem seu preço."

Escaldado, ele não tinha mais vontade de prometer nem de ouvir promessas, muito menos de contemplar o futuro. Tomar, dar, partir e depois esquecer, ele havia jurado para si mesmo. Mas isso só foi verdade da primeira vez, e, ainda assim, não inteiramente. Ele pegara o que a desconhecida lhe oferecera, pagara sua dívida e fora embora. Mas não conseguira esquecer.

Tânios não queria nem mesmo acreditar que de corpos pudesse nascer uma paixão. Talvez ele esperasse que as moedas de prata fossem suficientes para apagá-la.

No início, ele tivera apenas o trivial desejo de provar o mesmo fruto uma segunda vez. Ele a espreitou nas escadas, a viu, a seguiu à distância. Ela lhe sorriu e, quando entrou em seu quarto, deixou a porta aberta para ele. O mesmo ritual, em suma, sem as laranjas.

Eles se aproximaram um do outro, recordando os gestos com que se haviam amado. Ela se mostrou igualmente carinhosa, igualmente silenciosa, e suas palmas cheiravam à bergamota dos jardins protegidos. Então Tânios articulou seu nome, apontando para si mesmo; e ela pegou esse mesmo dedo e o colocou em sua própria testa. "Thamar", disse ela. Ele repetiu o nome várias vezes enquanto lhe alisava os cabelos.

Depois, como se fosse natural uma vez feitas as apresentações, ele começou a falar. Contou seus temores, seus infortúnios, seus planos de viagens distantes, se indignando, se exaltando, com ainda mais liberdade porque Thamar não entendia nenhuma palavra. Mas ela escutava sem dar sinais de cansaço. E reagia, embora de maneira atenuada: quando ele ria, ela esboçava um leve sorriso; quando ele praguejava e se exaltava, ela franzia um pouco as sobrancelhas; e quando ele batia os punhos contra a parede, contra o chão, ela lhe segurava suavemente as mãos como se quisesse se associar à sua raiva. E ao longo de todo o seu monólogo, ela o olhava nos olhos, incentivando-o com alguns movimentos da cabeça.

Na hora de ir embora, porém, quando ele retirou do cinto uma moeda de seis piastras, ela a pegou, sem fingir recusar; depois o acompanhou, ainda nua, até a porta.

De volta a seu quarto, ele começara a refletir sobre as coisas que dissera. Havia palavras, sentimentos que não pensava ter dentro de si e que haviam surgido na presença daquela mulher; e também fatos que ele não pensava ter observado. O primeiro encontro lhe deixara – não acho injusto dizê-lo – uma impressão de corpo apaziguado. Deste segundo encontro, ele voltara com a alma tranquila.

Ele que acreditava ter alcançado o prazer supremo, acabara de descobrir um prazer ainda mais intenso, até mesmo na carne. Ele sem dúvida não teria aberto seu coração se sua companheira pudesse compreender; em todo caso, ele não poderia ter falado, como fizera, do assassinato cometido por Gérios, das razões que o haviam levado a isso, nem dos rumores em torno de seu próprio nascimento. Mas agora ele pensava que um dia teria vontade de falar sobre tudo aquilo com ela numa língua que ela pudesse entender.

Ele começava a achar longo e vazio o tempo que passava sem ela. Quando se deu conta da necessidade que havia nascido dentro dele, assustou-se. Era possível que estivesse agora tão ligado àquela mulher? Afinal, ela era – ele não queria pronunciar a palavra que lhe vinha à mente. Mas digamos que ela era o que ele sabia que ela era!

Ele começou a vigiar suas passagens pela escada, pensando que a surpreenderia com outros homens; mas ele teria chorado sua alma e seu sangue se a tivesse visto sorrir para outro como havia sorrido para ele, e se tivesse se deixado seguir até seu quarto para que uma mão suja de homem pousasse sobre seu coração. Deveria haver outros, muitos outros – como imaginar o contrário? –, mas Tânios nunca conseguiu vê-los. Thamar, aliás, não subia as escadas com tanta frequência quanto ele havia imaginado; talvez tivesse outra casa, onde levava uma vida diferente?

Desses dias de angústia e confusão talvez encontremos um eco velado nesta página do livro de Nader:

*A mulher dos teus sonhos é a esposa de outro, mas este a expulsou dos seus sonhos.*
*A mulher dos teus sonhos é a escrava de um marinheiro. Ele estava bêbado no dia em que a comprou no mercado de Erzerum, e ao acordar não a reconheceu.*
*A mulher dos teus sonhos é uma fugitiva, assim como tu foste, e vocês buscaram refúgio um no outro.*

Suas duas visitas a Thamar haviam ocorrido na hora da sesta; numa noite, porém, sem conseguir dormir, Tânios teve a ideia de ir bater à sua porta. Tranquilizado pelos roncos de Gérios, ele escapou do quarto e subiu as escadas no escuro, se segurando no corrimão.

Dois toques secos, depois mais dois, e a porta se abriu. Não havia mais luz dentro, e ele não via a expressão do rosto que o recebia. Mas assim que ele pronunciou uma palavra, seus dedos se encontraram, se reconheceram, e ele entrou com o coração tranquilo.

Quando ele quis acariciá-la, ela afastou firmemente suas mãos, puxando-o para si, com a cabeça em seu ombro.

Ele reabriu os olhos com a aurora, e Thamar estava sentada à sua espera. Tinha coisas a lhe dizer. Ou melhor, uma coisa. Que ela tentou expressar com gestos, usando palavras de sua língua apenas para conduzir suas próprias mãos aos gestos apropriados. Ela parecia dizer: "Quando você partir, partirei com você. O mais longe. No barco que o levará, eu embarcarei. Você quer?".

Tânios lhe prometeu que um dia partiriam juntos. Uma resposta de complacência? Talvez. Mas no momento em que lhe disse "sim", falava com toda a sua alma de exilado. E, com a mão sobre a cabeça cor de laranja, fez um juramento.

Eles se abraçaram. Então ele se afastou para segurá-la pelos ombros com os braços estendidos e para contemplá-la. Ela devia ter a mesma idade que ele, mas não estava em sua primeira vida. Em seus olhos, ele viu despontar uma angústia, e era como se nunca antes ela tivesse se despido daquela forma.

Sua beleza não era tão perfeita quanto ele pensava quando ela era apenas a mulher de seus desejos masculinos. Tinha o queixo um pouco alongado demais e uma cicatriz na parte inferior da bochecha. Tânios acariciou o queixo alongado e passou o polegar sobre a cicatriz.

Ela derramou duas lágrimas de felicidade, como se o reconhecimento daquelas imperfeições fosse uma declaração de ternura. E ela disse, de novo mais por gestos do que por palavras:

— Lá, além dos mares, você será meu homem e eu serei sua mulher.

De novo, Tânios disse "sim", então a pegou pelo braço e começou a caminhar lentamente com ela pelo quarto, como para uma cerimônia de casamento.

Ela se prestou ao simulacro com um sorriso triste, depois se soltou, pegou o jovem pela mão e o conduziu até um canto da sala, onde, com suas unhas, deslocou um azulejo para desenterrar, de um esconderijo, uma antiga caixa de tabaco otomana, cuja tampa levantou lentamente. Dentro havia dezenas de moedas de ouro e prata, bem como pulseiras, brincos... Em um lenço bordado, ela guardava as duas moedas de seis piastras que Tânios lhe dera nas visitas anteriores. Ela as mostrou a ele, colocou-as no bolso dele envoltas no lenço, fechou a caixa de tabaco e recolocou o azulejo no lugar.

Naquele momento, o jovem não reagiu. Somente ao voltar para seu quarto, onde Gérios ainda roncava, e ao refletir sobre aquela cena, ele percebeu a extraordinária confiança que Thamar acabava de lhe demonstrar. Ela havia colocado seu tesouro e sua vida nas mãos de um desconhecido. Ele tinha certeza de que ela nunca fizera o mesmo com nenhum homem. Sentiu-se lisonjeado e comovido. Prometeu a si mesmo que não a decepcionaria. Ele, que havia sofrido tanto por ter sido traído, nunca triaria!

No entanto,

*Quando o navio te esperava no porto, tu a procuraste para dizer adeus. Mas esse adeus tua amante não queria.*

I I I

Uma manhã, logo ao amanhecer, quando alguém bateu à porta do quarto deles, Gérios e Tânios ficaram alarmados. Mas logo reconheceram a voz de Fahim.

— Quando ouvirem o que me trouxe, não vão ficar zangados comigo!
— Fale!
— O ogro morreu!
Gérios se levantou, agarrado às mangas do amigo.
— Repita, para eu ter certeza de que ouvi bem!
— Você ouviu, o ogro morreu. O monstro parou de respirar, parou de fazer mal, sua longa barba mergulhou no próprio sangue. Aconteceu há cinco dias, e só soube disso esta noite. O sultão havia ordenado uma ofensiva contra as tropas egípcias, que foram obrigadas a evacuar a Montanha. Quando os opositores souberam, pularam na garganta do emir, massacram-no junto com seus seguidores, e proclamaram a anistia geral. Mas talvez eu tenha errado em acordar vocês por tão pouco... Tentem voltar a dormir em paz, vou embora.
— Espere, sente-se um momento. Se o que contaram é verdade, então podemos voltar para casa.
— *Yawach yawach*! Calma! Ninguém vai embora assim, por impulso. E nada garante que haja um barco nos próximos dias. Estamos em novembro!
— Já faz quase um ano que estamos nesta ilha! — disse Gérios, subitamente cansado, subitamente impaciente. — Um ano que Lâmia está sozinha.
— Vamos tomar um café — disse Fahim —, daremos uma volta pelo cais. Depois, decidiremos.

Naquela manhã, eles foram os primeiros clientes do grego. Estava frio, o chão estava úmido e eles se sentaram na parte de dentro, mais perto das brasas. Gérios e Tânios pediram café adoçado, Fahim o tomou amargo. A luz do dia lentamente iluminava as ruas, os carregadores chegavam, com cordas nos ombros, as costas curvadas. Alguns deles paravam primeiro diante de Elefthérios, que lhes oferecia o primeiro café do dia, o de antes do primeiro pagamento.

De repente, entre os passantes, um rosto familiar.

– Vejam quem está ali – murmurou Tânios.

– Vamos chamá-lo – disse Fahim. – Vai ser divertido. *Khwéja* Salloum, venha se juntar a nós.

O homem se aproximou, tocou a testa com a mão.

– Não pode negar um café!

– Não estou com vontade de colocar nada na boca esta manhã. Desculpem, preciso ir.

– Parece que algo o está preocupando.

– Pode-se ver que vocês não estão sabendo.

– Sabendo do quê?

– O emir, nosso grande emir está morto. O país não se recuperará desse desastre. Eles o mataram, proclamaram a anistia, em breve veremos os criminosos se exibindo em plena liberdade. A era da justiça e da ordem acabou. Será o caos, nada será respeitado!

– Um grande infortúnio – articulou Fahim, contendo uma gargalhada.

– Que Deus nos tenha em misericórdia – emendou Gérios, numa voz subitamente melodiosa.

– Eu deveria partir esta manhã, há um barco para Lataquia. Mas agora estou hesitante.

– Tem razão, não há pressa.

– Não, não há pressa – retomou Salloum, pensativo. – Mas o tempo vai piorar, só Deus sabe quando poderei embarcar novamente.

O homem seguiu seu caminho, com a cabeça baixa, enquanto Fahim segurava com força os braços dos companheiros.

– Segurem-me, senão vou rir antes que ele vire as costas!

Ele se levantou.

– Não sei o que vocês planejam fazer, mas eu vou pegar o barco desta manhã. Depois do que esse homem disse, depois de ver sua expressão ao pronunciar a "anistia", não hesito mais. Vou para Lataquia, fico lá uma ou duas noites, até ter certeza de que as notícias da Montanha são boas, depois volto para minha aldeia por terra. Acho que vocês deveriam fazer o mesmo. Tenho um amigo lá que tem uma casa em Slanfeh, nas colinas, ele vai ficar feliz em nos receber!

Gérios não teve dúvidas.

– Vamos com você.

Ele agora tinha nos olhos o rosto de Lâmia e o sol da aldeia. Talvez temesse passar o inverno em Famagusta sem seu companheiro de distração. Tânios estava mais dividido. Mas não cabia a ele, com seus dezoito anos, tomar a decisão final.

Assim, eles combinaram de se encontrar uma hora depois no cais. Fahim cuidaria dos lugares no barco, enquanto seus amigos iriam à estalagem para esvaziar o quarto e acertar com o proprietário.

Cada um levou apenas um pequeno fardo, e Gérios dividiu igualmente o dinheiro que lhe restava.

– Se eu me afogar... – disse ele.

Mas ele não parecia melancólico. E eles se dirigiram para o porto.

Não tinham dado mais de vinte passos quando Tânios se imobilizou, fingindo ter esquecido alguma coisa.

– Preciso voltar um momento ao quarto. Continue, depois alcanço você.

Gérios abriu a boca para protestar, mas o rapaz já havia desaparecido. Então ele seguiu seu caminho, sem pressa, olhando para trás de vez em quando.

Tânios subiu os degraus de dois em dois, passou pelo terceiro andar e parou ofegante no quinto, para bater à porta. Dois golpes secos, depois mais dois. Uma porta se entreabriu no andar. Não era a de Thamar. Olhos estranhos o observavam. Mas ele bateu de novo. Depois encostou o ouvido na madeira. Nenhum som. Colou o olho na fechadura. Nenhuma sombra. Ele desceu as escadas, um degrau de cada vez, ainda esperando encontrar a amiga na escada, a escada deles.

No pátio do caravançarai, nas tendas, entre os carregadores, ele continuou a procurá-la com o olhar. Até na rua. Thamar havia escolhido se ausentar naquela manhã.

Tânios ainda vagava, esquecido da hora, quando ouviu do porto o apito de uma sirene. Ele começou a correr. O vento fez o lenço que ele usava como turbante voar. Tânios o recuperou e o manteve na mão; mais tarde o enrolaria, pensou, mais tarde no barco.

Na frente da passarela, Gérios e Fahim, impacientes, acenavam para ele. Salloum também estava lá, a alguns passos de distância; também parecia ter decidido partir.

Já estavam embarcando. Havia uma multidão de carregadores com pesadas malas de ferro, às vezes duas ou três ao mesmo tempo.

Quando chegou a vez de Fahim e Gérios subirem a bordo, este último apontou para Tânios ao fiscal turco, mostrando o nome no bilhete para que ele permitisse que o filho o acompanhasse, pois dezenas de passageiros os separavam.

Os dois homens acabavam de alcançar o convés do barco quando uma correria interrompeu o embarque. Um rico comerciante chegava, quase correndo, distribuindo ordens e xingamentos a uma nuvem de serviçais. O fiscal alfandegário pediu aos outros viajantes que se afastassem.

Ele trocou um longo abraço com o recém-chegado, alguns sussurros, depois lançaram juntos um olhar desconfiado e desdenhoso para a multidão ao redor. E um pouco divertido. No entanto, não havia nada particularmente engraçado na aparência dos bravos passageiros preocupados com o mar de novembro; a única coisa que poderia parecer divertida era a proximidade entre o comerciante, maior que a maior das suas malas, e o fiscal, um homem pequeno e magro, com um enorme chapéu de penas e bigodes até as orelhas. Mas nenhum dos presentes se atreveria a achar graça deles.

Foi necessário esperar que o comerciante cruzasse toda a passarela com toda a sua comitiva para que os outros viajantes pudessem novamente pisar nela com seus modestos pés.

Quando Tânios se apresentou, o fiscal lhe fez sinal para esperar mais um pouco. O rapaz supôs que era por causa de sua pouca idade e deixou passar os homens mais velhos que estavam atrás dele. Até o último. Mas o fiscal ainda barrava seu caminho.

— Eu disse para esperar, então você vai esperar! Quantos anos você tem?
— Dezoito anos.

Carregadores chegavam atrás dele, e Tânios se afastou. Do barco, Gérios e Fahim gritavam para que ele se apressasse, mas ele lhes respondeu com um gesto que não podia fazer nada, e discretamente apontou para o fiscal alfandegário.

De repente, Tânios viu que a passarela estava sendo levantada. Um grito lhe escapou, mas o otomano lhe disse calmamente:

— Você pega o próximo barco.

Fahim e Gérios gesticulavam ainda mais, e o jovem apontou para eles, tentando explicar, com seu turco balbuciante, que seu pai estava no barco e que não havia razão para que ele fosse retido em terra. O fiscal não respondeu, chamou um de seus homens, disse-lhe algumas palavras ao ouvido e o outro explicou ao queixoso em árabe:

— Sua Excelência disse que se você continuar sendo insolente, será espancado e preso por insultar um oficial do sultão. Por outro lado, se você se mostrar submisso, partirá livre, poderá pegar o próximo barco e, além disso, Sua Excelência lhe oferecerá um café em seu escritório.

Sua Excelência confirmou a oferta com um sorriso. Tânios não tinha escolha, pois a passarela já havia sido recolhida. Para Gérios e Fahim, atônitos, ele fez um último gesto que significava "mais tarde". Então seguiu o execrável pequeno bigodudo que lhe ordenava que o seguisse.

No caminho, o homem parou várias vezes para dar uma ordem, inspecionar um pacote, ouvir um pedido. De tempos em tempos, Tânios olhava para o barco, que se afastava lentamente, com as velas abertas. Ele ainda fez sinais com a mão para os viajantes, sem saber se era visto.

Quando finalmente chegou ao escritório do fiscal, recebeu a explicação pela qual vinha esperando. Ele não entendia tudo o que seu interlocutor dizia – na escola do pastor, Tânios havia aprendido turco nos livros, mas não o suficiente para sustentar uma conversa. No entanto, conseguiu compreender o essencial: o comerciante que eles haviam visto, um dos personagens mais ricos e influentes da ilha, era extremamente supersticioso; para ele, navegar com um jovem de cabelos brancos significava naufrágio garantido.

O fiscal riu alto, e Tânios também foi convidado a achar a coisa engraçada.

— Crenças estúpidas, não é mesmo? – sugeriu seu anfitrião.

Tânios achou imprudente concordar, então preferiu dizer:

— Sua Excelência fez o que era prudente.

— Crenças estúpidas, mesmo assim – insistiu o outro.

E acrescentou que ele mesmo via nas cabeleiras prematuramente brancas o melhor dos presságios. Aproximando-se do rapaz, passou uma mão e depois a outra por seus cabelos, lentamente, e com evidente prazer. Depois o dispensou.

Tendo saído dos edifícios do porto, Tânios foi pedir ao proprietário da estalagem que lhe devolvesse o quarto por mais algumas noites. Contou-lhe sobre seu contratempo e o homem achou a história engraçada.

— Espero que seu pai tenha deixado dinheiro para me pagar!

Tânios deu um tapinha no cinto com um gesto confiante.

– Então – disse o dono da estalagem –, você deve agradecer ao Céu por terem deixado você aqui, pois poderá reatar algumas relações agradáveis...

Ele riu como um pirata, e Tânios percebeu que suas visitas ao último andar não haviam passado despercebidas. Ele baixou os olhos, prometendo para si mesmo que olharia melhor em volta na próxima vez que fosse bater à porta de Thamar.

– Aqui, você com certeza se divertirá mais do que na sua Montanha – insistiu o homem com a mesma risada maliciosa. – Continuam lutando lá, não é? E seu grande emir continua sob os cuidados do paxá do Egito!

– Não – corrigiu-o o jovem –, o emir foi morto, e as tropas do paxá evacuaram a Montanha.

– Do que você está falando?

– São as últimas notícias, que recebemos esta manhã, e é por isso que meu pai voltou para casa.

Tânios subiu para seu quarto e adormeceu. Sua noite havia sido curta demais, ele sentia a necessidade de um despertar mais tranquilo.

Só abriu os olhos na hora do almoço. Da varanda, avistou um vendedor de bolinhos. A fumaça lhe deu fome. Ele tirou de seu dinheiro a moeda que precisava e a manteve na mão, para não ter que desenrolar o cinto na rua, e então saiu.

Ao descer a escada, encontrou o dono da estalagem, que subia para vê-lo.

– Que Deus o amaldiçoe! Você quase me causou os piores problemas, fiz mal em acreditar nas lorotas de um garoto!

Ele explicou que oficiais turcos que ele conhecia haviam passado para vê-lo, e ele achou que os agradaria parabenizando-os pelas vitórias sobre os egípcios. Mas eles não gostaram nada de seu comentário.

– Por pouco não me prenderam. Tive que jurar que não estava zombando deles. Porque, na verdade, longe de ter vencido, as tropas otomanas acabaram de sofrer novos reveses. E seu emir não está mais morto do que você e eu.

– Esses oficiais talvez não conheçam as notícias mais recentes...

– Falei com esses oficiais e também com viajantes que acabaram de chegar de Beirute. Ou essas pessoas são todas mentirosas e ignorantes, ou então...

"Ou então", repetiu Tânios, que começou a tremer por todo o corpo como se tivesse sido atingido por um mal súbito.

# IV

"Fahim", diz a *Crônica montanhesa*, "era o nome falso de Mahmoud Bourass, um dos mais astutos espiões do emir. Ele era os olhos e ouvidos do *diwan*, dirigido pelo *khwéja* Salloum Krameh, que, por sua vez, atuava sob seu verdadeiro nome. O estratagema que permitiu trazer de volta o assassino do patriarca foi seu feito mais notável.

"Esse sucesso elevou o prestígio do emir tanto entre os habitantes quanto entre os egípcios. Para aqueles que alegavam que o poder lhe escapava, que sua mão enfraquecia, que a velhice o dominava, ele acabava de demonstrar que ainda podia estender seu braço poderoso além da Montanha, além dos mares.

"À sua chegada a Lataquia, Gérios foi preso por militares do exército egípcio e transferido para Beiteddine para ser enforcado. Dizem que enfrentou a traição e a morte com grande resignação.

"Ao ser informado do destino de seu intendente, o xeique Francis imediatamente tomou o caminho para Beiteddine para obter a libertação do xeique Raad, seu filho. Deixaram-no esperando o dia inteiro com o povo comum, sem consideração por sua posição ou nascimento. O emir se recusou a recebê-lo, mas mandou dizer que, se ele voltasse no dia seguinte, poderia partir com seu filho.

"Na hora marcada, ele se apresentou às portas do palácio; dois soldados foram deixar a seus pés o corpo sem vida de Raad. Ele havia sido enforcado ao amanhecer daquele dia e sua garganta ainda estava morna.

"Quando o xeique Francis, em lágrimas, foi perguntar ao *diwan* por que se agira daquele jeito, responderam-lhe com as seguintes palavras: 'Nosso emir havia dito que, por esse crime, ele devia punir um pai e um filho. Agora a conta está certa!'."

O homem que havia proferido essas palavras não era outro senão o *khwéja* Salloum, cujo papel na captura de Gérios o xeique – segundo o autor da *Crônica* – já conhecia. E ele teria lhe dito:

— Você que é seu cão de caça, vá dizer a seu emir que seria melhor ele me matar também, se quiser dormir tranquilo.

E Salloum teria respondido, no tom mais calmo:

— Eu já lhe disse isso, mas ele preferiu deixá-lo partir em liberdade. O senhor é ele...

— Não conheço outro senhor além de Deus!

Dizem que ao sair do palácio o xeique teria entrado numa velha igreja nos arredores de Beiteddine. E teria se ajoelhado diante do altar para fazer esta oração:

— Senhor, a vida e seus prazeres não têm mais sentido para mim. Mas não permita que eu morra antes de me vingar!

Se Salloum e Fahim eram agentes do emir, o fiscal turco, o rico comerciante supersticioso e também a mulher das laranjas foram, sem sombra de dúvida, agentes da Providência.

Mas, naqueles dias de angústia, Tânios não pensava em si mesmo nem na morte, que havia marcado um encontro ao qual ele não comparecera. Ainda tentava se convencer de que não o haviam enganado, de que o "ogro" havia de fato sido morto, de que a notícia logo se espalharia. Fahim, pensava ele, pertencia sem dúvida a uma rede secreta de opositores; ele poderia ter sido informado de certos acontecimentos que o grande público só saberia no dia seguinte, ou na semana seguinte.

Então ele havia ido rondar o café de Eleuthérios e os mercados, e o cais e as tavernas perto do porto, tentando identificar pela aparência ou pelo sotaque pessoas da Montanha e do Litoral, marinheiros, mercadores, viajantes. Ninguém pôde tranquilizá-lo.

À noite, ele voltou ao quarto e passou a noite inteira na varanda. Observando as luzes de Famagusta se apagarem, até a última. Ouvindo o rugido das ondas e as botas dos militares em patrulha. Então, ao amanhecer, enquanto as sombras dos primeiros transeuntes percorriam as ruas, ele adormeceu ao som da cidade, a testa contra a balaustrada. Até que o sol, chegando no meio do céu, queimou seus olhos. Com o corpo dolorido e o ventre amargo, ele se levantou para retomar sua busca.

No momento em que deixava a estalagem, viu passar uma carruagem com a bandeira inglesa. Ele quase se atirou sobre ela, gritando em sua língua:

— Sir, sir, preciso falar com o senhor.

A carruagem parou, e a pessoa que transportava apareceu na portinhola com uma expressão perplexa.

– Você é um súdito britânico?

O sotaque afetado de Tânios podia sugerir isso, mas sua aparência dizia outra coisa. O homem, em todo caso, parecia disposto a ouvi-lo, e o rapaz perguntou se ele estava ciente de acontecimentos graves que teriam ocorrido na Montanha.

O homem o observava enquanto ele falava. E quando Tânios terminou, em vez de responder, ele anunciou numa voz triunfante:

– Meu nome é Hovsepian, sou o intérprete do cônsul da Inglaterra. E você deve ser Tânios.

Ele deu a seu jovem interlocutor o tempo de arregalar os olhos.

– Há alguém procurando por você, Tânios. Ele passou sua descrição ao consulado. Um pastor.

– O reverendo Stolton! Onde ele está? Eu gostaria tanto de vê-lo de novo!

– Infelizmente, ele pegou o barco de ontem mesmo, de Limassol.

Efemérides do reverendo Jeremy Stolton, observações finais do ano de 1839:

"Eu planejava ir a Constantinopla em novembro para conversar com lorde Ponsonby, nosso embaixador, a respeito do fechamento provisório da nossa escola, decisão que tive que tomar devido ao aumento das tensões na Montanha, especialmente em Sahlain...

"No entanto, nas semanas que antecederam minha partida, ouvi rumores de que Tânios e seu pai haviam encontrado refúgio no Chipre. Então me perguntei se não deveria, no caminho, fazer uma escala nessa ilha.

"Minha hesitação era grande. Por um lado, eu não queria, como ministro da Igreja reformada, demonstrar qualquer complacência com o assassino de um patriarca católico. Mas, por outro lado, eu não podia aceitar que meu aluno mais brilhante, mais talentoso, mais dedicado, que se tornara para a sra. Stolton e para mim quase como um filho adotivo, acabasse seus dias pendurado na ponta de uma corda sem ter cometido outro crime que o da compaixão filial por um pai transtornado.

"Decidi, então, fazer esse desvio pelo Chipre com o único objetivo de separar o destino do rapaz do de seu pai. Ignorava que isso estava sendo feito naquele mesmo momento, graças à sábia intervenção do Todo-Poderoso, e sem a ajuda do insignificante intermediário que eu era.

"Por uma espécie de ingenuidade que hoje me faz corar, mas que pode ser desculpada por minha grande esperança, eu estava convencido de que chegando à ilha e fazendo às pessoas as perguntas adequadas, em poucas horas eu me encontraria na presença de meu pupilo. Ele tinha uma característica que o tornava facilmente identificável – seus cabelos prematuramente brancos – e, se ele não tivesse tido, pensava eu, a infeliz mas prudente ideia de tingi-los, eu poderia ser levado até ele.

"As coisas se revelaram mais complicadas. A ilha é vasta – cerca de quarenta vezes maior que Malta, que conheci melhor –, e seus portos são numerosos. Além disso, assim que comecei a fazer perguntas percebi, com espanto, o perigo a que, sem querer, eu estava expondo meu protegido. Afinal, eu não era o único a procurá-lo e, se fosse eficaz em minhas investigações, talvez facilitasse a tarefa daqueles que queriam sua ruína.

"Em dois dias, portanto, me resignei a confiar essa delicada missão a um homem de grande habilidade, o sr. Hovsepian, o intérprete armênio do nosso consulado, antes de continuar minha viagem.

"Foi no dia seguinte à minha partida que Tânios foi encontrado, não em Limassol, onde eu o havia procurado, mas em Famagusta. O sr. Hovsepian lhe recomendou que não saísse da estalagem onde estava hospedado, prometendo me enviar uma mensagem a seu respeito. Mensagem que me foi efetivamente comunicada, três semanas depois, pelo secretário de lorde Ponsonby..."

Se o encontro com o intérprete permitira estabelecer esse precioso contato, ele não tranquilizaria Tânios quanto ao essencial: as notícias de sua terra. Claramente, o emir não estava morto. O descontentamento se espalhava, por certo, e falava-se de um levante na Montanha; além disso, as Potências, especialmente a Inglaterra, a Áustria e a Rússia, consultavam umas às outras sobre a melhor maneira de proteger o sultão contra as manobras de seu rival egípcio; uma intervenção militar não estava de todo excluída; todas essas coisas provavelmente iam ao encontro do que desejava o infeliz Gérios. Mas nenhum tumulto havia ocorrido, nada que pudesse justificar seu retorno apressado.

Tânios pensava de novo e de novo nas conversas com Fahim e com Salloum, repassava suas palavras, revia suas expressões, que agora entendia de maneira diferente. Depois, ele imaginava Gérios chegando ao porto, capturado pelos soldados, descobrindo a verdade, acorrentado, espancado, humilhado, conduzido ao cadafalso, estendendo o pescoço para o carrasco, depois balançando imperceptivelmente à brisa da manhã.

Quando essa imagem se formava em sua mente, Tânios se sentia profundamente culpado. Sem seus caprichos e sua cegueira, sem suas ameaças de suicídio, o intendente nunca teria se tornado um assassino. "Como eu poderia enfrentar novamente o olhar de minha mãe e os murmúrios dos aldeões?" Então ele pensava em partir, para longe, o mais longe possível.

Mas ele mudava de ideia, pensava em Gérios, via seus olhos assustados no dia do assassinato do patriarca, imaginava-o com esses mesmos olhos diante da corda, diante da traição. E, assim como naquele dia, murmurava para ele a palavra "pai".

# OITAVA PASSAGEM

## *De joelhos pela glória*

*Então chamei Tânios à parte, como meu dever me ordenava, e lhe disse: Reflita, você não tem nada a ver com essa guerra. Se os egípcios dominarem sua Montanha ou se forem os otomanos, se os franceses superarem os ingleses ou vice-versa, nada mudará para você.*

*Mas ele apenas respondeu: mataram meu pai!*

Efemérides do pastor Jeremy Stolton,
ano de 1840.

# I

Por que motivo o emir havia deixado o xeique ofendido partir em liberdade? Não podia ser por negligência, muito menos por compaixão.

— Ele deve poder chorar sobre o corpo de seu filho — havia dito o velho monarca.

E seus longos, demasiado longos cílios tinham começado a tremer como as patas de uma aranha invisível.

De volta a Kfaryabda, o xeique havia falado em organizar para Raad as mais prestigiosas cerimônias fúnebres que a Montanha jamais conhecera. Triste consolo, mas ele sentia que devia a seu filho, à sua raça, essa última homenagem; e ao emir esse último desafio.

— Vocês vão ver, aldeias inteiras afluirão. Os mais nobres e os mais humildes virão expressar sua tristeza, sua justa indignação e seu ódio ao tirano.

Mas conseguiram dissuadi-lo. Os habitantes da aldeia consultaram uns aos outros e, como sempre portador de suas preocupações, o pároco foi ao castelo.

— O nosso xeique não se perguntou por que o emir o poupou?

— É a pergunta que me faço desde que saí de Beiteddine. Não tenho resposta.

— E se o tirano quisesse justamente que o nosso xeique chamasse todos os seus amigos fiéis, todos os opositores, todos aqueles que desejam que as coisas mudem? Todas essas pessoas viriam se reunir em Kfaryabda, e entre elas se infiltrariam os agentes do emir. Eles conheceriam seus nomes, se lembrariam de suas palavras, e então, nos dias seguintes, um a um, seus amigos seriam silenciados.

— Você pode ter razão, *bouna*. Mas não posso enterrar meu filho às pressas como um cão.

— Não como um cão, xeique, apenas como um fiel que acredita na Redenção e na justiça do Criador.

— Suas palavras me confortam. Você fala pela religião, e também pela sabedoria. E, no entanto, que vitória para o emir se ele puder nos impedir até de compartilhar nosso luto com aqueles que nos amam!

— Não, xeique, isso ele não pode, por mais emir que seja. Podemos enviar homens a todas as aldeias para pedir que orem ao mesmo tempo que nós, mas sem que se desloquem até aqui. Assim, cada um poderá nos demonstrar sua simpatia sem se expor ao emir.

No entanto, no dia do funeral, embora apenas os moradores da aldeia devessem se reunir, viu-se chegar Said *beyk*. "O senhor de Sahlain havia acabado de cair", especifica a *Crônica*, "mas fizera questão de fazer essa visita, apoiado no braço de seu filho mais velho, Kahtane *beyk*."

— O xeique Francis pediu a seus numerosos amigos que não viessem nessa ocasião, para não os constranger, tal é sua nobreza e sua honra. Minha honra me ditava que eu viesse mesmo assim!

"Essas palavras lhe custariam a vida", observa o autor da *Crônica*, "e trariam a nossa aldeia novos sofrimentos."

Os dois velhos líderes estavam de pé, ombro a ombro, juntos pela última vez. Sobre o túmulo de Raad, *bouna* Boutros entoou uma longa oração na qual incluiu uma frase para Gérios, para que no Céu seu crime fosse perdoado. O corpo do intendente não seria recuperado; até onde sei, ele nunca recebeu uma sepultura de verdade.

Nem duas semanas se passaram quando um importante destacamento de tropas egípcias e soldados do emir invadiu Kfaryabda ao amanhecer, de todos os lados, como se a aldeia fosse uma fortaleza inimiga. Os militares se espalharam pela Blata, pelas ruas vizinhas, pelas estradas de acesso à aldeia, e ergueram suas tendas em torno do castelo. Era Adel efêndi quem estava à frente, mas a seu lado estava o *khwéja* Salloum, enviado pelo emir.

Os dois homens pediram para ver o xeique, que se fechou imediatamente em seus aposentos, mandando dizer que, se eles tivessem o mínimo respeito por seu luto, não teriam vindo importuná-lo antes do quadragésimo dia. Mas sua porta foi forçada e ele foi obrigado a ouvir uma mensagem do "tirano". Este lhe lembrava que o patriarca viera lhe solicitar o fornecimento de homens para o exército e queria saber se ele estava disposto a fazê-lo. O xeique respondeu a mesma coisa:

— Voltem para me ver depois do quadragésimo dia e falarei com vocês.

Mas eles estavam ali para provocar e para cumprir uma missão. Enquanto Salloum fingia negociar no castelo, seus homens passavam de casa em casa, convocando os habitantes a se reunirem na Blata para ouvir uma proclamação.

Os moradores da aldeia começaram a se aproximar, desconfiados mas curiosos, e pouco a pouco encheram a praça, do pátio da escola paroquial até as arcadas do café. Crianças despreocupadas até mergulharam as mãos na água gelada da fonte antes de serem afugentadas com um tapa por seus pais.

No alto, nos aposentos do xeique, Adel efêndi estava de pé perto da porta, em silêncio, com os braços cruzados, enquanto Salloum se empenhava em atormentar seu anfitrião, sua presa.

– Os homens de Kfaryabda são conhecidos por sua bravura e, assim que estiverem armados, nosso emir pensou em uma missão para eles.

Talvez ele quisesse que lhe perguntassem de que missão se tratava. Mas o xeique o deixou continuar.

– Os homens de Sahlain estão cada vez mais arrogantes. Ontem mesmo, emboscaram uma patrulha de nossos aliados e feriram três homens. Chegou a hora de lhes impor uma punição exemplar.

– E vocês querem conduzir meus homens contra os homens de Said *beyk*?

– Nós, conduzir seus homens, xeique Francis? Nunca! Kfaryabda tem tradições. É você quem estará à frente deles, e mais ninguém. Não é você quem sempre os lidera na batalha?

O chefe dos espiões parecia se deliciar em seu papel – uma picareta na mão, escarvando lentamente a carne da fera ferida. O xeique olhou para a porta de seu quarto. Uma dezena de militares esperava, com armas em punho. Ele se voltou para seu torturador e suspirou com desdém.

– Vá dizer a seu senhor que entre a família de Said *beyk* e a minha nunca houve sangue derramado, e que, enquanto eu viver, não haverá. Em contrapartida, entre seu emir e minha pessoa, há agora o sangue do meu filho inocente, que será redimido como deve ser. Seu senhor acredita reinar no auge de seu poder, mas as montanhas mais altas dão para os vales mais profundos. Agora, se vocês ainda tiverem uma gota de dignidade, saiam do meu quarto e deixem meu castelo!

– Este castelo não é mais seu – disse então Salloum, olhando para o chão. – Recebi ordens para tomá-lo.

Adel efêndi afastou o batente da porta para deixar passar seus homens, que se impacientavam.

Alguns minutos depois, o xeique Francis, com os olhos vendados e as mãos amarradas atrás das costas, descia as escadas do castelo em direção à fonte, entre dois soldados que o seguravam pelos braços. Ele estava com a cabeça descoberta, mostrando cabelos brancos em torno de uma leve calvície. Mas ele ainda usava seu colete verde maçã com bordados dourados, último vestígio de sua autoridade.

A população da aldeia estava lá, silenciosa e imóvel. Respirando no ritmo da progressão do velho, estremecendo a cada vez que seu pé escorregava num degrau e ele era reerguido.

Salloum fez sinal para que os soldados parassem e fizessem o xeique se sentar no chão. Adel efêndi e ele mesmo se posicionaram bem na frente do prisioneiro, de forma que a multidão não o visse mais.

O conselheiro do emir então fez o seguinte discurso:

"Povo de Kfaryabda,

"Nem este xeique, nem sua ascendência, nem sua descendência jamais tiveram a menor consideração por vocês, pela honra das mulheres ou pelos direitos dos meeiros. Sob o pretexto de cobrar impostos, eles arrecadaram quantias indevidas que serviam para manter neste castelo sua vida luxuosa e dissoluta.

"Mas este indivíduo que vocês veem no chão atrás de mim fez pior. Ele se aliou à heresia, tornou-se culpado pela morte de um venerável patriarca, e atraiu sobre esta aldeia e seus habitantes a ira do Céu e das autoridades.

"Venho anunciar que a era feudal chegou ao fim. Sim, acabou o tempo em que um homem orgulhoso se arrogava direitos abusivos sobre as mulheres e as meninas.

"Esta aldeia não pertence mais ao xeique, ela pertence a seus habitantes. Todas as propriedades do senhor feudal serão, a partir de hoje, confiscadas em benefício de vocês e confiadas à guarda do *khwéja* Roukoz, aqui presente, para que ele cuide de sua administração com diligência para o bem de todos."

O antigo intendente estava lá havia algum tempo, a cavalo, cercado por seus guardas, um pouco afastado da multidão. Os rostos se voltaram momentaneamente para ele. Ele passou a mão na barba próspera e esboçou um leve sorriso. Enquanto isso, Salloum concluía:

"Hoje, pela vontade do Altíssimo, pela sábia benevolência de nosso querido emir, e com o apoio de nossos aliados vitoriosos, uma página foi virada na história desta terra. O execrável senhor feudal está no chão. O povo está em júbilo."

A multidão permanecera silenciosa o tempo todo. Tão silenciosa quanto o xeique. Um homem, apenas um, deixara escapar um grito de alegria. E logo se arrependera. Nader. Ele havia chegado à praça, ao que parece, no final do discurso de Salloum, e, talvez lembrando-se da "sua" Revolução Francesa, havia simplesmente gritado: "Abolição dos privilégios!".

Cem olhares em brasa se voltaram para ele, e, apesar da presença de Adel efêndi com seus soldados, de Roukoz com seus guardas e do conselheiro do emir, o tropeiro se assustou. Ele deixou Kfaryabda no mesmo dia, prometendo nunca mais retornar.

Com essa exceção, não se viu em ninguém na multidão a alegria que deveria acompanhar essa proclamação libertadora. Nos rostos dos homens e das mulheres escorriam lágrimas, que não eram de júbilo. Os soldados egípcios se entreolhavam sem entender. E Salloum passeava entre os ingratos com um olhar ameaçador.

Quando o xeique foi obrigado a se levantar e arrastado para longe, ouviram-se choros, orações e gemidos, como no enterro de um ente querido. Entre as mulheres que se lamentavam, havia mais de uma que o xeique conhecera e depois abandonara, e outras que tinham tido que se esquivar de suas investidas. Mas todas choravam. Lâmia mais do que as outras, perto da igreja, vestida de negro, ainda bonita e esbelta apesar dos infortúnios.

E de repente, o sino da igreja começou a tocar. Uma badalada. Um silêncio. Outra badalada, mais sonora, que se propagou como um rugido. As montanhas vizinhas ecoavam o som, que ainda ressoava nos ouvidos quando uma terceira badalada soou. Eram os incansáveis braços da *khouriyyé* na corda, que puxavam, soltavam, esperavam e voltavam a puxar.

Os soldados, momentaneamente perplexos, retomaram seu caminho. No meio deles, o xeique se endireitara o máximo possível.

Não era assim que eu gostaria de apresentar a grande revolução social que ocorreu em minha aldeia naquela época. No entanto, é assim que minhas fontes a revelam, e é assim que ela permanece na memória dos mais velhos.

Talvez eu devesse ter embelezado um pouco os acontecimentos, como outros fizeram antes de mim. Eu teria, sem dúvida, ganhado em respeitabilidade. Mas a continuação de minha história teria se tornado incompreensível.

# I I

No dia seguinte a essa cerimônia, Roukoz abandonou sua suntuosa propriedade como uma roupa que se tornara apertada e indigna. Para se instalar no castelo, com sua filha, seus guardas, seus medos e suas mesquinharias. Ele também levou um retrato seu, que havia mandado fazer por um artista veneziano de passagem, e o pendurou na Sala dos Pilares, substituindo o painel que retratava a genealogia do xeique deposto. Um retrato muito parecido, dizem, exceto pelo fato de que não havia no rosto pintado nenhuma cicatriz de varíola.

Asma foi instalada no quarto que antes era ocupado pela xeica, e parece que raramente saía. Quanto à ala onde vivia o intendente do castelo, e que Roukoz havia ocupado anos antes, ela permaneceu vazia. Lâmia ainda residia na casa da irmã, a *khouriyyé*. Quase não era vista. No máximo ia à igreja aos domingos, passando pela sacristia. Silhueta negra e esbelta que os fiéis olhavam com ternura, mas que parecia não ter olhos para mais nada.

— Ela nunca teve remorsos? — perguntei um dia ao velho Gebrayel.
Ele apertou os olhos, como se não tivesse entendido o sentido da minha pergunta.
— Você e todos os anciãos da aldeia me deram a entender que, numa certa tarde de setembro, no quarto do xeique, ela cedeu à tentação, e que sua falta atraiu uma sucessão de infortúnios para a aldeia. No entanto, toda vez que vocês falam da mãe de Tânios, ela é só inocência, beleza e graça, "cordeiro ingênuo", vocês nunca a julgam culpada, e nunca falam de seu arrependimento.

Gebrayel pareceu encantado com minha raiva, como se fosse um privilégio envolver-se na defesa da honra daquela dama. Estávamos sentados na sala de sua velha casa de arenito. Ele me pegou pela mão para me levar para fora, a um terraço onde sobrevivia uma amoreira de tempos distantes.

– Olhe para a nossa Montanha. Suas encostas suaves, seus vales secretos, suas cavernas, suas rochas, seu aroma perfumado e as cores cambiantes de seu manto. Bela, como uma mulher. Bela como Lâmia. E ela também carrega sua beleza como uma cruz.

"Cobiçada, violentada, derrubada, às vezes possuída, às vezes amada e apaixonada. O que significam, diante dos séculos, o adultério, a virtude ou a bastardia? Eles não passam de artimanhas da fecundação.

"Você teria preferido que Lâmia permanecesse escondida? Sob o governo de Roukoz, ela viveu escondida. E nossa aldeia era então como um ciclâmen invertido; a flor enfiada na terra e, voltados para o céu, os pelos enlameados de seu tubérculo."

"Tubérculo peludo" era a comparação menos ofensiva e menos feroz que vinha à mente dos velhos da minha aldeia sempre que o nome de Roukoz era mencionado. Essa aversão provavelmente não era imerecida. No entanto, às vezes me parecia excessiva. Havia naquele homem a sordidez, é verdade, mas também o patético; a ambição era para ele o que o jogo ou a avareza são para outros, um vício do qual ele sofria e ao qual não podia evitar se entregar. Isso quer dizer que sua falta, no dia em que ele traiu Tânios, é equivalente à de um jogador que desperdiça uma quantia roubada de um ente querido? Eu não iria tão longe; no entanto, parece-me que, enquanto cercava o rapaz de solicitudes, não o fazia apenas por frio cálculo, ele tinha um desejo furioso de sentir que Tânios o amava e o admirava.

Se menciono esse traço de caráter, não é para desculpá-lo – onde quer que esteja, ele não precisa mais disso –, mas porque com os aldeãos, seus administrados, ele acabou agindo da mesma maneira.

Ele havia, é verdade, multiplicado as maquinações, os arranjos, os subornos para obter o feudo de seu rival deposto. Mas ele não pôde saborear essa revanche, esperada e planejada por tantos anos. Por causa das pessoas que haviam chorado ao ver seu senhor humilhado. O pai de Asma tinha, naquele dia, uma expressão altiva, mas estava angustiado. E prometeu para si mesmo que conquistaria o afeto daquela multidão, em pouco tempo, por todos os meios.

Ele começou abolindo o beija-mão, símbolo da arrogância feudal. Depois mandou dizer aos camponeses que, até o fim do ano, não lhes cobraria nenhuma piastra, "para lhes dar tempo de se recuperar das dificuldades das últimas estações"; se houvesse impostos a pagar, ele o faria com seu próprio dinheiro.

Também decidiu consertar o campanário da igreja, que ameaçava desabar, e limpar o tanque da fonte. Além disso, passou a distribuir moedas de prata sempre que atravessava a aldeia, na esperança de que as pessoas se alegrassem com suas visitas e o aclamassem. Em vão. As pessoas se abaixavam para pegar a moeda e se levantavam, dando-lhe as costas.

No primeiro domingo depois de sua ascensão, quando Roukoz foi à igreja, ele se julgou no direito de ocupar o assento coberto com um tapete, até então reservado ao xeique. Mas o assento havia desaparecido. Escamoteado pelos cuidados do padre. Que naquele dia escolheu como tema de seu sermão esta passagem do Evangelho: "É mais fácil para um rico entrar no reino de Deus do que para um camelo passar pelo buraco de uma agulha".

O que, numa aldeia onde a atribuição de um apelido equivale a um segundo batismo, teve um efeito instantâneo... mas não aquele que eu teria esperado. Roukoz não foi apelidado de "o camelo" – as pessoas tinham afeto demais por esses animais, muita estima por sua lealdade, resistência, temperamento e utilidade –, foi o castelo que recebeu o apelido de "a agulha", como já mencionei.

Essa foi apenas a primeira pedra de um verdadeiro desabamento de anedotas veementes, muitas vezes cruéis.

Aqui está um exemplo que Gebrayel ainda gosta de contar: "Um aldeão foi até Roukoz e pediu-lhe emprestado por um dia o retrato que o representava. O antigo intendente ficou ainda mais lisonjeado quando o visitante lhe explicou que, com aquele retrato, rapidamente faria fortuna.

"– De que maneira?

"– Vou pendurá-lo na parede, as pessoas da aldeia virão passar para vê-lo, e eu as farei pagar.

"– Você as fará pagar?

"– Três piastras por um insulto e seis piastras por um cuspe."

Exasperado com tudo o que inventavam contra ele, Roukoz acabou reagindo de uma maneira tão ridícula que ela certamente lhe causou mais danos do que todas as chacotas de seus detratores. Ele acabou se convencendo de que as anedotas não surgem espontaneamente, mas que conspiradores se reuniam todas as noites em uma casa para inventar a que seria espalhada no dia seguinte. E que havia entre eles, disfarçado, um agente inglês. O *khwéja* pediu a seus homens que se espalhassem pela aldeia para identificar, a todo custo, "a oficina de anedotas"!

Eu teria jurado que esta era apenas mais uma das muitas histórias inventadas por seus inimigos, e certamente não a mais provável, se Nader – pouco propenso a hostilidades contra Roukoz – não tivesse mencionado o fato como incontestável.

"Por sua complacência, eles haviam feito do xeique um tirano caprichoso; por sua malevolência, enlouqueceram quem o sucedeu.

"Ele só queria agradá-los e ser perdoado, teria distribuído toda a sua fortuna para ouvir um agradecimento de seus lábios.

"Acabou bêbado na noite, procurando a oficina de anedotas, e os risos ecoavam de todas as casas sem luz.

"Eu deixei a aldeia para não rir dos risos deles, mas um dia chorarei por suas lágrimas."

É verdade que sempre houve algo de desconcertante no comportamento dos habitantes da minha aldeia em relação a seus governantes. Em alguns, eles se reconhecem; em outros, não. Falar de um chefe legítimo e de um usurpador apenas deslocaria o problema. Não é a duração que garante a legitimidade aos olhos deles, não é a novidade em si que eles rejeitam. No caso do xeique, havia entre eles o sentimento de que ele lhes pertencia, de que ele agia de acordo com suas vontades, medos, e raivas – mesmo que lhes impusesse os seus próprios. Enquanto seu rival obedecia aos paxás, aos oficiais, ao emir... Roukoz poderia ter distribuído toda a sua fortuna. Eles a teriam recolhido com as pontas dos dedos, e com esses mesmos dedos teriam feito um gesto infame em sua direção.

O antigo intendente acabaria por confirmar suas piores suspeitas. Não havia sido promovido por seus senhores para servi-los mais docilmente do que o xeique? Após três semanas de trégua, os patrocinadores o procuraram com, por assim dizer, contas a pagar.

O xeique não quisera marchar contra Sahlain; Roukoz prometera fazê-lo; Adel efêndi exigia que ele cumprisse a promessa. O novo senhor de Kfaryabda ainda não havia perdido toda a esperança de seduzir seus administrados, e sabia que, ao pedir que lutassem contra a aldeia vizinha, seria desacreditado para sempre. Assim, ele teve com o oficial uma conversa pouco cordial.

– Acabei de assumir o comando desta região, espere que meu poder esteja consolidado – havia suplicado Roukoz.

— Seu poder somos nós!

— Nas aldeias da Montanha, quando começam os acertos de contas, eles continuam de geração em geração, nada pode detê-los...

O oficial o interrompera com as seguintes palavras, registradas tal qual pela pena virtuosa do monge Elias:

— Quando vou a um bordel, não é para ouvir discursos sobre os méritos da virgindade!

Em seguida, acrescentou:

— Amanhã estarei aqui com meus homens ao amanhecer. Não tomaremos nem mesmo o café com você. Você estará na rua, com os aldeões que tiver conseguido recrutar. Nós os contaremos, depois decidiremos seu destino.

A *Crônica* relata o que se seguiu:

"Ao amanhecer deste dia amaldiçoado, Adel efêndi chegou à aldeia com quarenta cavaleiros e um número três vezes maior de soldados de infantaria. Eles subiram até o castelo, onde Roukoz os esperava no pátio. Ele estava cercado pelos homens de sua guarda, trinta cavaleiros armados com espingardas novas.

"O oficial disse: Esses eu conheço, mas onde estão os outros?

"Então Roukoz apontou para dez homens [seguem-se os nomes de seis deles...] que ele havia conseguido recrutar mediante pagamento.

"Então isso é tudo que este vilarejo, conhecido por sua bravura, pode mobilizar?, espantou-se o oficial.

"E jurou tomar providências assim que terminasse com os homens de Sahlain. Em seguida, ordenou a seus soldados que avançassem pela floresta de pinheiros, seguidos pelos homens de Roukoz.

"Chegando à aldeia, eles facilmente desarmaram os guardas de Said *beyk* e mataram oito, depois entraram em seu palácio, e suas espadas falaram. O senhor de Sahlain foi golpeado severamente na cabeça e morreu três dias depois. Seu filho mais velho, Kahtane, foi espancado e deixado para morrer, mas se recuperou, como veremos. A aldeia foi saqueada, os homens encontrados foram mortos e as mulheres humilhadas. Contaram-se vinte e seis mortos, incluindo o *beyk*, um homem de bem, amado tanto por cristãos quanto por drusos, que Deus tenha sua alma e amaldiçoados sejam para sempre os fomentadores de discórdia."

Dizem que, no caminho de volta, Roukoz teria de novo expressado ao oficial suas preocupações:

— O que acabamos de fazer vai incendiar a Montanha por cem anos.

E que o outro teria respondido:

— Vocês são apenas duas raças de escorpião, e se picassem uns aos outros até não sobrar nenhum, o mundo só sairia ganhando.

Depois teria acrescentado:

— Se não fosse por essa maldita Montanha em nosso caminho, nosso paxá hoje seria sultão em Istambul.

— Esse dia virá, se Deus quiser.

Ao que tudo indica, Deus não queria, ou não queria mais. O oficial tinha consciência disso, e seu tom desiludido preocupou Roukoz profundamente. O pai de Asma estava disposto a servir o exército de ocupação, desde que ele fosse vitorioso. Se, no dia seguinte, os egípcios evacuassem a Montanha, Adel efêndi seria governador em Gaza, ou em Assuá, mas e Roukoz, o que se tornaria? Ele percebeu naquele dia que tinha ido longe demais, sobretudo com aquela expedição a Sahlain, pela qual nunca o perdoariam.

Por ora, no entanto, ele precisava preservar suas boas relações com seus protetores.

— Esta noite, Adel efêndi, para celebrar a vitória e recompensar todos os seus homens que lutaram tão bravamente, vou dar uma festa no castelo...

— Para que meus soldados se embriaguem e sejam massacrados!

— Que Deus não permita! Quem se atreveria a atacá-los?

— Se você servir uma única gota de *arak* a um dos meus homens, eu o enforcarei por traição.

— Efêndi, pensei que fôssemos amigos!

— Já não tenho tempo para amigos. Aliás, nunca tivemos amigos nesta Montanha. Nem entre os homens, nem entre os animais, nem entre as árvores, nem entre as rochas. Tudo é hostil, tudo nos vigia. E agora, ouça-me bem, Roukoz! Sou oficial, e só conheço duas palavras, obediência ou morte. Qual das duas você escolhe?

— Ordene, obedecerei.

— Esta noite, os homens vão descansar. Sob suas tendas, fora da aldeia. E, amanhã, desarmaremos toda a população, casa por casa.

— Essas pessoas não lhes querem mal.

— São escorpiões, estou dizendo, e só me sentirei tranquilo quando não tiverem mais nem ferrão nem veneno. Em cada casa você confiscará uma arma.

— E as que não tiverem?

— Nosso paxá disse que nesta Montanha toda casa possui uma arma de fogo, você acha que ele mentiu?

— Não, ele certamente disse a verdade.

No dia seguinte, ao amanhecer, os homens de Roukoz, vigiados de perto pelos soldados de Adel efêndi, começaram a realizar buscas nas casas da aldeia. A primeira foi a de Roufayel, o barbeiro, situada nas proximidades da Blata.

Quando bateram à sua porta e pediram que entregasse suas armas, ele pareceu achar graça:

— Não tenho outras armas além de minhas lâminas de barbear, vou trazer uma para vocês.

Os homens de Roukoz queriam entrar na casa para realizar uma busca, mas seu senhor, que estava ali perto com o oficial egípcio, chamou Roufayel para falar com ele. Ao redor, as pessoas estavam nas janelas ou nos telhados, com os olhos e ouvidos atentos. Roukoz falou em voz alta:

— Roufayel, sei que você tem uma espingarda, vá buscá-la, caso contrário, você se arrependerá.

O barbeiro respondeu:

— Juro pela terra que cobre o caixão de minha mãe que não há armas nesta casa. Seus homens podem procurar.

— Se eles começarem a procurar, não vão deixar pedra sobre pedra, nem em sua casa nem em sua loja. Eles vão vasculhar até mesmo embaixo das plantas do seu jardim e sob as penas de seu galo. E também sob o vestido de sua esposa. Você entendeu, ou prefere ver tudo isso com seus próprios olhos?

O homem ficou com medo.

— Você acha que eu deixaria fazerem tudo isso para guardar uma espingarda, quando nem sei usá-la? Não tenho arma, jurei pelo túmulo de minha mãe, pelo que mais devo jurar para que acreditem?

— Nosso senhor, o paxá do Egito, disse: em cada casa da Montanha, há uma arma. Você acha que ele mentiu?

— Deus me livre! Se ele disse, com certeza é verdade.

— Então ouça bem. Vamos continuar nossa ronda e voltaremos à sua casa em um quarto de hora, isso lhe dará tempo de refletir.

O homem não entendia. Então Roukoz disse em voz alta, para que toda a vizinhança pudesse ouvir o conselho.

– Se você não tem arma, compre uma e entregue-a, nós o deixaremos em paz.

Ao redor, as pessoas gracejavam, os homens em voz baixa, as mulheres com mais audácia, mas Roukoz se contentou em sorrir. Para ele, como se diz na aldeia, "o nervo da decência havia rompido". Um de seus asseclas se aproximou do barbeiro e ofereceu vender sua arma. Duzentas piastras.

– Então me dê sem munição – disse Roufayel. – Assim me evita a tentação de atirar em alguém!

O barbeiro voltou para dentro de casa e retornou com a quantia exigida, que entregou numa pilha. O homem lhe passou a espingarda enquanto contava as moedas. Em seguida, balançou a cabeça, pegou a arma de volta e proclamou:

– Tudo certo, confiscamos uma arma nesta casa.

O desarmamento da aldeia se revelou tão lucrativo que, nos dias seguintes, foi realizada uma operação semelhante nas aldeias vizinhas e também em Dayroun, entre os comerciantes mais abastados.

Alguns homens, no entanto, não quiseram entregar nem suas armas nem seu dinheiro. Foram chamados de *frariyyé*, "insubmissos", e o dia em que, informados de que as buscas haviam começado perto da Blata, eles se refugiaram com espingardas, espadas e alimentos nas profundezas das colinas arborizadas, deixando nas casas apenas as mulheres, os meninos com menos de nove anos e os inválidos, foi chamado de *yom-el-frariyyé*.

Quantos eles eram? De Kfaryabda, mais de sessenta, e o mesmo tanto das aldeias vizinhas. Eles logo encontraram aqueles que já haviam fugido de Sahlain, alguns muito tempo atrás; nos dias seguintes, outros chegaram de Dayroun e suas dependências. Todos concordaram ajudar uns aos outros, mas cada um seguiria seus próprios líderes.

Durante o mesmo período, um fenômeno semelhante ocorrera em diversos cantos da Montanha. Nem todos os insurgentes haviam partido nas mesmas circunstâncias, mas as razões eram comparáveis: a presença das tropas egípcias pesava sobre eles, devido aos impostos, ao recrutamento forçado, ao desarmamento da população.

Os insurgentes foram imediatamente abordados – isso está claro – por agentes ingleses e otomanos, que lhes forneceram armas, munições, dinheiro e também incentivos para dificultar a vida das tropas do paxá e do emir, seu aliado. Eles garantiram que as Potências não os deixariam sozinhos por muito tempo diante dos egípcios.

De tempos em tempos, espalhavam-se rumores sobre a chegada iminente de uma frota inglesa. E os insurgentes da Montanha, cheios de esperança, colocavam as mãos em viseira para vigiar o mar.

# III

Tânios não recebia, havia meses, nenhuma notícia da aldeia, de seus carcereiros, nem dos insubmissos. Mas os tumultos do Levante não tardariam a alimentar todas as conversas em Londres, Paris, Viena, assim como no Cairo e em Istambul. E também, claro, em Famagusta, na estalagem, nas ruelas comerciais, no café do grego. A batalha decisiva parecia estar em curso; e como lorde Ponsonby havia previsto, era na Montanha que ela se desenrolava. Bem como no Litoral que ela dominava, entre Biblos e Tiro.

As potências europeias haviam finalmente decidido enviar suas canhoneiras e suas tropas para pôr fim às ambições do vice-rei do Egito, cujos soldados eram constantemente assediados por centenas de bandos de insubmissos.

O jovem sabia para que lado seu coração pendia. Alguns dias, ele sentia vontade de atravessar aquele braço de mar, conseguir uma arma e lutar ao lado dos insurgentes. Contra os egípcios? Em sua mente, seria sobretudo contra o emir. Contra aquele cujos agentes haviam enganado Gérios para levá-lo ao suplício. Era Fahim e Salloum que ele gostaria de encontrar na ponta de seu fuzil. Com isso, sim, ele sonhava. E ele cerrava os punhos. Então, a imagem de Gérios enforcado voltava a se desenhar em sua mente. O sonho se transformava em pesadelo acordado; a raiva, em desgosto. E, de um momento para o outro, ele perdia a vontade de lutar. Só pensava em partir. Na outra direção. Para o ocidente. Para Gênova, Marselha, Bristol. E, além, para a América.

Entre dois mundos, Tânios? Entre duas vinganças, mais precisamente. Uma pelo sangue, outra pelo desprezo. Dividido, ele permanecia em Famagusta, com Thamar. Seus sonhos entrelaçados, e seus corpos. Thamar, sua companheira de descaminho, sua irmã estrangeira.

Ao mesmo tempo, ele continuava esperando o retorno do reverendo Stolton. Mas foi apenas no início do verão que recebeu uma mensagem dele, por intermédio do sr. Hovsepian, confirmando que passaria sem falta por Chipre para vê-lo. O pastor chegou à ilha três meses depois. Em Limassol. Onde Tânios, avisado pelo intérprete, foi encontrá-lo. Era 15 de outubro de 1840; três semanas depois, Tânios-kishk se tornaria um ser lendário. Protagonista de uma breve epopeia, herói de um enigma.

Primeiro, houve o reencontro em Limassol, em uma ampla propriedade à beira-mar, residência de um negociante britânico. Vista de fora, um oásis de serenidade. Mas por dentro, mais agitada que um caravançarai. Marinheiros, oficiais com chapéus tricórnios, armas, botas, bebidas. Lembrando-se de algumas peças inglesas que tinha lido, Tânios tinha a impressão de ter entrado sem querer nos bastidores de um teatro, no meio de um ensaio.

Foi conduzido a um gabinete, esfumaçado, mas calmo. O pastor estava lá, na companhia de seis outras pessoas sentadas em torno de uma mesa oval. Todos estavam vestidos à europeia, embora um deles fosse, de fato, um otomano de alto escalão. Tânios logo entendeu que eram emissários reconhecidos pelas Potências.

Stolton se levantou, correu até ele e o abraçou paternalmente. Os diplomatas se contentaram em fazer um breve aceno de cabeça ao recém-chegado antes de retomar suas conversas em voz mais baixa, enquanto fumavam com força seus cachimbos. Exceto um, que se levantou com um largo sorriso e estendeu a mão.

Tânios levou alguns instantes para reconhecê-lo. O homem tinha deixado crescer uma barba castanha abundante, um pouco desordenada, que contrastava com sua aparência elegante. Richard Wood. Aquele que os habitantes da aldeia haviam resolutamente chamado de "cônsul" da Inglaterra quando ele ainda não o era, mas que desde então havia se tornado muito mais do que isso, o artífice da política inglesa, seu agente virtuoso, o "Byron" da Montanha, o chefe invisível dos insurgentes, seu fornecedor de ouro, armas e promessas.

Tânios não o via desde o dia em que ele fora ao castelo de Kfaryabda cheio de presentes e lhe oferecera um estojo de escrita de madrepérola e, a Raad, uma espingarda.

— Nós já nos encontramos, há quatro ou cinco anos...

– Claro – disse Tânios educadamente.

Mas seu olhar se turvara com imagens dolorosas.

– Minha visita à aldeia de nosso jovem amigo permanecerá a lembrança mais surpreendente de minha primeira estada na Montanha.

Foi para seus colegas que Wood deu essa explicação, e em francês, algo que provavelmente era habitual entre diplomatas, mas paradoxal naquelas circunstâncias, já que, de todas as Potências europeias, apenas a França não estava representada.

O que fazia o pastor Stolton no meio daquelas pessoas, Tânios se perguntava. E por que ele quisera encontrá-lo na presença deles? O pupilo esperava que ele o puxasse à parte para lhe dizer. Mas foi Wood que o convidou para um passeio pelas alamedas do jardim.

A paisagem se prestava à conversa. As palmeiras se alinhavam em duas fileiras militares até o mar; entre o verde da grama e o azul, nenhuma fronteira ocre.

– Você não ignora que navios britânicos estão ancorados em Beirute, com ordens de bombardear as fortificações da cidade sempre que necessário. Outros navios acabaram de desembarcar na costa, perto de Nahr el-Kalb, unidades britânicas, austríacas e otomanas. Esperávamos que o vice-rei Maomé Ali compreendesse nossos avisos, mas parece que não os levou a sério, ou que se acredita capaz de nos fazer frente. Ele se engana, e os franceses não virão em seu socorro.

Wood falava em inglês, mas pronunciava os nomes locais com o sotaque dos habitantes da Montanha.

– Eu quis mencionar primeiro as operações militares que estão se desenrolando nesse momento. Mas não há apenas isso. A ação conduzida pelas Potências tem muitos outros aspectos, jurídicos e diplomáticos, que precisaram ser negociados em detalhes ao longo de vários meses. E um desses aspectos diz respeito a você, Tânios.

O jovem não se atrevia a emitir sequer um som de aprovação, com medo de que tudo aquilo fosse um sonho e que ele acordasse antes de ver como ele terminaria.

– Em determinado momento, para uma das tarefas que estabelecemos, e não a mais fácil, devo dizer, foi decidido que um filho da Montanha deveria estar conosco, para desempenhar um certo papel em um certo local. Peço desculpas por ter que me expressar de maneira tão enigmática, prometo ser mais explícito quando estivermos no mar. Eu queria sobretudo dizer-lhe aqui que nossa escolha recaiu sobre você. Sucede que você aprendeu nossa língua; também sucede que nós o conhecemos, o pastor e eu, e o apreciamos; o acaso, por fim, quis que você estivesse em Chipre, no caminho que deveríamos seguir... Não vou esconder que tive uma hesitação. Não por causa do assassinato do patriarca, do qual todos sabem que você é inocente; mas por causa do destino reservado a seu pai. O que você terá que realizar estará em consonância com seu desejo legítimo de... digamos, reparação. Mas você terá que esquecer seus ressentimentos pessoais durante esta missão. Você pode me prometer isso? E se assim for, estaria disposto a vir conosco?

Tânios assentiu com a cabeça e com os olhos. O outro aquiesceu estendendo a mão, e eles selaram o acordo com um vigoroso aperto de mão.

— Agora preciso lhe dizer que o pastor tem escrúpulos. Quando voltarmos para o gabinete, ele vai querer falar com você em particular para pedir que reflita plenamente antes de se comprometer. Você acha que pode me garantir que, depois de refletir, sua decisão ainda será a mesma?

Tânios achou engraçada aquela maneira de falar, riu de bom grado, e o diabo do irlandês também.

— Eu vou com vocês — disse finalmente o jovem, apagando risos e sorrisos para dar à sua decisão uma certa solenidade.

— Fico contente. Mas de modo algum surpreso, devo dizer. Aprendi a conhecer a Montanha e seus homens. O *HMS Courageous* partirá em duas horas. Se tiver deixado algo pendente em Famagusta, ou alguma conta não paga, avise-me, nosso amigo Hovsepian enviará alguém para se encarregar de tudo.

Tânios não tinha nada a recuperar, nada a pagar. Todo seu dinheiro sempre ficava no cinto, e o quarto era pago adiantado a cada semana. Só havia Thamar. Ele havia prometido partir com ela, e agora estava indo embora de repente, sem nem mesmo se despedir. Mas disso o intérprete não poderia se encarregar.

O jovem jurou para si mesmo retornar um dia ao caravançarai de Famagusta, subir até o último andar, e bater na porta com dois golpes secos, seguidos de outros dois... Estaria ela lá para abrir-lhe a porta?

Foi nessa época, talvez no mesmo dia da reunião em Limassol, ou na véspera, que a grande floresta de pinheiros e cerca de trinta casas das orlas da minha aldeia e dos lugarejos vizinhos foram devastadas por um incêndio. Por um momento, acreditou-se o castelo ameaçado, e Roukoz se preparava para evacuá-lo quando o vento do sudoeste se levantou de repente, levando o fogo de volta para as terras já queimadas.

Restam até hoje marcas do desastre, um flanco de colina onde nunca mais nenhuma vegetação cresceu; restam também, nos livros e nas memórias, os ecos de uma controvérsia.

Desde sempre ouço falar na aldeia de um grande incêndio que teria ocorrido "antigamente", "há muito tempo" – foi tentando reconstruir a história de Tânios que descobri a data e as circunstâncias.

Durante todo o mês de setembro, alguns jovens de Kfaryabda, que haviam se refugiado na floresta durante a coleta das armas, realizaram incursões temerárias na aldeia. Alguns buscavam provisões com seus parentes, e dois ou três até se atreveram a passear na Blata e na frente da igreja.

Em vários pontos da Montanha as tropas egípcias estavam agora na defensiva, e às vezes até em rota de fuga; mas em Kfaryabda e arredores, o comandante Adel efêndi havia conseguido manter a situação sob controle. Por isso, decidiu resolver a questão dos insubmissos. Seus soldados penetraram na floresta. Os rebeldes dispararam alguns tiros no ponto mais denso de árvores e as tropas correram naquela direção.

Os insubmissos eram apenas uma quinzena, mas haviam se posicionado em vários pontos para, ao sinal combinado, acender vários fogos de modo a barrar todas as saídas. O fogo se espalhou rapidamente pelos arbustos secos e chegou às árvores. E como a caçada ocorria à luz do dia, os soldados demoraram um pouco para detectar as chamas. Quando finalmente entenderam que haviam sido atraídos para uma armadilha, um muro de fogo os cercava.

O incêndio avançava tanto para o interior da floresta, apertando o cerco em torno das tropas, quanto para fora, em direção à aldeia. Em Kfaryabda, as pessoas tiveram tempo de fugir, mas em alguns lugarejos vizinhos, em algumas fazendas isoladas, as chamas chegaram de todos os lados ao mesmo tempo. Segundo a *Crônica* do monge Elias, houve cerca de cinquenta mortes entre a população e trinta entre os soldados.

Uma polêmica se seguiu. Tinha-se o direito, para levar o exército de ocupação a uma armadilha, de fazer tão pouco caso da vida dos aldeões, de suas casas e até mesmo da preciosa floresta? Os quinze jovens *frariyyé* eram heróis? Resistentes audaciosos? Ou apenas aventureiros desmiolados?

Provavelmente eram tudo isso ao mesmo tempo, resistentes criminosos, heróis irresponsáveis...

Dizem que o fogo continuou rugindo por quatro dias, e que duas semanas depois uma nuvem negra ainda assinalava o local da tragédia.

Ele podia ser observado de longe, provavelmente foi avistado dos navios ingleses que patrulhavam perto da costa. É inclusive mais do que provável que isso tenha acontecido, já que da aldeia se via com clareza os navios de Sua Majestade, e seus canhões tinham sido ouvidos bombardeando as fortificações de Beirute, que eram defendidas, em nome do vice-rei do Egito, por Soliman Paxá, o francês, conhecido como Sèves.

Tânios teria visto essa fumaça? Não creio, pois o *Courageous* devia ter seguido diretamente para Sídon, muito mais ao sul em relação a Kfaryabda.

A bordo, entre as pessoas reunidas em Limassol, estavam apenas os representantes inglês – Wood – e otomano, com suas comitivas; os outros diplomatas haviam partido para outros destinos. Quanto ao pastor Stolton, depois da longa conversa com seu pupilo ele preferira embarcar em outro navio britânico, com destino a Beirute, para alcançar Sahlain por um caminho mais direto; ele estava ansioso para voltar à sua escola e retomar as aulas depois de um ano de interrupção.

Wood esperou estar em alto-mar para informar Tânios sobre a missão que lhe fora designada.

– Precisamos ir ao palácio de Beiteddine para encontrar o emir.

O jovem não conseguiu impedir que suas pernas fraquejassem. Mas manteve a compostura e permaneceu silencioso e atento.

– As Potências decidiram que o emir deve deixar o poder. A menos que ele aceite romper com os egípcios e se juntar à coalizão. Mas isso é pouco provável, já o sondamos discretamente. Teremos que notificá-lo de sua destituição e de nossa decisão de exilá-lo.

– Para qual destino?

– Sobre isso, ele poderá opinar. Você lhe dará a escolha. Dentro de certos limites, é claro...

Tânios não tinha certeza de haver entendido. Wood realmente dissera "você"?

– Foi acordado entre os representantes das Potências que a decisão deverá ser notificada ao emir por meio de um de seus administrados.

Preferencialmente um cristão, como ele, para evitar suscetibilidades. Restava escolher a pessoa... Aqui está o texto que você precisa traduzir e ler na presença dele.

Tânios foi caminhar sozinho no convés, de frente para o vento. Que estranha reviravolta o destino lhe preparara? Ele, que havia fugido do país para escapar do temido emir, ele, cujo pai havia sido executado por ordem do tirano, agora se dirige ao palácio de Beiteddine para encontrá-lo e informá-lo de seu exílio! Ele, Tânios, com seus dezenove anos, deveria se apresentar diante do emir, o emir de longa barba branca e sobrancelhas espessas, o emir que fazia todos na Montanha, camponeses e xeiques, tremerem de medo havia meio século, e dizer: "Recebi a missão de expulsá-lo deste palácio!".

"Aqui, no navio inglês, já estou tremendo. O que farei quando estiver diante dele?"

Quando o navio atracou em Sídon, a cidade estava em total desordem. Desertada pelos egípcios, ainda não havia sido ocupada pelos adversários. Os mercados estavam fechados, por medo de saque, e as pessoas saíam pouco. A chegada do *Courageous* foi considerada um acontecimento importante. Os cidadãos estrangeiros com seus cônsules, os dignitários de turbantes, o que restava das autoridades e uma boa parte dos habitantes estavam lá para receber a delegação. E quando o diplomata otomano explicou que não estava ali para tomar posse da cidade, e que apenas a atravessaria antes de continuar sua rota para Beiteddine, seus interlocutores pareceram decepcionados.

A presença de um jovem de cabelos brancos, claramente um filho da terra, não passou despercebida, sobretudo porque ele caminhava entre os representantes das Potências com a cabeça erguida, como um igual. Supôs-se que ele era o chefe dos insurgentes, e sua juventude apenas aumentou a admiração que despertava.

O desembarque em Sídon havia ocorrido à tarde, e eles passaram a noite na residência do agente consular britânico, numa colina com vista para a cidade e sua cidadela marítima. A pedido de Wood, Tânios recebeu roupas novas, como as que normalmente usavam os notáveis do país: saruel, camisa de seda branca, colete vermelho bordado, gorro cor de terra com um lenço preto destinado a ser enrolado em torno dele.

No dia seguinte, partiram pela estrada costeira até o rio Damour, onde fizeram uma parada e trocaram de carruagem antes de seguir pelas trilhas montanhosas em direção a Beiteddine.

## IV

O palácio do emir emanava derrota. Suas arcadas tinham uma majestade fria, as mulas pastavam as árvores do jardim. Os visitantes eram raros e os corredores estavam silenciosos. A delegação foi recebida pelos dignitários do *diwan* do emir. Apressados, como sabiam ser com os representantes das Potências, mas dignos e entristecidos.

Tânios teve a impressão de que ninguém o havia notado. Ninguém se dirigira a ele, ninguém o convidara a segui-lo. Mas, quando ele seguira os passos de Richard Wood, ninguém lhe dissera para ficar para trás. Seus dois acompanhantes às vezes trocavam olhares e algumas palavras entre si; com ele, nada. Eles também pareciam ignorá-lo. Talvez ele devesse ter se vestido de outra maneira, à europeia. Ele se sentia disfarçado com aquelas roupas de montanhês que sempre usara e que tantas pessoas encontradas ao longo do caminho também usavam. Mas seu papel, na delegação das Potências, não era justamente representar a região e falar sua língua?

O enviado otomano caminhava à frente e recebia temerosas demonstrações de respeito; os sultões haviam se tornado senhores da Montanha mais de três séculos atrás, e, embora o vice-rei do Egito os tivesse afastado por um momento, eles pareciam em vias de recuperar sua autoridade; diante dos salamaleques com que o homem era recebido, não restava dúvida.

Mas o outro emissário não recebia menos considerações. A Inglaterra era vista por todos como a primeira das Potências, e Wood tinha, além disso, seu próprio prestígio.

Um alto dignitário do palácio, que caminhava ao lado do otomano desde o pátio, convidou-o a entrar em seu gabinete para tomar café, enquanto o emir se preparava para recebê-los. Outro dignitário convidou Wood a fazer o mesmo em outro gabinete. Quase ao mesmo tempo, os dois homens desapareceram. Tânios ficou parado. Ansioso, carrancudo, perplexo. Foi então que um terceiro funcionário, de menor posição, mas que importava, o convidou a acompanhá-lo. Sentindo-se lisonjeado por ser notado pela primeira vez, ele seguiu o homem por um corredor e se viu sentado em um pequeno gabinete, sozinho, com uma xícara quente na mão.

Presumindo que essa fosse a prática habitual durante visitas oficiais, ele começou a bebericar seu café, sorvendo-o ruidosamente como os camponeses, até que a porta da sala se abriu e ele viu entrar a pessoa que temia mais do que qualquer outra. Salloum.

Tânios se levantou, quase derramando o café. Ele sentiu vontade de correr pelos corredores gritando: "Sr. Wood, sr. Wood!", para acordar de um pesadelo. Mas, por terror ou por um sentimento de dignidade, não se moveu.

O outro tinha um sorriso de gato.

– Você finalmente decidiu deixar sua ilha para ver nossa linda terra.

Tânios se apoiava em um pé, depois no outro. Seria possível que ele também tivesse caído numa armadilha?

– Seu pobre pai! Ele estava bem aqui, de pé, no lugar onde você está. E eu tinha mandado trazer um café, como o que você está bebendo.

As pernas de Tânios não o sustentavam mais. Nada daquilo podia ser real. Não poderiam ter montado todo aquele teatro – os delegados das Potências, o navio inglês, o comitê de recepção em Sídon – só para pegá-lo! Era ridículo, ele sabia, e o repetia para si mesmo. Mas ele estava com medo, seu queixo tremia e seu juízo vacilava.

– Sente-se – disse Salloum.

Ele se sentou. Pesadamente. E só então olhou para a porta. Um soldado a vigiava, não o deixaria se afastar.

Assim que Tânios se sentou, sem uma palavra de explicação, Salloum saiu pela única porta, e um segundo soldado entrou, parecia o irmão gêmeo do que estava ali, com o mesmo bigode, a mesma envergadura, o mesmo punhal na cintura, com a ponta à mostra.

O olhar de Tânios se fixou no soldado por um momento. Então ele colocou a mão dentro do colete para pegar o texto que havia traduzido com dificuldade no navio e que em breve teria que "recitar". Vasculhou os bolsos. Vasculhou de novo. Levantou-se. Apalpou o peito, os lados, as costas, as pernas até os calcanhares. Nenhum sinal do documento.

Foi então que ele entrou em pânico. Como se aquele papel tornasse sua missão real, e seu desaparecimento a tornasse ilusória. Ele começou a praguejar, a girar sobre si mesmo, a desabotoar as roupas. Os soldados o observavam, com as mãos esticadas sobre os cintos largos.

Então a porta se abriu, Salloum voltou, segurando um papel amarelado enrolado e amarrado.

— Encontrei-o no chão do corredor, você o deixou cair.

Tânios estendeu a mão rapidamente. Gesto infantil que ficou no ar e recebeu um olhar de desprezo. Como ele pudera deixar aquele papel cair? Ou talvez Salloum tivesse agentes com dedos ágeis a seu serviço?

— Acabo de ver nosso emir. Eu lhe disse quem você era e em que circunstâncias nos conhecemos. Ele respondeu: o assassinato do patriarca foi punido como deveria ser, não temos mais hostilidade em relação à família do culpado. Diga a esse jovem que ele pode deixar este palácio livre como entrou.

Certo ou errado, Tânios acreditou entender que Salloum havia considerado prendê-lo, mas que seu senhor o havia impedido.

— Nosso emir viu este texto em minha mão. Foi você que o traduziu, suponho, e que deve lê-lo em sua presença.

Tânios assentiu, feliz por de novo ser considerado não como o filho de um condenado, mas um membro da delegação.

— Talvez devêssemos ir a essa reunião — disse ele, ajustando o gorro na cabeça e dando um passo em direção à porta.

Os soldados não se afastaram para deixá-lo passar, e Salloum continuou com o papel na mão.

— Há uma frase que incomodou nosso emir. Eu prometi mudá-la.

— É com o sr. Wood que deve falar sobre isso.

O outro não ouviu a objeção. Foi até a mesa, sentou-se em uma almofada e desenrolou o documento.

— Onde está escrito "Ele deverá partir para o exílio", a frase soa um pouco seca, não acha?

— O texto não é meu — insistiu o jovem —, eu apenas o traduzi.

— Nosso emir só levará em consideração as palavras que ouvir da sua boca. Se você modificar ligeiramente seu texto, ele ficará reconhecido. Caso contrário, não respondo por mais nada.

Os dois soldados limparam a garganta ao mesmo tempo.

— Venha se sentar perto de mim, Tânios, vai ficar mais confortável para escrever.

O rapaz obedeceu e até deixou que colocassem uma pena em sua mão.

— Depois de "Ele deverá partir para o exílio", você acrescenta: "para um país de sua escolha".

Tânios precisou se submeter.

Enquanto escrevia a última palavra, Salloum lhe deu um tapinha no ombro.

— Você vai ver, o inglês nem vai notar.

Então ele fez com que os soldados o conduzissem até a antessala do emir, onde Wood parecia irritado.

— Onde você esteve, Tânios? Você nos fez esperar.

Ele abaixou a voz para acrescentar:

— Eu me perguntei se não teriam atirado você em algum calabouço!

— Encontrei um conhecido.

— Você parece abalado. Pelo menos teve tempo de reler seu texto?

Tânios havia escondido o papel sob o cinto como o punhal dos soldados. A parte superior arredondada como um cabo, que ele segurava com a mão esquerda. E a parte inferior amassada.

— Será necessário coragem para lê-lo na presença desse velho diabo. Mantenha sempre em mente que ele está derrotado e que você fala em nome dos vencedores. Se tiver que sentir algo por ele, que seja compaixão. Nem ódio, nem medo. Apenas compaixão.

Revigorado por essas palavras, Tânios entrou com um passo mais firme no *majlis*, uma ampla sala com muitas abóbadas e paredes pintadas com cores vivas, em largas faixas horizontais azuis, brancas e ocre. O emir estava sentado de pernas cruzadas sobre um pequeno estrado, fumando um longo cachimbo cujo fornilho repousava sobre um prato de prata no chão. Wood, seguido por Tânios e pelo emissário otomano, cumprimentaram-no de longe, tocando a testa com a mão antes de colocá-la sobre o coração e inclinando-se ligeiramente.

O senhor da Montanha fez o mesmo gesto. Ele estava em seu septuagésimo quarto ano de vida e no quinquagésimo primeiro de seu reinado. No entanto, nada em suas feições ou em suas palavras denunciava cansaço. Ele fez um sinal para que os diplomatas se sentassem em dois bancos que haviam sido colocados à sua frente para esse fim. Então, com um gesto negligente, indicou a Tânios o tapete a seus pés, entre ele e o britânico. E o jovem não teve outra escolha senão se ajoelhar; no olhar do potentado, ainda intenso sob as sobrancelhas espessas, sentiu uma fria hostilidade em relação a ele; talvez estivesse desapontado por ter sido cumprimentado de longe, de pé, como faziam os dignitários estrangeiros, em vez de beijar sua mão como faziam as pessoas do país.

Tânios se voltou para Wood, preocupado, mas este o tranquilizou com um movimento de barba.

Depois de um rosário de fórmulas de cortesia, o britânico entrou no cerne da questão. Primeiro em árabe, no dialeto local. Mas o emir inclinou a cabeça, apurou o ouvido e franziu os olhos. Wood percebeu que sua pronúncia era incompreensível; imediatamente, sem outra transição além de uma leve tossida, passou para o inglês. Tânios entendeu que deveria traduzir.

— Os representantes das Potências deliberaram extensivamente sobre a Montanha e seu futuro. Todos apreciam a ordem e a prosperidade que o sábio governo de Sua Alteza assegurou a esta terra durante muitos anos. No entanto, tiveram que expressar seu desapontamento em relação ao apoio dado por seu palácio à empreitada do vice-rei do Egito. Mas, mesmo a esta altura tardia, se Sua Alteza se posicionasse claramente a favor da Sublime Porta e aprovasse as decisões das Potências, estaríamos dispostos a renovar nossa confiança e consolidar sua autoridade.

Tânios esperava ver o emir reconfortado com aquela porta de escape ainda entreaberta. Mas quando traduziu a última frase, viu seu olhar encher-se de uma angústia mais profunda do que a que ele percebera ao entrar, quando o senhor da Montanha acreditava que seu destino já estava selado e que não havia outra escolha senão a de seu local de exílio.

Ele olhou fixamente para Tânios, que teve que abaixar os olhos.

— Qual a sua idade, meu rapaz?

— Dezenove anos.

— Três de meus netos têm mais ou menos a mesma idade, e todos estão retidos no campo do paxá, assim como vários outros membros da minha família.

Ele havia falado em voz baixa, como se fizesse uma confidência. Mas, com um gesto, indicou a Tânios que ele deveria traduzir essas palavras. O que ele fez. Wood ouviu, balançando a cabeça várias vezes, enquanto o emissário otomano permanecia impassível.

O emir continuou, em voz mais alta:

— A Montanha conheceu a ordem e a prosperidade quando a paz reinava a seu redor. Mas quando os grandes lutam contra os grandes, nossa decisão não nos pertence mais. Então tentamos acalmar a ambição de um, desviar os danos do outro. Há sete anos, as forças do paxá estão espalhadas por toda a região, em torno deste palácio, e às vezes até dentro destas paredes. Em certos momentos, minha autoridade não ia além deste tapete sobre o qual meus pés estão pousados. Durante todo esse tempo, me esforcei para preservar esta casa, para que no dia em que a guerra entre os grandes terminasse, pessoas honradas como vocês pudessem encontrar nesta Montanha alguém com quem conversar... Isso não parece ser suficiente para vocês.

Uma lágrima se formou naqueles olhos terríveis, Tânios a viu e seu próprio olhar se turvou. Wood não havia autorizado a compaixão? Mas ele não pensava que teria de usá-la...

O emir deu a primeira tragada no longo cachimbo e soprou a fumaça em direção ao teto distante.

— Eu posso proclamar minha neutralidade neste conflito que está chegando ao fim, conclamando meus súditos a deixarem as Potências agirem. E a rezarem para que o Altíssimo conceda longa vida a nosso senhor o sultão.

Wood pareceu interessado no compromisso assim expresso. Ele consultou o otomano, que vigorosamente fez que "não" com a cabeça, e disse em árabe num tom severo:

— Rezar pela longa vida de nosso senhor até o paxá do Egito está disposto a fazê-lo! A hora já não é de hesitações! O emir se posicionou contra nós durante sete anos, o mínimo que se espera é que tome claramente partido a nosso favor durante sete dias. É pedir demais que ele chame seus homens do campo egípcio e os coloque sob nossa bandeira?

— Meus netos estariam aqui e agora conosco se ainda dispusessem da liberdade de ir e vir.

O emir fez um gesto de impotência com a mão, e Wood considerou encerrada a questão.

— Já que Vossa Alteza não pode nos dar satisfação sobre este ponto, temo que teremos que notificá-lo da decisão das Potências. Nosso jovem amigo a traduziu e está encarregado de lê-la.

Tânios julgou necessário se levantar e adotar a postura e o tom de um recitador.

– "Os representantes das Potências... reunidos em Londres e depois em Istambul... tendo examinado... deverá partir para o exílio..."

Ao chegar à frase controversa, ele hesitou por um breve, brevíssimo instante. Mas acabou introduzindo a correção imposta por Salloum.

Ao ouvir "para o país de sua escolha", o emissário otomano levou um susto, olhou para Tânios e depois para Wood, como se dissesse ter sido enganado. E quando a leitura terminou, ele perguntou num tom de intimação:

– Para qual destino o emir vai partir?

– Preciso refletir e consultar meus próximos.

– Meu governo exige que isso seja esclarecido imediatamente, sem o menor atraso.

Sentindo a tensão aumentar, o emir apressou-se em dizer:

– Opto por Paris.

– Paris está fora de questão! E tenho certeza de que o sr. Wood não me contradirá.

– Não, de fato. Foi acordado que o local do exílio não será nem a França nem o Egito.

– Então que seja Roma – disse o emir numa entonação que se queria a de um compromisso final.

– Receio que isso não seja possível – desculpou-se Wood. – Entenda que as Potências que representamos preferem que seja em seu território.

– Se essa é sua decisão, me curvo a ela.

Ele pensou por alguns momentos.

– Então irei para Viena!

– Viena também não – disse o otomano, levantando-se como se fosse se retirar. – Somos os vencedores, e a nós cabe a decisão. Irá para Istambul e será tratado de acordo com sua posição.

– Ele deu dois passos na direção da saída.

Istambul era exatamente o que o emir queria evitar a todo custo. Toda a manobra de Salloum visava evitar que ele caísse nas mãos de seus inimigos mais ferozes. Mais tarde, quando as coisas se acalmassem, ele iria beijar a veste do sultão e pedir seu perdão. Mas se fosse até lá imediatamente, primeiro seria despojado de todos os bens e depois enforcado.

Tânios viu o medo da morte em seu olhar. Então, na mente do jovem, criou-se uma confusão, ou talvez se deva dizer uma estranha transformação.

Diante dele estava um velho cuja longa barba branca, sobrancelhas, lábios e sobretudo os olhos preenchiam seu campo de visão, um velho temível, que, naquele momento, estava apavorado e indefeso. E ao mesmo tempo, o jovem pensava em Gérios, na expressão de seu rosto diante da certeza da morte. De repente, Tânios não sabia mais se aquele velho era o homem que havia mandado enforcar seu pai ou um companheiro de suplício; o homem que havia colocado a corda na mão do carrasco ou outro pescoço estendido para a corda.

Naquele segundo de hesitação, o emir se inclinou em sua direção e murmurou numa voz estrangulada:

— Diga algo, meu filho!

"E o filho de Kfaryabda", relata a *Crônica*, "ouvindo as palavras do velho humilhado, afastou seu desejo de vingança, como se já o tivesse saciado mil vezes, e disse em voz alta: 'Sua Alteza poderia ir para Malta!'."

Por que ele pensou em Malta? Sem dúvida porque o pastor Stolton, que havia vivido por um longo tempo naquela ilha, lhe falara muitas vezes sobre ela.

Wood concordou na hora com a sugestão, ainda mais prontamente porque Malta era, desde o início do século, uma possessão britânica. E o otomano, pego de surpresa, acabou aprovando-a também, com um gesto de irritação; a ideia não o encantava, mas a Inglaterra era a alma da coalizão das Potências, e o homem não ousava correr o risco de um conflito que pudesse ser-lhe imputado nos altos círculos.

"O emir não manifestou seu alívio por temer que o enviado do sultão pudesse mudar de ideia; mas em seu olhar para o filho de Kfaryabda havia espanto e gratidão."

# ÚLTIMA PASSAGEM

## *Culpado de piedade*

*Tu, Tânios, com teu rosto de criança e tua cabeça de seis mil anos
Atravessaste rios de sangue e de suor, e saíste sem mácula
Mergulhaste teu corpo no corpo de uma mulher,
e ambos saíram virgens
Hoje, teu destino está selado, tua vida finalmente começa
Desce do teu rochedo e mergulha no mar, que tua pele ao menos
adquira o gosto do sal!*

Nader,
*A sabedoria do tropeiro.*

# I

"Em vez de virar suas armas no último momento contra seu protetor egípcio, o emir preferiu se exilar. Assim, ele embarcou esta semana para Malta, acompanhado de sua esposa, Hosn-Jihane, uma ex-escrava circassiana comprada, me disseram, no mercado de Constantinopla, mas que se transformara numa dama unanimemente respeitada; a comitiva do potentado deposto também incluía uma centena de outros membros de sua casa, filhos, netos, conselheiros, guardas, servidores...

"Por um estranho mal-entendido – ou, digamos, por uma espécie de exagero fanfarrão que não desagrada aos orientais –, atribui-se a Tânios o papel mais eminente, o de ter expulso o emir do país enquanto generosamente lhe preservava a vida, como se as Potências europeias e o Império Otomano, com seus exércitos, suas frotas, seus diplomatas e seus agentes, não tivessem sido mais que modestos coadjuvantes numa teatral queda de braço entre o prodígio de Kfaryabda e o déspota que havia condenado seu pai.

"Essa interpretação fantasiosa está tão difundida em todos os meios, cristãos ou drusos, que o prestígio de meu pupilo reflete sobre mim, seu mentor. E todos os dias alguém vem me felicitar por ter conseguido fazer brotar em meu jardim uma flor tão rara. Aceito as congratulações sem tentar desmentir essa interpretação dos fatos, e tanto a sra. Stolton quanto eu mesmo ficamos, devo dizer, lisonjeados..."

Era isso que o pastor escrevia em suas efemérides de 2 de novembro de 1840; no dia seguinte, ele acrescentava:

"[...] E enquanto o emir embarcava em Sídon no mesmo navio que havia levado o sr. Wood e Tânios, este último voltava pela estrada para Kfaryabda, saudado em cada aldeia que atravessava por multidões fervorosas que se aglomeravam para ver o herói, para aspergi-lo com água de rosas e arroz como um recém-casado, e para tocar suas mãos e também, quando era possível se aproximar o suficiente, sua cabeleira branca, como se ela fosse o sinal mais evidente do milagre realizado por sua intervenção.

"O rapaz aceitava tudo, mudo e incrédulo, visivelmente oprimido pelas bondades excessivas que a Providência despejava sobre ele, sorrindo com a beatitude do sonhador que se pergunta em que momento virão despertá-lo para a realidade do mundo...

"Depois de tanta glória repentina, ainda haverá nessa frágil criatura algum espaço para a vida ordinária à qual seu nascimento parecia destiná-lo?"

Chegando à praça de sua aldeia, aclamado, ali como em outros lugares, como um herói, foi carregado nos ombros até o castelo, onde foi instalado com autoridade no assento outrora ocupado pelo xeique e mais recentemente pelo usurpador. Tânios teria gostado de ficar um momento sozinho com sua mãe e de sua boca ouvir os sofrimentos que ela havia conhecido. Em vez disso, foi obrigado a ouvir mil queixas, mil lamentos. Depois foi erigido como juiz supremo para decidir o destino dos traidores. Não se sabia onde estava o xeique. Segundo alguns, prisioneiro em uma fortaleza em Wadi el-Taym, ao pé do monte Hérmom; segundo outros, morto em cativeiro. Na sua ausência, quem senão o herói do dia poderia ocupar seu lugar mais dignamente?

Embora estivesse num estado próximo ao esgotamento, o filho de Lâmia não se mostrou insensível a essa honra. Se a Providência lhe oferecia uma revanche sobre seu passado, por que ele a rejeitaria? Sentado na almofada do xeique, ele se viu imitando o xeique, com seus gestos lentos e soberanos, suas palavras abruptas, seus olhares diretos. Estava chegando ao ponto de pensar que não fora por acaso que tinha nascido num castelo e a se perguntar se algum dia poderia abandonar aquele lugar para se misturar à multidão... Quando a referida multidão se afastou repentinamente para que atirassem aos pés do herói um homem acorrentado, com o rosto inchado e lacerado, os olhos vendados. Roukoz. Ele havia tentado fugir quando os egípcios partiram, mas os "insubmissos" o alcançaram. Ele devia pagar por todas as provações que a aldeia havia suportado, por todas as mortes, inclusive as do incêndio, pelo saque ocorrido durante a coleta das armas, pelas humilhações infligidas ao xeique, por mil outras extorsões tão evidentes que não era necessário abrir um processo. Tânios só precisava pronunciar a sentença, que seria executada sem demora.

Roukoz começou a gemer alto, e o herói, exasperado, gritou:

– Fique calmo, ou acabo com você com minhas próprias mãos!

O outro se calou instantaneamente. E Tânios teve direito a uma ovação. No entanto, longe de sentir qualquer satisfação, ele sentia uma dor, como uma ferida no fundo do peito. Se estava tão exasperado, era porque se sentia incapaz de pronunciar a sentença, e Roukoz, com seus gemidos, o desafiava.

As pessoas esperavam. Elas sussurravam: "Silêncio! Tânios vai falar! Vamos ouvi-lo!".

Ele ainda se perguntava o que diria, quando uma nova onda de ruídos e murmúrios perturbou a assembleia. Asma acabara de entrar. Ela correu, se ajoelhou aos pés do vencedor, pegou sua mão para beijá-la enquanto suplicava:

– Tenha misericórdia de nós, Tânios!

O jovem agora sofria com cada palavra, cada olhar, cada respiração que ouvia.

Sentado ao seu lado, *bouna* Boutros murmurou para si mesmo:

– Senhor, afasta de mim este cálice!

Tânios se virou para ele.

– Eu sofria menos quando jejuava para morrer!

– Deus não está longe, meu filho. Não deixe que essas pessoas o conduzam ao sabor de seus ódios, faça apenas as coisas das quais você não se envergonharia diante de si mesmo e diante do Criador!

Então Tânios limpou a garganta e disse:

– Voltei de além-mar para dizer ao emir que deixasse essa Montanha que ele não soube preservar dos infortúnios. Não punirei o criado mais severamente que o senhor.

Por alguns instantes, ele teve a impressão de que suas palavras haviam surtido efeito. A assembleia estava silenciosa, a filha de Roukoz beijava-lhe febrilmente a mão. Que ele retirou com certa irritação. Ele havia falado como um rei – ao menos acreditou fazê-lo. Por um breve momento. Até que eclodiu a revolta. Primeiro a dos jovens *frariyyé*, que haviam saído da floresta armados, e que não estavam dispostos a se deixar enternecer.

– Se deixarmos Roukoz partir com seu ouro, para que refaça fortuna no Egito e volte para se vingar em dez anos, seremos covardes e tolos. Vários de seus homens já morreram, por que o pior de todos seria poupado?

Ele matou, deve pagar. É preciso deixar claro que todos que fizerem mal a esta aldeia pagarão.

Um velho colono na sala gritou:

— Vocês, os *frariyyé*, fizeram mais mal a Kfaryabda do que este homem. Vocês incendiaram um terço da aldeia, causaram dezenas de mortes e destruíram a floresta de pinheiros. Por que não seriam julgados também?

A confusão aumentava. Tânios começou a se alarmar, mas logo entendeu a vantagem que poderia tirar daquilo tudo.

— Ouçam-me! Nos últimos tempos vimos crimes, faltas graves, muitos mortos inocentes. Se cada um começasse a punir aqueles que lhe fizeram mal, aqueles que causaram a morte de um ente querido, a aldeia nunca se recuperaria. Se é a mim que cabe decidir, eis o que ordeno: Roukoz será desapossado de todos os seus bens, que serão usados para ressarcir aqueles que sofreram com suas extorsões. Depois, ele será banido desta região. Agora, estou morrendo de cansaço, preciso descansar. Se alguém mais quiser ocupar o lugar deixado pelo xeique, que o faça, eu não o impedirei.

Foi então que, no fundo da sala, um homem que ninguém havia notado levantou a voz. Ele tinha a cabeça envolvida num lenço xadrez, mas agora o havia retirado.

— Sou Kahtane, filho de Said *beyk*. Esperei que vocês terminassem de deliberar para intervir. Vocês decidiram que, pelos crimes que Roukoz cometeu contra vocês, ele será banido. É seu direito. Agora é a minha vez de julgá-lo. Ele matou meu pai, que era um homem de bem, e eu peço que ele me seja entregue para que responda por esse ato.

Tânios não queria se mostrar abalado.

— O criminoso já foi sentenciado, o caso está encerrado.

— Vocês não podem dispor de nossas vítimas como dispõem das suas. Esse homem matou meu pai, e cabe a mim decidir se quero ser misericordioso com ele ou impiedoso.

O "juiz" se voltou para o pároco. Que estava tão constrangido quanto ele.

— Você não pode lhe dizer "não". E, ao mesmo tempo, você não pode lhe entregar esse homem. Tente ganhar tempo.

Enquanto eles deliberavam, o filho de Said *beyk* abriu caminho para se juntar ao grupo.

— Se vocês forem comigo a Sahlain, entenderão por que falo assim. É impensável deixar o assassino de meu pai impune. Se eu o perdoasse, meus irmãos e primos não o perdoariam e me culpariam severamente por minha complacência. *Bouna* Boutros, você conheceu bem meu pai, não é mesmo?

– Claro, eu o conheci e estimei. Era o mais sábio e justo dos homens!

– Eu tento seguir o caminho que ele traçou para mim. Não há espaço em meu coração para ódio e divisão. E neste caso, tenho um único conselho a lhes dar. Eu deveria pedir que me entreguem esse homem, mas se esse cristão fosse morto pelos drusos, isso deixaria marcas que não desejo deixar. Então esqueçam o que eu disse em voz alta e ouçam o único conselho de razão: condenem esse homem vocês mesmos, que cada um puna os criminosos de sua comunidade; que os drusos resolvam suas contas com os criminosos drusos e os cristãos com os criminosos cristãos. Executem esse homem, e eu direi aos meus que sua justiça precedeu a nossa. Matem-no hoje mesmo, porque não poderei controlar meus homens até amanhã.

O pároco disse então:

– Kahtane *beyk* não está errado. Me repugna dar tal conselho, mas os soberanos mais compassivos às vezes devem pronunciar sentenças de morte. Em nosso mundo imperfeito, esse castigo detestável às vezes é o único que é justo e sábio.

O olhar de *bouna* Boutros caiu sobre Asma, ainda de joelhos, atordoada e abatida; ele fez um sinal para a *khouriyyé*, que a pegou vigorosamente pelo braço para tirá-la dali. Talvez assim a inevitável sentença fosse menos penosa de pronunciar.

# I I

Dessa estranha maneira se desenrolava no castelo o julgamento de Roukoz. A sala estava cheia de juízes e carrascos, e no lugar do único juiz estava sentada uma testemunha atormentada. Que só sabia ser impiedosa consigo mesma. Naquele momento, ela não fazia mais que se flagelar mentalmente: "O que você veio fazer neste país se é incapaz de punir o emir que enforcou seu pai, incapaz de matar o bandido que o traiu e traiu a aldeia? Por que aceitou sentar-se neste lugar se não pode deixar sua espada cair sobre o pescoço de um criminoso?".

E assim ele se deixava invadir pelo remorso. No meio daquela multidão, sob os murmúrios, sob os olhares, ele não conseguia mais respirar, pensava apenas em fugir. Deus, como era serena Famagusta em suas lembranças! E como era doce subir as escadas da estalagem!

— Fale, Tânios, as pessoas estão inquietas e Kahtane *beyk* se impacienta.

Os sussurros de *bouna* Boutros foram de repente abafados pelos gritos de um homem que chegava correndo.

— O xeique está vivo! Ele está a caminho! Vai passar a noite em Tarchich e chega amanhã!

A multidão manifestou sua alegria com aclamações, e Tânios recuperou o sorriso. Feliz, na aparência, com o retorno do senhor; e, no fundo de si mesmo, feliz que o Céu o tivesse tirado tão rapidamente do embaraço. Ele deixou passar alguns segundos de euforia, depois pediu silêncio, que lhe foi concedido como um último desejo.

— É uma alegria para todos nós que o senhor deste castelo retorne para casa, depois de ter superado sofrimentos e humilhações. Quando ele tiver reassumido o lugar que lhe pertence, eu lhe comunicarei a sentença que pronunciei em sua ausência. Se ele a aprovar, Roukoz será desempossado e banido para sempre desta terra. Se ele decidir de outra forma, a última palavra será sua.

Tânios apontou para quatro jovens na primeira fila, colegas dos tempos da escola paroquial.

– Vocês são responsáveis pela guarda de Roukoz até amanhã. Levem-no para as antigas cavalariças!

Tendo cumprido com dignidade seu último ato de autoridade, Tânios escapou. O pároco e Kahtane *beyk* tentaram em vão detê-lo; ele se esquivou, quase correndo.

Lá fora, o crepúsculo já havia chegado. Tânios queria sair, andar pelos caminhos como antes, longe das casas, longe dos murmúrios, sozinho. Mas as pessoas da aldeia estavam por toda parte naquela noite, nas proximidades do castelo, nas praças, nas ruas. Todos queriam falar com ele, tocá-lo, abraçá-lo. Afinal, ele era o herói da festa. Em sua alma, porém, ele era apenas o cordeiro de engorda.

Ele se esgueirou por corredores sem luz, até a ala onde morava antes com sua família. Nenhuma porta estava fechada à chave. Pela janela que dava para o vale entrava uma luz avermelhada. O cômodo principal estava quase vazio; no chão, algumas almofadas empoeiradas, um baú-armário, um braseiro enferrujado. Ele não tocou em nada. Mas se inclinou sobre o braseiro. De todas as lembranças que se acumulavam entre aquelas paredes, tristes ou felizes, a que mais se impunha era a mais fútil, uma das mais esquecidas: um dia em que estava sozinho, no inverno, ele havia puxado um espesso fio de lã de uma coberta, o havia mergulhado numa tigela de leite e depois segurado sobre as brasas, para soltá-lo, vê-lo se retorcer, escurecer e brilhar, para ouvi-lo crepitar e sentir o cheiro de leite e lã queimados, misturado ao cheiro da brasa. Era esse cheiro e nenhum outro que ele respirava desde que voltara.

Ele havia ficado assim por um momento, como que suspenso acima do braseiro, até que se levantara e passara, com os olhos apenas entreabertos, para o outro cômodo. Aquele onde, antigamente, Lâmia e Gérios dormiam no chão. E ele mesmo um pouco acima, em sua alcova. Ela não era muito mais que um pequeno nicho abobadado, mas concentrava no inverno todo o calor da casa e no verão todo o seu frescor. Fora ali que ele passara as noites de sua infância, fora ali que ele fizera sua greve de fome; fora também ali que esperara o resultado da mediação do patriarca...

Desde então, ele havia pensado muitas vezes na escada de cinco degraus que Gérios havia construído, e que ainda estava de pé contra a parede. Ele colocou o pé sobre ela com cautela, persuadido de que ela não suportaria mais seu peso. Mas ela não quebrou.

Lá em cima, ele encontrou seu finíssimo colchão, enrolado num velho lençol rasgado. Ele o estendeu, lentamente acariciou sua superfície e se deitou sobre ele, esticando-se até a parede. Reconciliado com sua infância e rezando para que o mundo o esquecesse.

Uma hora se passou naquele silêncio escuro. Depois uma porta se abriu e se fechou. Outra se abriu. Tânios prestava atenção, sem preocupação. Apenas uma pessoa poderia adivinhar seu esconderijo e segui-lo na escuridão. Lâmia. E ela também era a única pessoa com quem ele queria falar.

Ela se aproximou na ponta dos pés, subiu até o meio da escada. Acariciou seu rosto. Desceu para buscar no velho baú um cobertor e voltou para colocá-lo sobre seu ventre e suas pernas, como quando ele era criança. Depois se sentou no chão, sobre um banquinho baixo, com as costas na parede. Eles não se viam, mas podiam conversar sem forçar a voz. Como nos velhos tempos.

Tânios se preparava a fazer uma série de perguntas sobre o que ela havia vivido, sobre a maneira como as melhores e piores notícias haviam chegado até ela...

Mas ela quis primeiro lhe contar os rumores da aldeia.

– As pessoas não param de falar, Tânios. Tenho centenas de cigarras nos ouvidos.

Se o jovem se refugiara ali, era justamente para não as ouvir. Mas ele não podia permanecer surdo às preocupações de sua mãe.

– O que dizem essas cigarras?

– As pessoas dizem que se você tivesse sofrido como elas com as atrocidades de Roukoz, teria sido menos indulgente com ele.

– Diga a essas pessoas que elas não sabem o que sofrimento significa. Elas acham que eu, Tânios, não sofri com a traição de Roukoz, sua duplicidade, suas falsas promessas e sua ambição desenfreada. Talvez não tenha sido por causa de Roukoz que meu pai se transformou em assassino, que minha mãe se tornou viúva...

– Espere, acalme-se, eu não relatei direito o que eles dizem. Eles só querem dizer que, se você estivesse na aldeia quando Roukoz e seu bando faziam suas atrocidades, não teria mais que desprezo por esse homem.

— E se eu não tivesse mais que desprezo por ele teria cumprido melhor minha função de juiz, é isso?

— Eles também dizem que se você o poupou foi por causa de sua filha.

— Asma? Ela veio se ajoelhar a meus pés e eu mal olhei para ela! Acredite, mãe, se no momento de pronunciar a sentença eu tivesse relembrado todo o amor que senti por essa garota, teria matado Roukoz com minhas próprias mãos!

Lâmia mudou repentinamente de tom. Como se tivesse cumprido sua missão de mensageira e agora falasse por si mesma.

— Você me disse o que eu queria ouvir. Não quero que você tenha sangue nas mãos. O crime de seu infeliz pai nos basta. E se foi por Asma que você poupou Roukoz, ninguém poderá culpá-lo.

Tânios se levantou, apoiado nos cotovelos.

— Não foi por ela, eu já disse...

Mas sua mãe falou antes que ele terminasse a frase.

— Ela veio me ver.

Ele não disse mais nada. E Lâmia continuou, numa voz que ela se esforçava a cada frase em tornar mais monótona:

— Ela só saiu do castelo duas vezes, e para ir me ver. Ela me contou que seu pai ainda tentou casá-la, mas que ela nunca mais quis... Depois ela me falou de vocês dois, e chorou. Ela queria que eu voltasse a viver no castelo, como antes. Mas preferi ficar na casa da minha irmã.

Lâmia esperava que o filho lhe fizesse mais perguntas, mas a única coisa que chegava da alcova era a respiração de uma criança triste. Temendo que ele estivesse constrangido, ela continuou:

— Quando você estava sentado na grande sala no lugar do xeique, eu o observava de longe e pensava: espero que ele não pronuncie uma sentença de morte; Roukoz não passa de um vagabundo bem-nutrido, mas sua filha tem uma alma pura.

Ela se calou. Esperou. Tânios ainda não estava em condições de falar. Então ela acrescentou, como se para si mesma:

— Mas as pessoas estão preocupadas.

Tânios recuperou a voz, ainda rouca.

— Com o que elas estão preocupadas?

— Elas murmuram que Roukoz certamente deve subornar os jovens que o guardam, para que eles o deixem escapar. Quem poderá então acalmar o povo de Sahlain?

— Mãe, minha cabeça está pesada como a pedra do lagar. Agora me deixe. Conversamos amanhã.

— Durma, não direi mais nada.

— Não, vá dormir na casa da *khouriyyé*, ela deve estar esperando por você. Quero ficar sozinho.

Ela se levantou; no silêncio, ele ouviu cada um de seus passos e o ranger das dobradiças. Ele havia esperado conforto de sua mãe, mas ela só lhe trouxera mais tormentos.

A respeito de Asma, ainda por cima. Durante aqueles dois anos de exílio, ele só havia pensado nela para cobri-la de críticas. Acabara por não enxergar nela mais do que a réplica feminina de seu pai. A mesma alma pérfida, sob uma máscara de anjo. Ela havia gritado em seu quarto naquele dia, e os capangas de Roukoz o haviam agarrado, espancado e expulsado. Por causa dessa imagem gravada em sua memória, ele havia amaldiçoado Asma, a havia banido de seus pensamentos. E quando ela se ajoelhara a seus pés para lhe pedir que poupasse seu pai, ele a ignorara. No entanto, ela fora consolar Lâmia em sua ausência e voltara a falar dele...

Ele tinha sido injusto com a garota? Suas lembranças o levaram a imagens havia muito abandonadas; para o dia em que, no salão inacabado, ele a havia beijado pela primeira vez; para aqueles momentos de intensa felicidade em que seus dedos tímidos se tocavam. Ele não sabia mais se havia se enganado em seu amor ou em seu ódio.

A confusão de sua mente o fez adormecer. A confusão o despertou. Alguns segundos tinham se passado, ou algumas horas.

Ele se levantou, apoiado nos cotovelos, girou sobre si mesmo, e ficou com os pés suspensos no vazio, pronto para pular. Mas permaneceu assim, arqueado, como se estivesse à espreita. Talvez ele tivesse ouvido barulhos. Talvez estivesse pensando nas preocupações dos aldeãos. O certo é que, depois de alguns instantes de perplexidade, ele pulou e correu para fora, atravessou o pátio do castelo e pegou a trilha que, à esquerda, levava às antigas cavalariças. Devia ser por volta das cinco horas. No chão, viam-se apenas as pedras brancas e as sombras, como em noite de lua cheia.

Sob essa luz incerta começou o último dia da existência de Tânios-kishk — sua existência conhecida, ao menos. No entanto, sinto-me obrigado a interromper sua corrida e voltar atrás para de novo relatar sua última noite.

Tentei reconstituí-la da melhor maneira possível. Existe uma outra versão da mesma noite. Que não é corroborada por nada nas fontes escritas e que – o que é mais grave segundo meus critérios – tampouco tem o mérito da verossimilhança.

Se mesmo assim a menciono, é porque o velho Gebrayel não me perdoaria se eu a omitisse; ainda me lembro de quão irritado ficou com minhas dúvidas. "Nada mais que uma lenda, você diz? Você só quer os fatos? Os fatos são perecíveis, acredite, somente a lenda permanece, como a alma depois do corpo, ou como o perfume à passagem de uma mulher." Tive que prometer a ele que mencionaria sua variante.

O que ela diz? Que o herói, depois de se esquivar da multidão para se deitar em seu leito infantil, adormeceu e foi acordado uma primeira vez pelos carinhos de Lâmia. Ele tivera com ela o diálogo que conhecemos, e depois pedira que ela o deixasse descansar.

Ele então acordara sob novos carinhos.

– Mãe – ele disse –, pensei que você tivesse ido embora.

Mas não eram os carinhos de Lâmia. Ela tinha o hábito de colocar a mão plana sobre sua testa, e depois passá-la por seus cabelos como se os penteasse. Gesto invariável, tanto aos dois anos quanto aos vinte anos. O novo carinho era diferente. Passava da testa para o contorno dos olhos, para o rosto, para o queixo.

Quando o rapaz disse "Asma", dois dedos pressionaram seus lábios, e a moça lhe disse:

– Não fale, e feche também os olhos.

Então ela se deitou a seu lado, a cabeça no côncavo de seu ombro. Ele a envolveu com o braço. Seus ombros estavam nus. Eles se abraçaram violentamente, sem falar. E, sem se olhar, choraram as lágrimas de todas as suas desgraças.

Depois, ela se levantou. Ele não tentou detê-la. Descendo a escada, ela lhe disse apenas:

– Não deixe meu pai morrer.

Ele quase respondeu, mas os dedos de Asma mais uma vez fecharam seus lábios, com um gesto confiante. Ele então ouviu o farfalhar de um vestido no escuro. Sentiu pela última vez seu perfume de jacinto selvagem.

Tânios enxugou os olhos com a manga da camisa e se levantou. Pulou sobre os dois pés. E começou a correr na direção das antigas cavalariças.

Seria para verificar que Roukoz não havia escapado, subornando seus guardas? Ou, ao contrário, para libertá-lo antes da chegada do xeique? Em breve isso não terá a mínima importância.

As antigas cavalariças ficavam longe do castelo. Foi provavelmente por isso que foram desativadas muito antes da época do xeique, e outras mais próximas foram construídas. Desde então, elas haviam servido principalmente como curral, mas às vezes também como lugar de breve detenção para lunáticos, loucos furiosos ou criminosos considerados perigosos.

O dispositivo era simples e sólido: grossas correntes amarradas a um muro espesso, uma pesada porta em meia-lua, duas grades incrustadas na pedra.

Aproximando-se, Tânios julgou ver a silhueta de um guarda sentado, encostado no muro, com a cabeça no ombro, e outro deitado no chão. Ele moderou seus passos, pensando que estariam dormindo. Mas logo desistiu, começou a bater no chão, a limpar a garganta, para não ter que repreendê-los. Eles não se moveram. Então ele viu a porta, escancarada.

Os guardas da prisão estavam mortos. Aqueles dois, e outros dois um pouco mais adiante. Inclinando-se sobre cada um, ele pôde verificar suas feridas com suas mãos e os cortes em suas gargantas.

"Maldito seja, Roukoz!", ele rugiu, convencido de que cúmplices tinham vindo libertá-lo. Mas ao entrar no edifício ele viu, deitado sob a abóboda, com os pés ainda nas correntes, um cadáver. Tânios reconheceu o pai de Asma pelas roupas e pela corpulência. Os assassinos haviam levado sua cabeça como troféu.

O reverendo Stolton relata que ela foi exibida no mesmo dia pelas ruas de Sahlain, na ponta de uma baioneta. Suas palavras foram muito duras.

"Para obter a cabeça de um criminoso, quatro inocentes foram mortos. Kahtane *beyk* me disse que não ordenou isso. Mas ele deixou acontecer. Amanhã, os habitantes de Kfaryabda virão, em represália, degolar outros inocentes. Uns e outros encontrarão, por muitos anos, excelentes razões para justificar suas sucessivas vinganças.

"Deus não disse ao homem: 'Não matarás sem razão'. Ele disse apenas: 'Não matarás'."

E o pastor acrescenta, dois parágrafos depois:

"Comunidades perseguidas vieram, por séculos, se aninhar nas encostas de uma mesma montanha. Nesse refúgio, enquanto elas se devoram umas às outras, a servidão ambiente subirá até elas e as submergirá, como o mar que arrasta os rochedos.

"Quem tem a maior responsabilidade nesta questão? O paxá do Egito, certamente, que colocou os montanheses uns contra os outros. Nós também, britânicos e franceses, que viemos para cá prolongar as guerras napoleônicas. E os otomanos, por sua negligência e seus acessos de fanatismo. Mas, a meu ver, porque aprendi a amar esta Montanha como se nela tivesse nascido, os únicos imperdoáveis são os homens desta terra, cristãos ou drusos..."

Como se pudesse ler os pensamentos de seu antigo tutor, "o homem desta terra" que era Tânios via a si mesmo como único culpado. Não haviam lhe dito que se ele se recusasse a executar Roukoz, tal tragédia não deixaria de ocorrer? Até o pároco o havia advertido. Mas ele não quisera ouvir. Fora ele que, com um gesto que se pretendia soberano, havia destinado aqueles quatro jovens à Morte. E ele, com sua incapacidade de punir, é que teria causado os massacres que se seguiriam. Culpado de indecisão. Culpado de complacência, devido a um resto de afeição, um resíduo de amor. Culpado de piedade.

Ele estava tão convencido de sua própria culpa que não ousou voltar imediatamente à aldeia para contar o que havia acontecido. Ele foi caminhar na floresta de pinheiros, recentemente incendiada. Algumas árvores carbonizadas ainda estavam em pé, e ele se surpreendeu acariciando-as, como se somente elas pudessem entender seu estado de espírito. Com os pés na grama negra, ele em vão procurava o caminho que costumava seguir para ir à escola de Sahlain. Seus olhos ardiam com vapores ácidos.

Pouco a pouco, o céu clareava. Em Kfaryabda, o sol se anuncia muito antes de aparecer, pois a leste se ergue, bem próximo, um dos picos mais altos da Montanha – o astro demora bastante para escalá-lo. À hora do crepúsculo, é o inverso, já está escuro e as lanternas se acendem nas casas enquanto, pelas janelas, ainda se vê no horizonte um disco que fica avermelhado e depois azulado, até não iluminar mais do que o abismo marinho onde mergulha.

Naquela manhã, muitas coisas aconteceram antes do sol. Tânios ainda vagava pela floresta queimada quando o sino da igreja tocou. Uma badalada, depois um momento de silêncio. Uma segunda badalada, outro silêncio. Tânios ficou perturbado. "Descobriram os corpos."

Mas as badaladas se tornaram mais rápidas. O que ele havia tomado por um toque de finados era na verdade o início do carrilhão celebrativo. O xeique acabava de chegar. Ele caminhava pela Blata. As pessoas acorriam, gritavam, cercavam-no. Do local onde estava, Tânios podia reconhecê-lo no meio da multidão. Mas ele não podia ouvir o murmúrio que se espalhava:

– Ele já não enxerga! Seus olhos foram apagados!

# III

O xeique percebeu o assombro dos aldeões e também se assombrou. Ele acreditava que a notícia já havia se espalhado; desde a primeira semana de sua detenção, haviam-lhe passado o ferro quente nos olhos.

As pessoas se esforçavam para não conter a alegria, mas, ao se aglomerarem em torno do senhor para "ver" sua mão, não podiam deixar de encará-lo como nunca teriam ousado fazer quando ele tinha seus olhos.

Tudo nele havia mudado. Seu bigode branco, agora mal aparado, seus cabelos desordenados, sua postura, evidentemente, mas também os gestos de suas mãos, sua postura mais rígida, os movimentos de sua cabeça, os tiques de seu rosto e até mesmo sua voz, um pouco hesitante, como se ela também precisasse ver seu caminho. Apenas seu colete verde limão ainda estava no lugar, seus carcereiros não o haviam retirado.

Uma mulher vestida de preto se aproximou, pegou sua mão, como todos os outros.

– Você é Lâmia.

Ele segurou a cabeça dela com as mãos e deu um beijo em sua testa.

– Não se afaste, venha ficar à minha esquerda, você será meus olhos. Nunca tive olhos tão bonitos.

Ele riu. Todos a seu redor enxugavam as lágrimas, Lâmia mais do que todos.

– Onde está Tânios? Estou ansioso para falar com ele!

– Quando souber que nosso xeique voltou, virá correndo.

– Esse rapaz é nosso orgulho e a joia da aldeia.

Lâmia começou a responder com votos de longa vida e saúde, mas gritos irromperam, seguidos do estalo das espingardas disparando para o alto. Então teve início um alvoroço. As pessoas corriam em todas as direções.

– O que está acontecendo? – perguntou o xeique.

Várias vozes ofegantes responderam ao mesmo tempo.

– Não entendo nada, que apenas um de vocês fale, e que os outros se calem!

– Eu – disse alguém.

– Quem é você?

– Eu sou Toubiyya, xeique!

– Muito bem. Fale, Toubiyya, o que está acontecendo?

– Os habitantes de Sahlain nos atacaram durante a noite. Eles mataram Roukoz e os quatro jovens que o vigiavam. A aldeia inteira precisa pegar em armas e fazê-los pagar por isso!

– Toubiyya, não pedi que você me dissesse o que fazer, apenas que me informasse o que aconteceu! Mas como você sabe que foram os habitantes de Sahlain?

O pároco fez um sinal para que Toubiyya o deixasse falar. Ele se aproximou do ouvido do xeique para contar-lhe em poucas palavras o que havia sido dito no castelo na noite anterior, a decisão tomada por Tânios, a intervenção de Kahtane *beyk*... *Bouna* Boutros evitou criticar o filho de Lâmia, mas as pessoas estavam furiosas a seu redor.

– Tânios ficou apenas um dia no lugar de nosso xeique, e a aldeia já está a ferro e fogo.

O rosto do senhor se fechou.

– Que todos se calem, já ouvi o suficiente. Vamos todos ao castelo, preciso me sentar. Voltaremos a falar quando estivermos lá em cima.

O carrilhão da igreja parou no exato momento em que o xeique atravessava o umbral da casa senhorial; alguém havia acabado de avisar ao sineiro que a hora das festividades havia terminado.

No entanto, ao retornar ao seu lugar habitual na Sala dos Pilares, o senhor se voltou para a parede e perguntou:

– O retrato do ladrão está atrás de mim?

– Não – responderam-lhe –, nós o retiramos e queimamos!

– Pena, teria ajudado a encher nossos cofres.

Ele manteve uma expressão grave, mas houve sorrisos e até algumas risadas breves entre os presentes. O xeique estava a par das anedotas que os aldeões haviam criado contra o usurpador. Senhor e súditos se tornavam cúmplices pela lembrança, prontos para enfrentar a provação.

– O que aconteceu entre Kfaryabda e Sahlain me entristece mais do que a perda de meus olhos. Nunca me afastei da via da boa vizinhança e da fraternidade! E, apesar do sangue inocente que acabou de ser derramado, devemos evitar a guerra.

Ouviram-se alguns murmúrios.

– Que aqueles que não apreciam minhas palavras saiam de minha casa agora, sem que eu precise expulsá-los!

Ninguém se mexeu.

– Ou então que se calem! E se alguém quiser partir para a guerra desconsiderando minha vontade, saiba que eu o mandarei enforcar muito antes que os drusos tenham tempo de matá-lo.

O silêncio se tornou geral.

– Tânios está aqui?

O jovem havia chegado depois do xeique, recusado os assentos oferecidos e apenas se encostado num dos pilares da sala. Ao ouvir seu nome, ele se sobressaltou, se aproximou e se inclinou sobre a mão que o senhor lhe estendia.

Lâmia se levantou para ceder o lugar ao filho, mas o xeique a impediu.

– Preciso de você, não se afaste mais. Tânios estava bem onde estava.

Lâmia se sentou novamente, um pouco incomodada; mas o jovem voltou a se encostar em seu pilar sem parecer ofendido.

– Ontem – continuou o senhor –, quando ainda não se sabia se eu voltaria, vocês se reuniram aqui sob a autoridade desse rapaz para julgar Roukoz. Tânios proferiu uma sentença, que se revelou infeliz, e mesmo desastrosa. Alguns de vocês me disseram que lhe faltou sabedoria e firmeza. Eu lhes dou razão. Outros sussurraram perto de meus ouvidos que a Tânios faltara coragem. A esses últimos eu digo: saibam que, para se manter diante do emir e notificá-lo de sua destituição e banimento, é preciso cem vezes mais coragem do que para cortar a garganta de um homem amarrado.

Ele havia pronunciado as últimas palavras com uma voz poderosa e indignada. Lâmia se endireitou em seu assento. Tânios manteve os olhos baixos.

– Com a experiência e a idade, a sabedoria desse rapaz se elevará ao nível de sua coragem e de sua inteligência. Então ele poderá se sentar neste lugar sem desmerecê-lo. Pois minha intenção e minha vontade é que seja ele quem me suceda no dia em que eu não estiver mais aqui. Pedi ao Céu que não me deixasse morrer sem ter assistido à queda do tirano que injustamente matou meu filho. O Altíssimo atendeu minha oração e escolheu Tânios como instrumento de Sua ira e de Sua justiça. Esse rapaz se tornou meu filho, meu filho único, e eu o designo como meu herdeiro. Eu quis dizer isso hoje na presença de todos para que ninguém pense em contestá-lo.

Os olhares se voltaram para o escolhido, que ainda parecia ausente. Seria essa sua maneira de receber honrarias, uma marca de timidez, uma excessiva cortesia? Todas as fontes concordam em dizer que o comportamento de Tânios naquela manhã desconcertou os presentes. Insensível às críticas, insensível aos elogios, desesperadamente mudo. A explicação me parece simples. De todas as pessoas presentes, nenhuma, nem mesmo Lâmia, sabia o essencial: que Tânios havia descoberto os cadáveres dos quatro jovens, que a imagem de seus corpos ensanguentados enchia seus olhos, que seu sentimento de culpa o obcecava, e que ele era incapaz de pensar em outra coisa, muito menos no testamento do xeique e no seu próprio futuro brilhante.

E quando o senhor do castelo disse, alguns minutos depois: "Agora me deixem descansar um pouco e voltem a me ver à tarde para que possamos discutir o que fazer com nossos vizinhos de Sahlain", e as pessoas começaram a se retirar. Tânios permaneceu encostado em seu pilar, prostrado, enquanto os outros passavam diante dele, medindo-o com o olhar como se ele fosse uma estátua.

O barulho dos passos acabou por se acalmar. O xeique perguntou então a Lâmia, que o segurava pelo braço:

— Todos já foram embora?

Ela respondeu "sim", embora seu filho ainda estivesse no mesmo lugar, e ela o observasse com crescente preocupação.

Então o casal começou a se dirigir, no passo lento do enfermo, em direção aos aposentos do xeique. Tânios levantou a cabeça, viu-os se afastar de braços dados, como se estivessem enlaçados, e de repente teve certeza de que estava olhando para seus pais.

Esse pensamento o sacudiu, tirando-o de seu torpor. Seu olhar se tornou mais vivo. O que havia nesse olhar? Afeto? Críticas? A sensação de finalmente ter a chave do enigma que pesava sobre sua vida inteira?

Naquele momento, Lâmia se virou. Seus olhos se cruzaram. Então, como se estivesse envergonhada, ela soltou o braço do xeique, voltou até onde estava Tânios e colocou a mão sobre seu ombro.

– Pensei na filha de Roukoz. Tenho certeza de que ninguém na aldeia lhe apresentará suas condolências. Você não deveria deixá-la sozinha num dia como este.

O jovem assentiu. Mas não se moveu imediatamente. Sua mãe voltou até o xeique, que a esperava no mesmo lugar. Ela voltou a pegar seu braço, mas com menos firmeza. Então eles desapareceram ao entrar num corredor.

Tânios então se dirigiu para a saída, com um estranho sorriso nos lábios.

Cito novamente as efemérides do reverendo Stolton:
"Disseram-me que, no caminho da casa da filha do *khwéja* Roukoz para apresentar suas condolências, Tânios notou uma aglomeração perto da Blata. Jovens da aldeia maltratavam Nader, o vendedor ambulante, acusando-o de ter difamado o xeique e de estar associado a Roukoz e aos egípcios. O homem se debatia, jurando ter voltado apenas para felicitar o xeique por seu retorno. Ele estava com o rosto ensanguentado, e suas mercadorias estavam espalhadas no chão. Tânios interveio, usando o prestígio que ainda lhe restava, e levou o homem e sua mula até a saída da aldeia. Um trajeto de três milhas no máximo, contando o retorno, mas meu pupilo só voltou quatro horas depois. Ele não falou com ninguém, subiu a um rochedo para se sentar. E, como que por milagre, desapareceu. (*He vanished*, diz o texto em inglês.)

"Durante a noite, sua mãe e a esposa do pároco vieram me perguntar se eu tinha visto Tânios, se tinha notícias dele. Nenhum homem as acompanhava, devido à extrema tensão que reinava entre Kfaryabda e Sahlain."

Quanto à *Crônica montanhesa*, ela diz o seguinte:
"Tânios acompanhou Nader até o *khraj* (o território fora dos limites da aldeia), garantiu sua segurança, depois voltou e imediatamente se sentou na pedra que hoje leva seu nome. Ele permaneceu lá um longo tempo, encostado e imóvel. Os aldeões às vezes se aproximavam para observá-lo e depois seguiam seu caminho.

"Quando o xeique acordou de sua sesta, mandou chamá-lo. Algumas pessoas foram então até a base do rochedo e Tânios lhes disse que os encontraria mais tarde. Uma hora depois, ele ainda não estava no castelo. O xeique então se mostrou contrariado e enviou outros emissários para chamá-lo. Ele não estava mais no rochedo. Mas ninguém o vira descer e ir embora.

"Então começaram a procurar, a gritar seu nome, toda a aldeia se agitou, homens, mulheres e crianças. Eles pensaram no pior e foram verificar o pé da falésia, caso ele tivesse caído num momento de desatenção. Mas lá tampouco havia algum rastro dele."

Nader nunca mais colocaria os pés na aldeia. Ele acabaria desistindo de percorrer a Montanha com suas mercadorias, aliás, preferindo estabelecer um comércio mais sedentário em Beirute. Viveu lá ainda vinte bons anos lucrativos e faladores. Mas quando os habitantes de Kfaryabda às vezes iam visitá-lo e o questionavam sobre o filho de Lâmia, ele só dizia o que todo mundo sabia – que eles tinham se separado na saída da aldeia, que ele mesmo havia seguido seu caminho e que Tânios havia voltado sobre seus passos.

Sua parte do segredo foi registrada num caderno que, um dia, nos anos vinte deste século, um professor da American University of Beirut encontrou por acaso, no meio da bagunça de um sótão. Anotado e publicado, com uma tradução em inglês, sob o título *Wisdom on muleback* (que traduzi livremente para *A sabedoria do tropeiro*), circulou apenas num meio restrito em que ninguém estava em condições de fazer a conexão com o desaparecimento de Tânios.

No entanto, se lermos de perto essas máximas com pretensão poética, encontraremos, claramente, ecos da longa conversa que teve lugar naquele dia entre Nader e Tânios na saída da aldeia, e também algumas chaves para entender o que pode ter acontecido a seguir.

Frases como: "Hoje, teu destino está selado, tua vida finalmente começa", que citei em epígrafe; ou ainda: "Teu rochedo está cansado de te carregar, Tânios, e o mar se cansou de teus olhares estéreis"; mas acima de tudo este trecho que o velho Gebrayel – que ele possa viver e manter a cabeça clara muito além dos cem anos – me fez ler uma noite, sublinhando cada palavra com seu dedo nodoso:

*Para todos os outros, tu és o ausente, mas eu sou o amigo que sabe.*
*Sem que eles soubessem, correste pelo caminho do pai assassino, em direção à costa.*

*Ela te espera, a filha do tesouro, em sua ilha; e seus cabelos ainda têm a cor do sol poente.*

Ao ler pela primeira vez esse texto tão claro, tive a impressão de ter sob os olhos o desfecho da história. Talvez o seja. Mas talvez não o seja. Talvez essas linhas revelem o que o tropeiro "sabia". Mas, relendo-as, talvez contenham apenas o que ele esperava aprender um dia sobre o destino do amigo desaparecido.

Permanecem, em todo caso, muitas zonas de sombra que o tempo tornou ainda mais espessas. E em primeiro lugar a seguinte: por que Tânios, depois de sair da aldeia na companhia do tropeiro, retornou para se sentar naquele rochedo?

Podemos imaginar que o jovem, ao fim da conversa com Nader, que mais uma vez o teria exortado a deixar sua Montanha, continuasse hesitante. Poderíamos até mesmo enumerar as razões que poderiam incitá-lo a partir e aquelas que, ao contrário, deveriam retê-lo... Para quê? Não é assim que se toma a decisão de partir. Não é avaliando, listando vantagens e desvantagens. De uma hora para outra, a virada acontece. Rumo a outra vida, a outra morte. Rumo à glória ou ao esquecimento. Quem jamais poderá dizer devido a que olhar, que palavra, que risadinha um homem se descobre subitamente estrangeiro entre os seus? Sentindo nascer dentro de si a urgência de se afastar, ou desaparecer.

Seguindo os invisíveis passos de Tânios, quantos homens partiram da aldeia desde então! Pelas mesmas razões? Pelo mesmo impulso, mais precisamente, e sob a mesma pressão. Minha Montanha é assim. Apego ao solo e ambição de partir. Lugar de refúgio, lugar de passagem. Terra de leite, de mel e de sangue. Nem paraíso nem inferno. Purgatório.

Nesse ponto de minhas conjecturas, eu havia esquecido um pouco a aflição de Tânios, diante de minha própria aflição. Eu não havia buscado, para além da lenda, a verdade? Quando pensara ter alcançado o cerne da verdade, ele era feito de lenda.

Cheguei inclusive a pensar que talvez houvesse, no fim das contas, algum sortilégio associado ao rochedo de Tânios. Quando ele voltou a se sentar nele, não foi com a intenção de refletir, pensei, nem de ponderar prós e contras. Era de outra coisa que ele sentia necessidade. Meditação? Contemplação? Mais do que isso, decantar a alma. E ele sabia instintivamente que, ao subir para se sentar naquele trono de pedra, ao se entregar à influência do local, seu destino estaria selado.

Agora eu entendia por que tinha sido proibido de escalar aquele rochedo. Mas justamente porque eu entendia, porque eu me deixara convencer – contra minha razão – de que as superstições, as desconfianças, não eram infundadas, a tentação de desafiar o interdito se tornava ainda mais forte.

Eu ainda estaria preso ao juramento que fizera? Tantas coisas haviam acontecido; a aldeia havia conhecido, desde a época não tão distante de meu avô, tantas rupturas, destruições, tantos golpes, que um dia acabei cedendo. Murmurei desculpas a todos os ancestrais e, por minha vez, subi para me sentar naquele rochedo.

Com que palavras descrever meus sentimentos, meu estado? Fugacidade do tempo, fugacidade do coração e da inteligência.

Às minhas costas, a montanha próxima. A meus pés, o vale de onde subiriam ao cair da noite os uivos familiares dos chacais. E lá, ao longe, eu via o mar, minha estreita fatia de mar, estreita e longa em direção ao horizonte, como uma estrada.

# NOTA

Este livro se inspira muito livremente em uma história real: o assassinato de um patriarca, cometido no século XIX por um certo Abou-kishk Maalouf. Refugiado no Chipre com seu filho, o assassino foi trazido de volta ao país pela astúcia de um agente do emir, para ser executado.

O resto – o narrador, sua aldeia, suas fontes, seus personagens –, todo o resto não passa de impura ficção.

Este livro foi composto com tipografia Adobe Garamond Pro e
impresso em papel Off-White 70g/m² na Formato Artes Gráficas.